JENS ØSTERGAARD

Im Licht des BÖSEN

Roman

Ins Deutsche übertragen von
Nora Pröfrock

LYX
EGMONT

Die Originalausgabe erschien 2012
unter dem Titel *Drengen og Dæmonen*
bei Forlaget EC Edition, Århus, Dänemark.
www.ec-edition.dk – www.jensostergaard.com

Deutschsprachige Erstausgabe September 2014 bei LYX
verlegt durch EGMONT Verlagsgesellschaften mbH,
Gertrudenstraße 30-36, 50667 Köln

Diese Ausgabe wurde vermittelt durch Claudia Böhme Rights & Literary
Agency, Hannover (www.agency-boehme.com).

1. Auflage
Redaktion: Uta Dahnke
Satz: KCS GmbH, Stelle/Hamburg
Printed in Germany (670421)
ISBN 978-3-8025-9268-3

www.egmont-lyx.de

MIX
Papier
FSC® C083411

Für meine Mutter

Für Trine, Johan und Karen

Projekt 001

Jetzt kann sie ihn hören. Das zarte Quäken eines neugeborenen Kindes. Ihren Sohn.

Eva wird von einer wohligen, warmen Welle des Glücks durchflutet und kann die Tränen nicht zurückhalten. Vor Freude und Erschöpfung laufen sie ihr über die Wangen. Sie schluchzt und wischt sich die Augen. Möchte das Kind gern sehen, ist jedoch zu schlapp, um den Kopf länger als einen kurzen Moment anzuheben. Muss ihn mit einem Stöhnen wieder aufs Kissen sinken lassen.

Anna hält den Jungen hoch, und der Arzt klemmt die Nabelschnur ab. Durchtrennt sie ganz vorsichtig, so als würde er sie mit der Schere entzweimassieren.

Der Arzt. So nennt Anna ihn. Immer nur so. Und Eva muss an ihre Großeltern denken. An die untertänige, widerstandslose Frau und den ruhigen, willensstarken Mann. Auch ihre Großmutter hat immer nur den Beruf ihres Mannes genannt, wenn sie von ihm sprach. Der Direktor.

»Mach nicht solchen Lärm mit deinen Legosteinen. Der Direktor hält gerade seinen Mittagsschlaf«, sagte sie zum Beispiel, während sie durch die Wohnung lief und den Mittagstisch abräumte. So wie Anna immer durch die Wohnung läuft und aufräumt und Staub wischt, wenn der Arzt in seinem Büro unten im Keller ist.

Eva war noch nie im Keller. Der ist für sie tabu. Der Arzt braucht Ruhe für seine wissenschaftlichen Arbeiten. Manchmal verschwindet er einfach dort unten. Bleibt tagelang weg, bevor er wieder zu ihnen heraufkommt. Verschwitzt, müde und mit geröteten Augen. Als wären seine Gedanken schwere Felsbrocken, die er vor sich herschiebt.

Jetzt aber haben sich ausnahmsweise einmal alle drei in Evas Zimmer versammelt. Zu dem Ereignis, auf das sie so lange gewartet haben. In den vergangenen Wochen hat das Haus vor Anspannung und Nervosität geradezu gebebt. Alle wussten, dass es kurz bevorstand. Eva konnte es Anna anmerken. Sie wirkte nicht mehr ganz so fröhlich wie sonst. Oft war sie sogar abweisend und distanziert. Eva hat sich gefragt, ob Anna vielleicht neidisch ist, weil sie und der Arzt nie selbst Kinder bekommen haben. Aber geredet haben sie darüber nicht. Eva hat es nicht gewagt, Anna danach zu fragen.

Durchs Fenster strömt grelles Licht in den Raum. Es umrahmt Anna, den Arzt und Evas kleinen Jungen. Lässt sie wie schwarze Silhouetten vor einem leuchtenden, weißen Vorhang erscheinen. Wie ein Schattentheater. Dann muss Eva wieder weinen.

Die Schmerzen sind verschwunden. Nein, nicht nur verschwunden. Sie sind vergessen. Ganz und gar. Selbst wenn sie wollte, könnte sie sich nicht mehr daran erinnern. Nun kribbelt und prickelt es nur noch in ihren Beinen, Armen und in der Brust. Es ist kaum zu glauben, dass sie noch vor einem halben Jahr völlig am Ende war. Dass sie versucht hat, sich und ihr ungeborenes Kind mit einer Überdosis Heroin umzubringen.

Das war, bevor sie dem Arzt begegnete. Bevor er sie rettete. Er hat sie von ihrem Zuhälter freigekauft. Das war der erste Schritt. Und dann hat er ihr die Drogen weggenommen. Eva weiß nicht, wie viel Geld der Arzt für ihre Freiheit bezahlt hat, aber es war sicher ein hoher Betrag. Er hat ihr ein neues Zuhause gegeben. Eine neue Chance. Ja, eigentlich haben ihr beide, Anna und der Arzt, eine neue Chance gegeben, doch es war das Verdienst des Arztes. Er hat entschieden, dass sie Eva zu sich nehmen würden.

In den ersten Tagen ihres neuen Lebens dachte Eva, sie würde sterben. Sie hatte Durchfall und musste sich immerzu übergeben. Ihr ganzer Körper glühte vor Fieber, sodass ihr Bettlaken völlig durchnässt war. Im Traum tauchte jeder einzelne ihrer Kunden auf und fiel über sie her. Sie musste ihr ganzes verdammtes Leben noch einmal durchmachen.

Doch nach einer Weile verschwanden die üblen Träume. Das Fieber sank. Ihr Magen beruhigte sich. Und im Laufe der Monate wurde sie langsam, aber sicher wieder zu einer ganz normalen jungen Frau. Bald wird sie so weit sein, dass sie das Haus verlassen kann. Sie fürchtet die Blicke der anderen Menschen nicht mehr.

Das dünne, strähnige Haar, das ihr früher büschelweise ausfiel, ist jetzt wieder voll und kräftig. Ihre Haut ist immer noch blass, aber nicht mehr so durchscheinend, und die ungesunde, bläuliche Gesichtsfarbe, die sie einmal hatte, ist nun verschwunden. Ihre Arm- und Beinmuskulatur ist mittlerweile kräftiger. Aus dem Skelett, der lebenden Toten, ist wieder ein Mensch geworden.

Jetzt liegt sie hier auf dieser Liege und ist zum ersten Mal in ihrem Erwachsenenleben glücklich.

Das meinen die Leute also, wenn sie von einem Neuanfang reden, denkt sie und fragt mit bebender Stimme: »Darf ich ihn jetzt sehen?«

»Er ist perfekt«, sagt Anna.

»Danke«, flüstert Eva. »Vielen Dank.«

Doch dann wird ihr klar, dass Anna nicht mit ihr geredet hat. Sie hat mit dem Arzt gesprochen, der nun hinter dem Kopfende der Liege steht. Eva kommt sich ein bisschen dumm vor, so wie immer, wenn sie etwas Falsches gesagt hat. Oder wenn sie im falschen Moment den Mund aufgemacht hat. Am liebsten würde sie ihr Gesicht unter dem Kopfkissen verbergen und so tun, als wäre sie überhaupt nicht da.

»Gut«, sagt der Arzt. Er scheint ihren Fehler nicht bemerkt zu haben. Zum Glück. Eva möchte gern alles richtig machen. Dieser Augenblick soll perfekt sein. Sie will ihn nicht mit ihrer alten Unbeholfenheit verderben. Diese Eva gibt es nicht mehr. Sie ist jetzt ein neues und verbessertes Modell.

»Dann lass es uns zu Ende bringen«, murmelt der Arzt.

Zuerst glaubt Eva, dass er von der Nachgeburt redet. Anna und der Arzt haben ihr erklärt, dass es noch nicht ganz vorbei ist, wenn das Kind zur Welt gekommen ist. Sie sind die Geburt Schritt für Schritt mit ihr durchgegangen, damit sie jederzeit nachvollziehen kann, in welcher Phase sie sich gerade befindet. Jahrelang war sie nur Zuschauerin in ihrem Leben, doch damit ist jetzt Schluss. Sie will alles ganz genau wissen. Will alles spüren. Will die Kontrolle haben.

Und jetzt geht es um die Nachgeburt. Da ist sie sich sicher.

Der letzte Schritt, bevor die Geburt überstanden ist. Bevor sie ihren Sohn im Arm halten kann.

Doch dann breitet sich ein Schatten über ihrem Gesicht aus, und im nächsten Moment sieht Eva ein weißes Kopfkissen, das unruhig über ihr in der Luft zu schweben scheint. Sie bekommt kein Wort mehr heraus. Bekommt auch keinen Schrei mehr heraus. Der Arzt hält das Kissen, und jetzt presst er es ihr aufs Gesicht. Es bedeckt ihre Nase und ihren Mund. Sie hebt die Hände, um das Kissen wegzudrücken, doch der Arzt hält es fest. Er ist stark. Er lehnt sich mit seinem ganzen Gewicht auf sie. Eva ringt nach Atem. Bekommt keine Luft. Sie strampelt mit den Beinen. Windet sich. Schlägt mit dem Kopf gegen die Liege.

Was tut er nur? Das muss ein Fehler sein. Das kann doch nicht …

Da erfasst sie ein neues Gefühl. Eiskalte Angst, gefolgt von einer ebenso eiskalten Klarsichtigkeit: *Das Ganze war natürlich zu schön, um wahr zu sein. Wie konnte ich nur glauben, ich hätte es verdient, glücklich zu sein?*

Sie spürt, wie ihre Muskeln erschlaffen. Zuerst in den Beinen, die auf dem weißen Laken einfach liegen bleiben. Dann in den Armen und Fingern, die sie nun nicht mehr von der Brust heben kann. Ihr wird gleichzeitig heiß und kalt. Als hätte sie wieder Fieber.

Ohne mich hat er es wahrscheinlich sowieso besser.

Das ist ihr letzter Gedanke. Er gilt dem Jungen, den sie neun Monate lang in sich getragen hat. Dem Jungen, den sie hassen und lieben konnte, ohne ihn jemals kennengelernt zu haben. Dem Jungen, der ihr zunächst ununterbrochen vor

Augen führte, wie tief sie gesunken war, bis er ihr schließlich in Aussicht stellte, wie gut ihr Leben noch werden konnte. Dem Jungen, den sie nie – das weiß sie jetzt – richtig gesehen haben wird. Nur als schwarze Silhouette auf dem Arm einer anderen Frau.

Freitag
21:45 Uhr

1

»Ganz ruhig«, flüstert Susanne Aagaard vor sich hin.

Sie kneift die Augen zusammen, um besser sehen zu können, doch es hilft nichts. Der Regen prasselt auf die Frontscheibe und verschleiert ihr die Sicht. Nur in dem kurzen Moment, wenn die Scheibenwischer des alten Wagens soeben über die Scheibe gefahren sind, kann sie die Landstraße vor sich erkennen. Doch bereits im nächsten Augenblick verschwindet wieder alles hinter großen, schweren Regentropfen.

Susanne Aagaard, denkt sie flüchtig. Sie hat sich nie an diesen Namen gewöhnt, und nun wird sie ihn bald wieder ablegen.

Ihr Fuß lastet schwer auf dem Gaspedal. Zu schwer, das weiß sie. Das Auto prescht viel zu schnell durch den Regen. Ihr ist klar, dass sie sich entspannen sollte. Die Scheinwerfer im Rückspiegel sind jetzt schon seit Längerem nicht mehr zu sehen. Aber sie kann sich nicht entspannen. Es ist, als hätten sich sämtliche Muskeln in ihrem Körper verkrampft. Als würde ihr Fuß sich weigern, sich zu heben und den Druck vom Gaspedal zu nehmen.

Plötzlich sieht sie das Gesicht vor sich, und ihr sträuben sich sämtliche Haare. So als säße jemand hinter ihr auf dem Rücksitz und bliese ihr kalte Luft in den Nacken.

Dieses Gesicht und diese Hände.

»Ganz ruhig. Ganz ruhig. Ganz ruhig.«

Sie weiß nicht, wen sie zu beruhigen versucht, sich oder Emma, die hinten auf ihrem Kindersitz schläft. Sie wirft noch einen Blick in den Rückspiegel. Will sich versichern, dass ihre Tochter auch wirklich da ist.

Sie sieht sie nicht mehr.

Sofort schlägt ihr Herz schneller. Sie dreht sich um. *Doch, da ist sie.* Ihr Kopf ist nur zur Seite gesunken.

Susanne atmet tief ein. Versucht, zur Ruhe zu kommen. Doch weder ihr Herz noch der Wagen lassen sich bremsen.

Plötzlich rumpelt es unter ihr. Der rechte Vorderreifen senkt sich ab. Sie wendet sich wieder um. Sieht genau in dem Moment nach vorn, als die Scheibenwischer den Regen zur Seite drücken und dabei ein Geräusch erzeugen, das sie an einen alten Fensterabzieher denken lässt. Sie muss das Lenkrad eingeschlagen haben, als sie sich zum Rücksitz umgedreht hat, denn anstelle des regennassen Asphalts sieht sie nun einen grasbewachsenen Hügel vor sich. Sie reißt das Lenkrad herum, um den Wagen zurück auf die Straße zu bringen. Die Vorderreifen hüpfen über den unebenen Untergrund. Regen prasselt auf die Frontscheibe. Die Scheibenwischer schieben ihn beiseite. Freie Sicht. Der grasbewachsene Hügel ist nicht mehr zu sehen. Stattdessen erblickt sie jetzt weniger als einen Meter vor dem Auto einen Baum. Sie drückt die Bremse durch, doch es ist schon zu spät. Die Motorhaube faltet sich zusammen. Die Frontscheibe explodiert. In einer schwarzen Sekunde wird ihr bewusst, dass sie vergessen hat, sich anzuschnallen.

Dann hebt sie vom Sitz ab.

2

Martin Dahl reißt das Steuer nach links, doch der Wagen gehorcht ihm nicht. Die Reifen haben den Kontakt zur Fahrbahn verloren und schlittern, begleitet von einem Rauschen, hilflos über die nasse Landstraße. Er tritt auf die Bremse. Das Auto bricht mit dem Heck aus und gerät ins Schleudern. Die Fliehkraft drückt ihn gegen die Lehne, so als befände er sich auf einer Kirmes auf der Krake. Im Licht der Scheinwerfer wirbeln die Bäume am Straßenrand an ihm vorbei. Seine Hände krampfen sich ums Lenkrad.

Gleich ramme ich einen Baumstamm, denkt er.

Doch dann bleibt der Wagen mit einem Ruck stehen. Der große Ford Mondeo steht vollkommen still quer auf der Straße. Der Motor geht aus.

Der Regen fällt schwer aufs Autodach. Einen Moment bleibt Dahl regungslos sitzen. Atmet tief ein und wieder aus, um sich ein wenig zu beruhigen. Dann löst er seine Finger von dem Lederlenkrad, schaltet das Warnblinklicht ein und steigt aus dem Auto. Schirmt seine Augen mit der Hand gegen den Regen ab. Ein paar Meter vor dem Wagen liegt eine Frau auf der Straße. Hätte er nur eine Millisekunde später reagiert, hätte er sie überfahren.

»Hallo?«, ruft er mit heftig klopfendem Herzen. Doch sie rührt sich nicht. Sie liegt regungslos auf dem Bauch, die rechte Wange ruht auf dem Mittelstreifen. Ihr T-Shirt und ihre Jeans sind zerfetzt. Das rechte Bein steht in einem unnatürlichen Winkel vom Körper ab. Am linken Fuß hat sie einen Schuh, aber nicht am rechten.

Dahl hockt sich neben sie. Blut fließt von ihrer Kopfhaut und mischt sich mit dem Regenwasser, das wie ein breiter, schwarzer Bach über die Straße rinnt. Ihr dunkles Haar ist zu dicken Strähnen verklebt. Das Gesicht ist …

Grundgütiger.

Der Großteil ihres Gesichts ist überhaupt nicht mehr vorhanden. Vermutlich abgeschürft, als sie über den Asphalt geschleudert wurde. Der Schädel ist zerschmettert.

Dahl beugt sich vor. Hält sein Ohr dicht über den Mund der Frau. Versucht, nicht daran zu denken, dass dort keine Haut mehr ist. Dass die Oberlippe mitten entzweigerissen ist. Dass die Zähne, die ihr aus dem Mund geschlagen wurden, vermutlich auf der Fahrbahn verstreut liegen. Falls der Regen sie nicht schon weggespült hat.

Sie atmet. Das Geräusch ist leise, aber trotzdem zu hören. Ein Stöhnen entweicht dem lädierten Mund.

Dahl richtet sich auf. Er kommt in den Stand, greift nach dem Handy in der Innentasche seiner Jacke und ruft die Notrufzentrale an.

Es dauert einen Moment. Dann ertönt die Aufnahme einer Frauenstimme: »Sie haben den Notruf gewählt. Bitte warten Sie. Halten Sie die Verbindung.«

Er starrt hinunter auf das zerschundene Gesicht. Und auf den Rest des Körpers. Die linke Hand bewegt sich. Nur ganz leicht, aber doch so deutlich, dass er es bemerkt. Dann hebt er den Blick und sieht sich um. Entdeckt ein Auto, das dreißig, vierzig Meter weiter die Straße hinunter zusammengestaucht vor einem Baum steht. In der Dunkelheit und dem Regen ist es kaum zu sehen. Das muss der Wagen sein, aus dem die Frau herausgeschleudert wurde.

Befindet sich darin vielleicht noch jemand?

»Ich komme gleich wieder«, sagt er zu der Frau. Unsicher, ob sie in der Lage ist, seine Worte zu verstehen.

Eilig läuft er hinüber zu dem zerstörten Wagen. Wird zu einer Mitarbeiterin der Notrufzentrale durchgestellt.

»Hier spricht Martin Dahl von der Abteilung für Personen gefährdende Kriminalität«, sagt er und ist erstaunt, wie ruhig seine Stimme klingt. »Ich brauche einen Krankenwagen in die …«

Er hält inne. Ihm wird klar, dass er nicht weiß, wo er sich befindet. Vor nicht allzu langer Zeit ist er in Ørby losgefahren. Dort hat er mit einem Mann gesprochen, der am vergangenen Wochenende in Kopenhagen überfallen wurde. Von da aus wollte er zurück zum Polizeirevier in Vesterbro, um den Dienstwagen dort abzuliefern. Aber wie weit ist er wohl gekommen?

Es kann nicht so weit sein.

Er hatte sich doch gerade erst ins Auto gesetzt. Zumindest kommt es ihm so vor.

»Ich bin auf dem Kildevej«, sagt er. Das weiß er mit Sicherheit. »Irgendwo zwischen Ørby und Helsinge. Ich bin gerade über den … verdammt, wie heißt der noch mal? Birkevej? Nein, Birkehøjvej. Ich bin kurz hinter dem Birkehøjvej.«

»Was ist passiert?«

»Ein Verkehrsunfall. Hier ist ein Auto gegen einen Baum gefahren. Ungefähr dreißig bis vierzig Meter davon entfernt liegt eine Frau auf der Straße. Sie hat schwere Kopfverletzungen. Sie ist bewusstlos, aber sie atmet.«

»Und das ist auf dem Kildevej, sagten Sie? Zwischen Ørby und Helsinge?«

»Ja. Südlich der Kreuzung Kildevej Birkehøjvej. Und ich brauche das komplette Programm. Krankenwagen, Feuerwehr, Polizei. Schicken Sie alles her.«

»Verstanden. Aber bleiben Sie bitte noch dran, während Sie warten, okay? Ich brauche Ihre Hilfe.«

»Okay.«

Dahl steht jetzt vor dem verunglückten Auto. Es sieht aus, als wäre es mit dem Baum verwachsen. Als bildeten der Baumstamm und die zusammengefaltete Motorhaube eine Einheit. Das Dach ist eingedrückt, die Frontschcibe pulverisiert, und überall liegen Glassplitter. Aus dem Motor, der trotz der Novemberkälte und des unaufhörlichen Regens immer noch heiß ist, steigt Dampf auf. Der Unfall muss erst wenige Minuten her sein.

»Sind Sie allein?«, fragt die Mitarbeiterin der Notrufzentrale.

Dahl schaut sich um. Es sind keine anderen Autos zu sehen. Weder in nördlicher noch in südlicher Richtung.

Oder doch …

Er kneift die Augen zusammen. In weiter Ferne sieht er durch den Regen zwei kräftige, weiße Lichter. Sie werden größer. Ein Auto nähert sich.

»Einen Moment«, sagt er in sein Handy. »Da kommt jemand.«

Er sieht noch einmal genauer hin. Jetzt sind die Lichter verschwunden. War da überhaupt etwas? Vielleicht war es nur eine optische Täuschung. Es können auch die Scheinwerfer seines eigenen Wagens gewesen sein, die sich auf der nassen Straße gespiegelt haben. Oder im fallenden Regen.

»Nein, doch nicht. Ich bin allein«, sagt er. »Ich stehe jetzt vor dem Unfallwagen. Da ist … Herrgott noch mal.«

»Reden Sie weiter«, ertönt es aus dem Handy. »Erzählen Sie mir, was Sie sehen.«

»Da ist ein Mädchen. Auf dem Rücksitz liegt ein kleines Mädchen.«

Dahl greift nach dem Türgriff der hinteren Wagentür. Sie lässt sich nicht öffnen.

»Ich komme nicht zu ihr rein.«

Seine Stimme ist jetzt nicht mehr ruhig.

»Bewegt sie sich?«

»Nein.«

Er zieht noch einmal am Türgriff. Kräftiger. Doch die Tür rührt sich nicht.

»Ich muss das Telefon wegstecken.«

Er lässt das Handy in seine Innentasche fallen. Fährt mit den Händen über die Türkante und findet einen zentimeterbreiten Spalt zwischen Tür und Kotflügel. Mit einiger Mühe kann er die Finger in den Spalt zwängen. Er zieht. Es knarrt im Metall. Die Tür gibt langsam nach. Er lehnt sich nach hinten. Beißt die Zähne zusammen und hängt sich mit seinem ganzen Körpergewicht hinein. 72,2 Kilo, wie die Waage heute Morgen angezeigt hat.

Wenn Nyland jetzt nur hier wäre, denkt er und sieht seinen Chef vor sich. Den Leiter der Ermittlungsgruppe in der Abteilung für Personen gefährdende Kriminalität, der er angehört. Mit einer Körpergröße von einem Meter neunzig und hundertzwanzig Kilo Gewicht hat Nyland sowohl die Kraft als auch die Eleganz eines Traktors. Er würde dieses Auto öffnen, als wäre es eine Dose Bohnen.

Die Tür fliegt auf und schwingt, unsicher in den Scharnieren hängend, hin und her. Dahl fällt nach hinten und trifft mit dem Steißbein auf dem Asphalt auf. Ein stechender Schmerz durchfährt seinen Körper, doch er hat jetzt keine Zeit, sich damit aufzuhalten. Er rappelt sich auf und schaut ins Auto. Das Mädchen liegt neben ihrem Kindersitz auf der Rückbank. Der Kopf ist blutig. Sie ist angeschnallt, aber nur um den Bauch, und wurde wahrscheinlich gegen den Vordersitz geschleudert, als das Auto gegen den Baum prallte. Oder sie wurde von einem Gegenstand getroffen, der lose im Auto lag und sich bei der Kollision in ein gefährliches Geschoss verwandelt hat.

Dahl krabbelt zu ihr hinein. Er dreht sie vorsichtig um. Hält den Atem an. Rechnet mit einem weiteren übel zugerichteten Gesicht. Aber nein. Es ist zwar Blut darübergelaufen, doch Verletzungen sind nicht zu sehen. Er rüttelt die Kleine leicht an der Schulter.

»Hallo«, sagt er. »Bist du wach?«

Keine Reaktion. Er legt drei Finger unter das Schlüsselbein des Mädchens und drückt zu. Wenn sie bei Bewusstsein wäre, würde der Schmerz eine Reaktion hervorrufen, doch sie bewegt sich immer noch nicht. Er hält das Ohr vor ihren Mund und stellt fest, dass sie nicht atmet.

Schnell holt er das Handy wieder hervor, aktiviert die Lautsprecherfunktion und legt es auf den Rücksitz.

»Das Mädchen atmet nicht«, sagt er. »Ich hole sie jetzt aus dem Wagen.«

Es kommt keine Antwort. Der Anruf wurde unterbrochen. Der Bildschirm ist schwarz. Offenbar ist der Akku leer.

Egal, denkt er. *Sie sind ja unterwegs. Gleich kommt Hilfe.*

Vorsichtig führt er die eine Hand unter den Rücken des Mädchens und stützt mit der anderen ihren Kopf ab. Er hebt sie aus dem Auto und legt sie am Straßenrand flach auf den Rücken. Beugt ihren Kopf ein wenig nach hinten und bläst ihr fünf Mal in den Mund. Leichte, lange Atemstöße. Ihr Brustkorb hebt und senkt sich im Takt mit der ein- und ausströmenden Luft. Er hebt den Kopf und betrachtet sie. Immer noch kein Lebenszeichen.

Dann schiebt er ihren Pullover hoch. Legt ihr eine Hand flach auf die Brust. Nur eine Hand. Kniet sich hin. Zögert. Obwohl er jedes Jahr einen Erste-Hilfe-Auffrischungskurs macht und genau weiß, was zu tun ist, kommen ihm Zweifel. Einen Augenblick ist er überzeugt davon, dass seine Hand den kleinen Brustkorb des Mädchens zerdrücken wird. Dass er sich viel zu schwer auf sie lehnen wird.

Er blinzelt das Regenwasser weg. Und in dem kurzen Moment, als seine Augen sich schließen, sieht er auf einmal das Sommerhaus vor sich. Das schwarz gestrichene Sommerhaus mit den weißen Sprossenfenstern. Genau, wie es an jenem

Abend vor sieben Monaten aussah. Er hört Thomas Nylands Anweisung, auf Hilfe zu warten. Und er sieht das Ergebnis dieser Anweisung eine halbe Stunde später auf zwei Tragen aus dem Haus kommen.

Nicht zögern, denkt er. *Niemals zögern.*

Dann drückt seine Hand auf den Brustkorb des Mädchens.

3

Hagel tanzt auf den Hausdächern. Er kam plötzlich und klingt wie ein einziger langer Trommelwirbel. Die Ankündigung einer sensationellen Zirkusnummer. Des großen Finales.

Thomas Nyland wünschte in diesem Moment tatsächlich, er befände sich auf einem Hochseil oder würde viele Meter über dem Erdboden von Trapez zu Trapez schwingen. Das wäre längst nicht so nervenaufreibend, wie über die Straße zu gehen und bei Natalja anzuklingeln.

Ich bitte um absolute Stille, geht es Thomas durch den Kopf, und wahrscheinlich hat er genau die von Natalja zu erwarten. Er weiß nicht, was er tun soll, wenn sie oben in ihrer Wohnung den Hörer der Gegensprechanlage abhebt, aber nicht mit ihm reden will. Die Gefahr, dass es so kommen wird, ist groß: Als er Natalja das letzte Mal tröstend die Hand auf die Schulter legen wollte, hat sie reagiert, als hätte er sie mit einem heißen Bügeleisen verbrannt.

»Also, was ist jetzt?«, fragt ihn der Taxifahrer. »Wollen Sie aussteigen, oder fahren wir weiter?«

Thomas bezahlt bar und steigt aus dem Wagen. Überquert die Straße und stellt sich vor der Tür des Mehrfamilienhauses, in dem auch Natalja lebt, unter. Sieht das Taxi davonfahren. Atmet einmal tief durch und platziert seinen Finger auf der Klingel neben Nataljas Namensschild.

Ein Summen ertönt.

Er wartet. Schaut sich um, ob irgendwer in der Nähe ist. Er weiß nicht, warum er das tut. Eigentlich kann es ihm egal sein, ob ihn jemand vor Nataljas Tür stehen sieht. Hier kennt ihn niemand, und außerdem weiß ja keiner, dass er ausgerechnet zu Natalja will. Und selbst wenn es jemand wüsste, ist ja wohl nichts weiter dabei, dass er sich nach ihrem Befinden erkundigen möchte, oder?

Oder?

In den letzten sieben Monaten war Thomas nicht ganz er selbst. Anfangs dachte er noch, das läge an Adam Zahle, seinem Kollegen, der im Uniklinikum vor seinen Augen ermordet wurde. Aber mittlerweile weiß er, dass nicht Zahles Tod ihm das Gefühl gibt, die ganze Zeit neben sich zu stehen. Nicht die Abwesenheit seines Kollegen lässt ihn sein Leben wie einen Film wahrnehmen, der sich vor seinen Augen abspielt. Zumindest nicht nur.

Es liegt auch an Natalja, die mich berührt und aus der Bahn gebracht hat.

Natalja Rudova. Die Spezialistin für slawischen Volksglauben, mit der Thomas vor sieben Monaten Kontakt aufgenommen hat, als ihm klar wurde, dass der Mord an seinem Kollegen etwas mit Drachenmythen und alten russischen Heldengedichten zu tun hatte. Sie hatten nur wenige Tage zusammengearbeitet, bevor die aufkeimende Beziehung oder Freundschaft oder was auch immer sich da gerade zwischen ihnen entwickelte, ein brutales Ende fand. Seitdem hat Natalja sich in ihrer Wohnung verbarrikadiert. Hat Zuflucht in ihrer Höhle gesucht und sich mit dem umgeben, was ihr mehr bedeutet als alles andere im Leben – Büchern und Einsamkeit.

Thomas kann nur mit einer Mischung aus Atemnot, Herzklopfen und schlechtem Gewissen an sie denken. Vor allem mit schlechtem Gewissen. Was sie am letzten Tag der Ermittlungen durchmachen musste, hätte er ihr nämlich zum größten Teil ersparen können, wenn er anders gehandelt hätte. Davon ist er überzeugt. Dabei hat er es immer als seine große Stärke betrachtet, den Menschen, die ihm nahestehen, eine Art schützende Mauer zu sein. Oder besser gesagt: Das war das Einzige, worin er jemals gut war in seinem Leben. Wenn man ihn fragt, warum er sich damals an der Polizeihochschule beworben hat, antwortet er immer, er habe den Schutzbedürftigen als Mauer dienen wollen. Diese Erklärung ist natürlich viel zu einfach. Es spielten noch Hunderte anderer Faktoren eine Rolle, als er von dem ostjütischen Bauernhof, auf dem er aufgewachsen ist, zur Polizei nach Kopenhagen ging. Aber die Leute scheinen ihn zu verstehen, wenn er es ihnen so erklärt.

Schon während seiner Schulzeit hatte er festgestellt, dass er bei Konflikten gut dazwischengehen konnte. Auf allen anderen Gebieten war er mittelmäßig. Er schrieb nur einigermaßen gute Aufsätze. Rechnete nicht besonders schnell. Wurde weder als Erster noch als Letzter in eine Mannschaft gewählt, wenn in den Pausen Fußball gespielt wurde. Bei Mädchen hatte er überhaupt keinen Erfolg, aber da ging es seinen Freunden nicht anders, deshalb machte ihm das nicht so viel aus. Er war ein großer, aber stiller Junge. Trotz seiner breiten Schultern in sich gekehrt.

Thomas hasste es, sich zu prügeln, wurde aber oft dazu aufgefordert, weil die anderen Jungs ihn als würdigen Gegner betrachteten. Ihn zu besiegen galt als echter Triumph. Doch hatte man ihn erst einmal in eine Prügelei verwickelt, unterlag er nie. Er war kräftig und ging keine Risiken ein. Konnte unzählige Schläge in den Bauch, gegen den Kopf und seine Fäuste wegstecken, ohne sich davon erschüttern zu lassen. Er wartete, bis sein Gegner vor lauter Übermut einen Fehler machte. Aus dem Gleichgewicht geriet. Ihm zu nahe kam. Und dann schlug er zu. Nur ein Mal. Immer nur ein Mal. Mehr war nie notwendig.

Thomas' Kraft war in der ganzen Gegend berüchtigt, und damit ging ein gewisser Respekt einher, ein Ruf, der ihm auch als Jugendlicher noch lange anhing. Wenn eine Gruppe Jungs aus seiner Klasse mit einer Gruppe von einer anderen Schule aneinandergeriet, ging Thomas dazwischen. Er ging dazwischen, wenn der Sportverein einen Discoabend veranstaltete und die Jungs des Ortes sich mit denen aus dem Nachbarort prügeln wollten. Und er ging dazwischen, wenn ein Mädchen aus dem Freundeskreis beim Ausgehen von ihrem Exfreund oder irgendeinem betrunkenen Idioten belästigt wurde. Viele Jahre lang war das der einzige Kontakt, den er zum anderen Geschlecht hatte. Er war ein Bodyguard.

Genauso fühlt er sich auch jetzt, da er auf den Stufen vor Nataljas Haustür steht. Nur dass es ihm nicht gelungen ist, sie zu beschützen, als es wirklich notwendig war.

Es vergeht eine Weile. Er weiß nicht, wie lange er so dasteht, doch es kommt ihm vor wie eine Ewigkeit.

Nichts passiert.

Dann geht er die Stufen wieder hinunter, tritt hinaus in den Regen und hat sich bereits so weit vom Lautsprecher im Hauseingang entfernt, dass er das leise Knacken fast nicht registriert, als oben in der Wohnung der Hörer abgehoben wird.

Er dreht sich um und geht schnell zurück.

»Hallo?«, sagt er. »Natalja?«

Sie erwidert nichts. Aber am Summen in der Leitung hört er, dass eine Verbindung besteht.

Er räuspert sich. Möchte sie ansprechen, doch er weiß nicht, was er sagen soll.

»Natalja?«, wiederholt er schließlich. »Bist du da?«

Immer noch keine Antwort.

Er bleibt einen Moment stehen und wartet ab, ob sie vielleicht etwas sagt. Nicht weil er damit rechnet, sondern weil er es nicht verpassen will, falls es doch geschieht. Er weiß nicht, wie lange er dort steht und dem leisen Summen und den kurzen, knackenden Geräuschen aus dem Lautsprecher lauscht, bevor er sagt: »Du hast ja meine Nummer, falls du doch noch mit mir reden möchtest. Später irgendwann. Du kannst dich jederzeit melden.«

Dann dreht er sich um und geht wieder hinaus in den Regen. Geht zur Østerbrogade und winkt ein Taxi heran. Bittet den Fahrer zuerst, ihn zu seiner Wohnung in Nørrebro zu bringen, entscheidet sich aber noch einmal um und will stattdessen zu einem Café in der Nähe gefahren werden.

Normalerweise mag er seine Wohnung, ja, eigentlich liebt er sie geradezu. Doch in letzter Zeit ist ihm diese Liebe irgendwie abhandengekommen. Jetzt fühlt sich die Wohnung zu groß und gleichzeitig zu klein an. Zu groß, als dass er sie ganz allein füllen könnte, egal, wie viele Kilo er mittlerweile mit sich herumschleppt, und zu klein für die Träume von dem Leben, das er gern führen würde.

Thomas ist siebenunddreißig Jahre alt und wohnt immer noch allein in der Zweizimmerwohnung, die er sich kurz nach Beginn seiner Ausbildung an der Polizeihochschule gekauft hat. Er besitzt nach wie vor das zusammengewürfelte alte Mobiliar, das er damals von zu Hause mitgenommen hat: das alte Sofa, das im Arbeitszimmer seines Vaters herumstand, weil Thomas' Mutter es nicht übers Herz brachte, es auf den Müll zu befördern, aber auch keinen geeigneten Ort fand, wo es sonst stehen konnte. Die alten Küchenmöbel, die seine Eltern sowieso durch eine neue Einrichtung ersetzen wollten. Den Plattenspieler aus seinem Jugendzimmer. Seinen geliebten Technics 1210 MK II.

Damals hatte er sich gedacht, dass er die Möbel mit der Zeit gegen neue austauschen würde, wenn er erst einmal Geld verdiente. Wenn er eine Freundin fände und mit ihr zusammenzöge. Wenn sie heirateten und Kinder bekämen. Doch das ist nie passiert. Geld hat er zwar verdient, aber der Rest seiner Träume ist nie in Erfüllung gegangen, und jetzt hat er das Gefühl, in einer Zeitkapsel gefangen zu sein. Alles in seiner Wohnung erinnert ihn an das, was er nicht hat. Und nicht ist.

Das Taxi setzt ihn vor einem Café auf der Jægersborggade ab, in dem er noch nie war. Das ist nicht weiter verwunderlich, denn er ist schon lange nicht mehr ausgegangen. Er setzt sich an die Bar und studiert das Angebot auf einer Tafel, die über einem roten Ledersofa hängt. An den Wänden sind

Hände von Schaufensterpuppen festgeschraubt, und in den Händen liegen Äpfel und Orangen.

Bei einer hübschen isländischen Bedienung mit einem dicken weißblonden Pferdeschwanz bestellt Thomas eine Tasse heiße Schokolade und ein Mineralwasser und bereut es sofort, dass er sich an die Bar gesetzt hat, wo er für jedermann zu sehen ist. Darüber hat er, als er Platz nahm, nicht nachgedacht.

Sein Blick wandert über helle Holzbänke und schwarz, gelb und violett gestrichene Stühle, die mit kalkulierter Willkür unter einem Meer unterschiedlicher Deckenlampen angeordnet sind. In einer Ecke des Raumes sieht er einen freien Tisch, und als die Bedienung ihm seine Bestellung bringt, nimmt er die Wasserflasche und die Tasse mit hinüber in die Ecke. Setzt sich dorthin und betrachtet die Grüppchen junger Leute. Obwohl eigentlich viele von ihnen in seinem Alter sind, hat Thomas das Gefühl, einer völlig anderen Generation anzugehören. Einer anderen Welt. Einer ganz anderen Dimension.

Er hört Bruchstücke von Unterhaltungen über Musik, die er nicht kennt, und irgendwo im Raum streitet sich ein Pärchen. Leise, aber aufgebracht. Thomas fällt ein, dass heute Freitag ist. Freitagabend. Wahrscheinlich sind deshalb so viele Leute in der Stadt.

Er trinkt sein Mineralwasser und seine heiße Schokolade.

Vielleicht sollte ich Dahl anrufen und nachhören, wie es in Ørby gelaufen ist, denkt er plötzlich. *Er müsste mittlerweile fertig sein.*

Er holt sein Handy hervor und ruft seinen Kollegen an. Sofort schaltet sich die Mobilbox ein. Entweder telefoniert Dahl gerade mit jemandem, oder er hat das Handy ausgeschaltet. Thomas schaut auf die Uhr. Es ist bereits nach halb elf.

Vielleicht dauert es doch etwas länger in Ørby.

Er steht auf. Stößt versehentlich gegen den Tisch, sodass die leere Wasserflasche klirrend umfällt und sowohl die Musik als auch das Stimmengewirr im Café zu übertönen scheint. Einen Moment kommt es Thomas so vor, als würden ihn alle anstarren. Den Blick zu Boden gerichtet, zwängt er sich durch die Menschenmenge und geht schnell hinaus auf die Straße.

Eine Gruppe junger Leute steht ein paar Meter entfernt an der Straßenecke. Ein Mädchen, das ohne Jacke am Rand der Gruppe steht, schlingt sich die Arme um den Oberkörper. Ihr Atem hängt weiß in der Abendluft. Ihre Beine sind vor Kälte blau angelaufen. Auf der anderen Straßenseite ist gerade ein Pärchen mittleren Alters auf dem Weg in ein Treppenhaus. Die Frau ist mit ihren Schlüsseln an der Haustür zugange.

Thomas zieht den Reißverschluss seines etwas zu kleinen Anoraks bis zum Kinn zu und macht sich auf den Heimweg. Geht an dem Grüppchen an der Straßenecke vorbei und biegt in den Jagtvej ab. Steckt die Hände in die Jackentaschen. Ein Auto nähert sich von hinten, und als es vorbeifährt, hört Thomas, wie sich der Bass einer Technonummer mit dem trockenen Röcheln eines löchrigen Auspuffs und dem Jubelschrei eines jungen Mannes mischt, der sich seitlich aus dem Fenster lehnt und die Arme in den Himmel reckt. Als das Auto ein Stück vor ihm an einer jungen Frau vorbeifährt, drückt der Fahrer des Wagens auf die Hupe. Die Frau zuckt zusammen. Der junge Mann wirft ihr ein paar Kusshände zu und ruft irgendetwas, wovon Thomas nur das letzte Wort versteht: »Hure.«

Die Frau zeigt dem jungen Mann den Mittelfinger, wendet das Gesicht ab und hält sich die offene Winterjacke mit einer Hand vor der Brust zu. Thomas lässt das Auto nicht aus den Augen, um zu sehen, ob es anhält, aber es fährt langsam weiter und biegt in einiger Entfernung um eine Ecke.

Thomas folgt der jungen Frau ein Stück auf Abstand, um sicherzugehen, dass das Auto nicht noch einmal zurückkommt. Dann biegt er in die Nørrebrogade ein und geht nach Hause.

Es knirscht in seinen Knien, als er die Stufen zu seiner Wohnung hinaufsteigt. Es ist das ständige Knirschen und Klagen eines Bewegungsapparats, der einer konstanten Überbelastung ausgesetzt ist. Thomas nimmt das Klagelied seiner Knie schon gar nicht mehr wahr. Sie haben sich bereits so oft beschwert, dass er ihren Protest nicht mehr ernst nehmen kann. Letzten Endes tragen sie seine hundertzwanzig Kilo nach wie vor zu seiner Wohnungstür hinauf. Und sie halten ihn immer noch aufrecht.

In seiner Wohnung blickt er aus dem Fenster. Hört den Wind, der an den Fensterrahmen rüttelt. Unten auf der Straße gehen die Leute dicht an den Hauswänden entlang, auf der Suche nach Schutz vor dem Wind.

Irgendwo im Haus stöhnt und schreit ein Paar, und in der Nachbarwohnung hört jemand Opernmusik. Vielleicht, um das geräuschvolle Paar damit zu übertönen.

Genau das mag Thomas an seiner Wohnung mitten in Nørrebro am liebsten. Er hat immer Menschen in seiner Nähe.

Egal, wie früh oder spät es gerade ist, er sieht und hört stets das Leben, das um ihn herum stattfindet.

Im Laufe der letzten Monate jedoch ist ihm mehr und mehr aufgefallen, was für Geräusche aus seiner eigenen Wohnung kommen. Wenn er hören kann, was seine Nachbarn tun, dann können sie ihn auch hören. Oder besser gesagt: Meistens hören sie eben nichts von ihm, und genau das ist das Problem. Er lebt hier still vor sich hin. Hat niemanden, mit dem er reden kann, wenn er nicht auf der Arbeit ist. Nur wenn er Musik hört, dringen Lebenszeichen aus seiner Wohnung. Deshalb legt er von Zeit zu Zeit eine Platte auf. Die Mills Brothers natürlich, denn er hat eine Schwäche für die Vokalensembles der Vierzigerjahre, und die Mills Brothers hört er am allerliebsten. Er dreht die Musik lauter als nötig, um den Nachbarn mit dem vierstimmigen Gesang aus den Lautsprechern zu signalisieren, dass hier jemand lebt. Und zwar nicht irgendjemand, sondern ein Mensch, der sich für Musik interessiert.

Dann strömt beispielsweise *Autumn Leaves* in den Raum. Thomas liebt dieses Stück. Und es scheint perfekt zu seiner derzeitigen Stimmung zu passen. Zu der leisen Sehnsucht, die ihn ergreift, wenn er an Natalja denkt.

Er seufzt. Zuerst wehmütig. Dann irritiert.

Ich heule nicht nur einer Frau hinterher, mit der ich nie auch nur ansatzweise zusammen war – und ob ich überhaupt mit ihr zusammen sein will, ist eine ganz andere Frage –, ich heule ihr noch dazu wie ein Neunzigjähriger hinterher. Mills Brothers? Im Ernst? Kann ich nicht wenigstens zu Lady Gaga Trübsal blasen?

An diesem Abend lässt er seine Plattensammlung stehen. Er geht ins Badezimmer und zieht sein Hemd hoch. Betrachtet die Narbe, die er sich in der Nacht, als Zahle getötet wurde, zugezogen hat. Im Moment hat sie die Farbe von gebratener Leber, aber unter Anstrengung leuchtet sie tiefrot. Wenn er schnell läuft oder etwas Schweres hebt.

Er wendet sich vom Spiegel ab, damit er sie nicht mehr sehen muss. Und damit er nicht von seiner eigenen Nacktheit überwältigt wird, wenn er sich auszieht.

Das Badezimmer ist so klein, dass er mit den Knien und Ellbogen gegen Wände und Tür stößt, als er sich von seinem Hemd, der Hose, der Unterwäsche und den Socken befreit. Er wirft alles in den Flur und zieht den Vorhang zu, den er vor der Badezimmertür angebracht hat, um sie vor dem Spritzwasser zu schützen. Beim Duschen wird nämlich nicht nur sein Körper nass, sondern auch jeder einzelne Quadratzentimeter seines Badezimmers.

Als er nach dem Duschen die Tür öffnet, damit der Wasserdampf abziehen kann, hört er sein Handy im Wohnzimmer klingeln.

Natalja, denkt er und eilt zum Handy, das auf dem Tisch im Wohnzimmer liegt. Erst als er es in der Hand hält, wird ihm bewusst, dass er immer noch nackt ist. Das Licht ist an, und die Vorhänge sind nicht zugezogen. Wenn in den Wohnungen auf der anderen Seite der schmalen Straße noch Leute wach sind, haben sie freie Sicht auf sein Wohnzimmer. Und auf ihn. Er nimmt den Anruf entgegen und geht mit dem Handy in den Flur. Fort von den Fenstern.

»Nyland«, sagt er.

»Nyland, hier ist Meilby.«

Steffen Meilby ist Thomas' Chef. Kommissariatsleiter in der Abteilung für Personen gefährdende Kriminalität. Zuständig für Tötungsdelikte und Brandstiftung. Der Abteilungsleiterin Karin Lose direkt unterstellt.

Thomas atmet tief ein. Ein Anruf von Meilby um diese Uhrzeit bedeutet normalerweise, dass Thomas in den nächsten Tagen rund um die Uhr arbeiten wird.

»Wer ist tot?«, fragt er.

»Es geht um keinen Mord«, sagt Meilby. Thomas hört am anderen Ende das Pfeifen des Windes. Sein Chef muss sich irgendwo draußen befinden.

»Worum dann?«

»Martin Dahl ist verschwunden. Sie müssen sofort kommen.«

4

Die Straße ist in beide Richtungen gesperrt. Streifenwagen stehen mit eingeschaltetem Blaulicht an beiden Enden des etwa zweihundert Meter langen abgesperrten Bereichs quer auf der Fahrbahn. Ein paar Polizisten in dunkelblauen Winteruniformen geben den sich nähernden Autofahrern mit Gesten und Rufen zu verstehen, dass sie umdrehen und sich eine andere Route suchen sollen.

Thomas lässt das Seitenfenster herunter und zeigt seine Marke vor, als er bei den Polizisten angelangt ist. Einer von ihnen setzt sich in den quer auf der Fahrbahn stehenden Streifenwagen und fährt ein kleines Stück zurück, sodass Thomas gerade eben vorbeipasst.

Innerhalb des abgesperrten Bereichs sind nur Streifenwagen, Hundestreifen und zivile Dienstwagen zu sehen. Feuerwehr und Krankenwagen, die ebenfalls vor Ort gewesen sein müssen, sind schon wieder weg.

Thomas zwängt sich mit seinem grauen VW Passat genau zwischen zwei Fahrzeuge. Das Auto ist ein Dienstwagen, den er am Polizeipräsidium abgeholt hat. Er selbst besitzt kein Auto, denn in der Nähe seiner Wohnung gibt es alles, nur keine Parkplätze. Die Nachteile der langen Parkplatzsuche am Abend wären weitaus größer als die Freude an einem eigenen fahrbaren Untersatz.

Als er aussteigt, reißt ihm der Wind die Tür aus der Hand und schlägt sie fast in den Kotflügel der nächsten Streife. Thomas muss mit beiden Händen zupacken, um die Tür zu schließen. Er dreht sich um und entdeckt Meilby, der auf ihn zukommt. Sein Gesicht wird durch das blinkende Blaulicht der Streifenwagen immer nur kurz erhellt. Der schnelle Wechsel zwischen dem grellen blauen Licht und den schwarzen Schatten verzerrt seine ohnehin schon eigenartigen Gesichtszüge und lässt ihn wie einen Gnom aus einem Märchen erscheinen. Steffen Meilbys Kopf wirkt verschrumpelt und klein, doch seine Ohren sind riesig. Im Präsidium heißt es, der Chef höre alles, verstehe aber nichts. Nachdem Thomas nun ein Jahr unter Meilby gearbeitet hat, kann er sagen, dass Ersteres auf jeden Fall zutrifft. Meilbys satellitenschüsselähnliche Ohren scheinen selbst das leiseste Flüstern in den hohen Büroräumen und den langen, gewundenen Korridoren wahrzunehmen. Was den zweiten Teil des Gerüchts betrifft, ist sich Thomas noch nicht ganz sicher. Er persönlich hat bisher gut, wenn auch nicht besonders eng mit ihm zusammengearbeitet.

»Da sind Sie ja«, sagt Meilby.

»Ich bin so schnell gekommen, wie ich konnte«, erwidert Thomas. »Was ist passiert?«

»Um ehrlich zu sein, habe ich keine Ahnung. Kommen Sie mit.«

Thomas folgt seinem Chef.

»Um 22:04 Uhr geht in der Notrufzentrale ein Anruf von Martin Dahl ein«, fährt Meilby fort. »Er sagt, dass er ein verunglücktes Auto und dreißig, vierzig Meter davon entfernt eine Frau auf der Straße gefunden hat. Die Frau lebt, ist aber nicht bei Bewusstsein. Etwa eine Minute später entdeckt Dahl, dass in dem verunglückten Auto ein kleines Mädchen liegt, und er legt oder steckt sein Handy irgendwie weg, wahrscheinlich, um der Kleinen zu helfen. Kurz darauf wird der Anruf unterbrochen. Aber die Notrufzentrale ...«

»Unterbrochen?«, fragt Thomas dazwischen.

Sie stehen vor dem verunglückten Auto, das von einem Baum am Straßenrand so eingedrückt ist, dass es an eine riesige, dunkle Papierkugel auf Rädern erinnert. Die eine Tür hinten steht offen. Meilby deutet mit dem Kopf darauf: »Wir haben sein Handy auf dem Rücksitz gefunden. Laut Telefongesellschaft ist die Verbindung abgebrochen, weil das Handy ausgeschaltet wurde. Wahrscheinlich war der Akku leer. Zumindest hatte es keinen Strom mehr, als wir es gefunden haben. Aber die Notrufzentrale konnte noch zwei Krankenwagen, Streifenwagen und eine Rettungsmannschaft von der Feuerwehr Nordseeland herschicken. Eine unserer Streifen war gerade in der Nähe und innerhalb von sechs Minuten vor Ort. Als sie hier ankam, war Dahl verschwunden. Und das Mädchen, das er der Notrufzentrale gegenüber erwähnt hatte, war auch wie vom Erdboden verschluckt. Die Polizisten haben nur den Unfallwagen, die Frau auf der Straße und einen leeren Ford Mondeo gefunden. Wir haben das Kennzeichen überprüft. Es ist einer von unseren Wagen, Dahl hatte sich ihn am Nachmittag ausgeliehen.«

»Was ist mit der Frau? Was sagt sie?«

»Sie ist im Krankenwagen auf dem Weg zum Uniklinikum gestorben. Massive innere Blutungen und schwere Kopfverletzungen. Sie war nur noch Brei. Sie hatte keine Chance.«

Thomas holt seine kugelschreibergroße Taschenlampe aus der Innentasche seines Anoraks hervor und leuchtet auf die Rückbank des zerstörten Autos. Ein großer, dunkler Fleck hat sich auf dem ganzen Polster ausgebreitet.

»Jede Menge Blut«, sagt er.

»Ja. Es deutet alles darauf hin, dass Dahl recht hatte. Auf dem Rücksitz dieses Autos muss jemand gelegen haben.«

»Er versucht also, ein verletztes Mädchen zu retten. Sechs Minuten später taucht ein Streifenwagen auf, und da sind beide verschwunden?«

Thomas reibt sich die Stirn. Sucht mit dem Lichtkegel seiner Taschenlampe den gesamten Innenraum des Autos ab. Überall sind Glasscherben und Blut.

»Es ist also in etwa Folgendes passiert: Die Frau hat die Kontrolle über den Wagen verloren. Sie ist von der Fahrbahn abgekommen, hat versucht, wieder auf die Straße zurückzugelangen, und ist mit dem Baum kollidiert. Sie war nicht angeschnallt, sodass sie durch die Frontscheibe geflogen und vierzig Meter in dieser Richtung zum Liegen gekommen ist. Mitten auf der Straße.«

Er deutet mit der Taschenlampe die Straße hinauf. Tiefer in den abgesperrten Bereich.

»Sie lag genau auf dem Mittelstreifen«, sagt Meilby. »Wissen Sie, was Dahl hier um diese Uhrzeit zu suchen hatte?«

Thomas steckt mit dem Kopf schon wieder halb in dem Unfallwagen, als er antwortet: »Er war in Ørby, um mit einem Gewaltopfer zu reden. Einem jungen Mann, der letzten Freitag in Kopenhagen eins gegen den Schädel gekriegt hat. Also das heißt, nicht nur eins. Gleich mehrere Paar Stiefel sogar. Im wahrsten Sinne des Wortes. Drei Männer sind abwechselnd auf ihn gesprungen. Die Polizei wurde gerufen, die Täter gefasst und das Opfer verhört. Aber dann hat er auf einmal kalte Füße bekommen und wollte die Anzeige wieder zurückziehen. Dahl ist zu ihm gefahren, um ihn zur Vernunft zu bringen.«

»Kann das irgendwas mit dieser Sache hier zu tun haben?«

»Glaube ich nicht. Ich wüsste zumindest nicht, wo da die Verbindung sein soll.«

Meilby tippt Thomas an. »Ich möchte Ihnen jemanden vorstellen.«

Thomas schaut auf und sieht ein bekanntes Gesicht näher kommen. Eine Frau in seinem Alter. Jungenhafte Erscheinung. Schmächtig wie ein Teenager. Mit kurzen, blonden Locken und einem spitzen Kinn. Sie streckt Thomas die Hand entgegen und lächelt. Ihre Stimme ist überraschend tief: »Lange nicht gesehen, Nyland.«

»Møller«, brummt Thomas. »Freut mich.«

»Sie kennen sich vielleicht schon?«, wirft Meilby ein.

»Selber Jahrgang auf der Polizeihochschule«, sagt die Blonde.

Es dauert noch einen Moment, bis Thomas auf ihren Vornamen kommt.

»Rikke«, sagt er laut und versucht, möglichst natürlich zu klingen. »Rikke Møller.«

Thomas tritt von einem Bein aufs andere. Unsicher, wie er jetzt weitermachen soll. In Wahrheit erinnert er sich kaum an Rikke Møller, aber vielleicht ist sie ja der Meinung, sie hätten sich gut gekannt. Auf der Schule hatten sie unterschiedliche

Freundeskreise. Oder anders gesagt: Rikke Møller hatte viele Freunde, Thomas so gut wie keine. Aber er hat sich ein paarmal in der Stadt mit ihr unterhalten.

»Ich bin jetzt bei der Polizei Nordseeland«, sagt Rikke.

»Dann befinden wir uns also in deinem Bezirk?«

»Kann man so sagen. Aber kein Grund, sich als Platzhirsch aufzuspielen. Oder vielmehr als Platzhirschkuh. Wir sind schließlich alle daran interessiert, euren Kollegen und das Mädchen so schnell wie möglich zu finden, nicht wahr?«

»Gut«, sagt Thomas und reibt sich die Hände warm. »Also, was machen wir jetzt? Dem vielen Blut auf dem Rücksitz nach zu urteilen, ist das Mädchen schwer verletzt. Ohne ärztliche Behandlung ist es nur eine Frage der Zeit, bis …«

Er hält inne. Will den Satz nicht zu Ende führen.

Sie wenden sich beide Meilby zu.

»Wir sind gerade dabei, sämtliche Notaufnahmen in Nordseeland und Kopenhagen zu kontaktieren, um zu hören, ob Martin Dahl in irgendeiner davon mit dem Mädchen aufgetaucht ist«, beantwortet Meilby ihre unausgesprochene Frage. »Und wir suchen die Umgebung mit Spürhunden ab. Für den Fall, dass Dahl sich zu Fuß auf den Weg gemacht hat, um Hilfe zu holen. Dieses verdammte Mistwetter ist nicht gerade hilfreich, aber wir müssen es trotzdem versuchen. Außerdem müssen wir herausfinden, wer die Tote ist.«

»Hatte sie keinen Führerschein bei sich?«, fragt Thomas.

»Nein. Auch keinen Ausweis, keine Krankenversicherungskarte, EC-Karte oder irgendetwas anderes, womit man sie identifizieren könnte. Ihr Zähne sind quer über Nordseeland verteilt, da können wir also auch nicht ansetzen. Wir müssen das Kfz-Kennzeichenregister durchgehen, um ihren Namen zu finden.«

»Großartig«, meint Rikke Møller. »Also, wenn ich mich um das Kennzeichen kümmere …«

»… dann fahre ich nach Valby und informiere Dahls Frau«, beendet Thomas ihren Satz. »Oder hat schon jemand mit ihr geredet?«

Meilby schüttelt den Kopf. »Nein. Aber ich finde nicht, dass Sie jetzt den ganzen Weg zurück nach Kopenhagen fahren sollten, Nyland. Sie sind gerade erst gekommen. Wir können doch einfach jemanden hinschicken.«

»Nein«, brummt Thomas. »Dahl ist mein Mitarbeiter. Das liegt in meiner Verantwortung. Ich würde das gern selbst übernehmen.«

5

Lene Dahl hatte mit ihrem Mann gerechnet. Daran zweifelt Thomas keine Sekunde, als er die Falten in ihrem Gesicht sieht. Ihre Augen. Die Mundwinkel. Die Wangen. Alle Linien unter dem zerzausten, strohblonden Haar zeigen nach unten. Ihre Augen funkeln zornig. Die Arme hat sie vor ihrem gestreiften Schlafanzugoberteil verschränkt.

Doch dann wird ihr klar, dass dort nicht ihr Mann viel zu spät nachts vor der Tür steht. Und innerhalb der nächsten Sekunde wechselt ihr Gesichtsausdruck unzählige Male. Von Wut in ihren verschiedenen Facetten zu Verwirrung, Sorge, Nervosität, Wohlwollen und Angst.

Thomas sieht ihr sofort an, dass sie im ersten Moment nicht weiß, wer er ist. Sie sind sich nie begegnet. Lene war nie zu Besuch im Polizeipräsidium, seit Thomas der Vorgesetzte ihres Mannes ist, und Thomas war nie zu Besuch in Martin Dahls Backsteinvilla hier in Valby. Auf dem Weg vom Unfallort hierher musste Thomas sogar am Straßenrand anhalten, um die Adresse der Dahls im Internet zu suchen und ins Navigationssystem einzugeben, damit er überhaupt herfinden konnte.

Erst auf den zweiten Blick scheint es Lene Dahl allmählich zu dämmern. Ihr Mann muss ihr von Thomas erzählt haben, und nun hat ihr Gehirn wohl eine Verbindung zwischen

Dahls Beschreibung seines Chefs und dem großen, schweren Mann vor ihrer Haustür hergestellt.

»Was ist passiert?«, fragt sie.

»Mein Name ist Thomas Nyland. Ich bin Martins Chef. Darf ich reinkommen?«

»Wo ist Martin?«

Thomas bemüht sich, ihr nicht direkt in die Augen zu sehen, als er sagt: »Martin ist verschwunden.«

»Verschwunden? Was heißt das? Was meinen Sie?«

»Soll ich nicht erst einmal reinkommen? Dann können wir drinnen weiterreden.«

Lene Dahl tritt einen Schritt zur Seite und lässt Thomas in den Flur. Sein Blick wandert durch den kleinen Raum. Eine Treppe führt in die erste Etage. Sie ist schmal und steil. Weiß gestrichen mit schwarzem Geländer.

»Wir müssen leise sein«, sagt Lene Dahl. »Da oben schlafen die Mädchen.«

Thomas erinnert sich noch gut daran, wie Dahl ihm von seinen Kindern erzählt hat. Den Quasizwillingen im Alter von sieben und acht. Thomas hat sogar Fotos von ihnen gesehen. Doch wie sie heißen, hat er vergessen.

Er folgt Lene Dahl durchs Wohnzimmer. Hier sind die Wände oberhalb der hohen Vertäfelung mit pastellfarbenen, zart geblümten Tapeten versehen. Thomas sieht weiße Möbel in einer Art modernem Rokokostil, eine Fülle gemusterter Kissen und in gleichmäßigen Reihen angeordnete Stumpenkerzen in den Fenstern. Es geht weiter in die Küche, in der Tellerregale und weiß emaillierte gusseiserne Töpfe für eine ländliche Atmosphäre sorgen.

Thomas entdeckt ein kleines, schwarzes Modellauto, das auf dem Fensterbrett über dem Waschbecken steht. Ein Sportwagen.

»Das Fenster da hat Martin dekoriert«, kommentiert Lene Dahl. »Für den Rest bin ich verantwortlich, wie man vielleicht sieht.«

Thomas nickt.

»Was ist mit meinem Mann passiert?«, fragt sie dann. In ihrer Stimme liegt immer noch mehr Wut als Sorge. Sie muss sich den ganzen Abend über innerlich auf eine Standpauke eingestellt haben, und dieses Gefühl lässt sich wohl nicht so leicht abschütteln.

Thomas räuspert sich. »Er war heute Abend in Ørby. Um mit einem Zeugen zu reden. Er wollte ihn davon überzeugen …«

»Das können Sie sich sparen«, unterbricht Lene Dahl ihn, und zwischen Pastellfarben und Designertöpfen tönt ihr Ausruf unerwartet schrill durch den Raum.

»Seine Arbeit interessiert mich nicht«, fährt sie etwas ruhiger fort. »Ich will nur wissen, was passiert ist. Ist er tot?«

»Entschuldigen Sie, ich …«, setzt Thomas an. »Nein, er ist nicht tot. Martin ist auf dem Rückweg von Ørby an einer Stelle vorbeigekommen, wo gerade ein Verkehrsunfall passiert war. Auf dem Kildevej. Ein Auto mit einer Frau und einem kleinen Mädchen war gegen einen Baum geprallt. Martin hat in der Notrufzentrale angerufen und versucht, dem Mädchen zu helfen. Es wurden sofort Polizei und Krankenwagen zum Unfallort geschickt, aber als sechs Minuten später der erste Wagen dort eintraf, waren Martin und das kleine Mädchen verschwunden.«

»Verschwunden?«

»Ja. Weg. Nur die Frau war noch da.«

»Und was sagt sie?«

»Nichts. Sie ist im Krankenwagen auf dem Weg zum Uniklinikum gestorben.«

Ein Schauer überläuft Lene Dahl.

»Und was ist mit Martins Handy?«, fragt sie.

»Das lag auf dem Rücksitz des verunglückten Autos. Der Akku war leer.«

Lene Dahl schüttelt den Kopf. »Das verstehe ich nicht.«

»Es gibt keinen Grund, sich Sorgen zu machen«, versucht Thomas sie zu beruhigen. »Vielleicht ist ein Auto vorbeigekommen und hat Martin und das Mädchen ins Krankenhaus mitgenommen.«

Die Worte kommen ihm nur mit Mühe über die Lippen. Erst jetzt, da er Dahls Ehefrau gegenübersitzt, merkt er, dass seine Hände zittern. Offenbar hat sein Körper verstanden, dass sehr wohl Grund zur Sorge besteht, lange bevor sein Geist zu demselben Schluss gekommen ist.

Dahl wäre nie mit irgendeinem Auto mitgefahren, wenn er wusste, dass ein Krankenwagen unterwegs war. Zumindest nicht, ohne die Notrufzentrale darüber zu informieren. Und er hätte nie den Unfallort verlassen, um nach Hilfe zu suchen. Es sei denn, ihm war nicht klar, dass der Krankenwagen schon auf dem Weg war. Vielleicht dachte er, sein Akku sei leer gewesen, bevor er den Hilferuf durchgeben konnte? Nein. Und selbst wenn er mit jemandem mitgefahren wäre, hätte er auf jeden Fall in der Notrufzentrale Bescheid gegeben, und zwar spätestens vom Krankenhaus aus oder von irgendeinem Haus in der Nähe.

»Was unternehmen Sie, um ihn zu finden?«, fragt Lene Dahl.

Nun ist der Zorn aus ihrer Stimme verschwunden. Sie klingt nur noch ängstlich.

»Alles, was wir können«, antwortet Thomas, ohne sich sicher zu sein, ob diese Antwort sie beruhigt oder nur noch mehr in Sorge versetzt. »Im Moment suchen wir die Gegend um den Unfallort mit Spürhunden ab. Und wir sind dabei, die Identität des Mädchens und der Frau zu ermitteln.«

»Was soll das bringen?«

Thomas breitet hilflos die Arme aus.

»Na ja …«, setzt er an, doch dann wird er wieder von Lene Dahl unterbrochen: »Was ist mit dem Mädchen? Wenn es verletzt ist … ich meine, wenn es in einen Verkehrsunfall involviert war …«

Sie hält inne.

»Wir tun unser Bestes, um die beiden so schnell wie möglich zu finden«, brummt Thomas. »Und Sie haben natürlich recht. Die Zeit ist sicherlich knapp.«

Sein Handy klingelt.

»Entschuldigen Sie«, sagt er. »Das könnte wichtig sein. Wo kann ich telefonieren?«

»Im Wohnzimmer«, antwortet Lene Dahl. »Aber seien Sie leise, damit Sie nicht das ganze Haus aufwecken. Es gibt keinen Grund, die Mädchen zu beunruhigen.«

Thomas nickt, steht auf und geht hinüber in das dunkle Wohnzimmer. Er holt sein Handy hervor, ohne die Rufnummer auf dem leuchtenden Display zu erkennen.

»Nyland«, flüstert er.

»Møller hier«, ertönt Rikkes charakteristische tiefe Stimme. Eine Stimme, die mehr nach einem jungen Mann als nach einer Frau klingt. »Ich habe herausgefunden, wer die Frau ist.«

»Das Kennzeichen war also ein Treffer?«

»Nicht direkt. Der Wagen war auf jemand anderen gemeldet. Einen Mann namens … Moment … Erik Lund. Aber ich habe ihn angerufen, und er hat mir erzählt, dass er das Auto vor einem Monat einer Frau verkauft hat. Es wurde nur noch nicht umgemeldet.«

»Und wie hieß sie?«

»Susanne Aagaard.«

»Was ist mit dem Namen des Mädchens? Kannte er den auch?«

»Er meinte, die Kleine heißt Emma.«

»Und sie ist Susanne Aagaards Tochter?«

»So wurde sie ihm zumindest vorgestellt, als er mit den beiden gesprochen hat. Aber ich habe noch mehr: Wie sich herausgestellt hat, ist Erik Lunds Bruder Miethai auf Lolland, und er hat in Horslunde ein Haus an Susanne Aagaard und ihre Tochter vermietet.«

»Horslunde?«

»Das liegt etwas nördlich von Nakskov. Dieser Bruder hat überhaupt erst den Kontakt zwischen Erik Lund und Susanne Aagaard hergestellt. Sie haben sich auf eine Art Gesamtpaket geeinigt. Susanne Aagaard hat das Auto gekauft und ist zur selben Zeit in das Haus eingezogen.«

»Dann hast du also ihre Adresse?«

»Ja. Hast du was zum Schreiben?«

»Nein. Aber Elefanten vergessen nichts«, sagt Thomas. Und seufzt. Er wünschte, er könnte mal eine Unterhaltung führen, ohne früher oder später auf sein Gewicht zu sprechen zu kommen. Das ist ihm mittlerweile zur schlechten Angewohnheit geworden. Ein Abwehrmechanismus. Solange er seine Körperfülle selbst anspricht, kann sie niemand gegen ihn verwenden. Denn dann hat er die sprachliche Bombe bereits gezündet.

Er lässt sich die Adresse geben, bedankt sich und legt auf.

Als er wieder in die Küche kommt, steht eine von Dahls Töchtern neben ihrer Mutter. Die Kleine sieht aus wie ein sehr junger Martin Dahl mit langen Haaren.

»Habe ich sie etwa geweckt?«, fragt Thomas und erntet einen jähzornigen Blick von Lene Dahl. *Wenn ihm dieser Blick in einer dunklen Gasse begegnen würde, denkt er, dann würde er nach seinem Pfefferspray greifen.*

»Worüber redet ihr?«, fragt die Tochter. »Wo ist Papa?«

Lene legt ihr eine Hand auf die Schulter. »Das hier ist Papas Chef. Er will nur kurz etwas mit mir besprechen. Nichts Interessantes. Du kannst ruhig wieder hoch in dein Bett gehen.«

»Aber was ist mit Papa? Wo ist er?«

»Papa ist arbeiten«, sagt Lene Dahl. »Jetzt ab nach oben mit dir.«

Die beiden Erwachsenen bleiben schweigend und regungslos stehen, solange die Schritte der Tochter auf der Treppe zu hören sind. Erst als es in der ersten Etage wieder vollkommen still ist, öffnet Thomas den Mund: »Es gibt etwas, was ich Sie fragen muss, Lene.«

Er benutzt ihren Vornamen nicht absichtlich. Er rutscht ihm einfach heraus, weil er die Lippen nicht schnell genug zusammenpressen kann. Einen Satz mit dem Vornamen einer Person zu beenden gehört zu den Tricks schmieriger Vertreter, die ihrem armen Opfer ein freundschaftliches Verhältnis vorgaukeln wollen. Oder zu den Tricks schmieriger Ermittler, die eine vertrauliche Stimmung herstellen möchten, um ihrem Gegenüber Informationen zu entlocken.

Er atmet tief ein, bevor er fortfährt: »Könnte es möglicherweise sein, dass Martin freiwillig verschwunden ist?«

»Wie meinen Sie das?«

»Ich meine, hat Martin in den letzten Wochen irgendetwas getan oder gesagt, was darauf hindeuten könnte, dass er sich aus dem Staub machen wollte?«

»Nein«, sagt Lene Dahl. »Nicht im Entferntesten. Sie kennen ihn doch. Er ist nicht der Typ, der sich einfach aus dem Staub macht.«

Samstag
02:00 Uhr

6

»Sie hatten es anscheinend eilig.«

Mogens Lund, Susanne Aagaards Vermieter, unternimmt einen weiteren Versuch, mit Thomas ins Gespräch zu kommen, doch der bemerkt es kaum. Er steht wie gelähmt in der Dunkelheit und starrt zu den Fenstern, die auf den Garten hinausgehen. Der böige Wind peitscht den dichten Regen gegen die Scheiben, und das Geräusch erinnert Thomas ans Meer, das gegen die Flanke eines Schiffes schlägt. Er fröstelt in seinem Anorak. Zieht die Ärmel noch etwas herunter, die so kurz sind, dass ein Teil seiner Unterarme hervorschaut. Weiß und behaart.

Martin Lund tritt irgendwo hinter Thomas gegen einen Plastikball und erzeugt dabei ein Geräusch, wie wenn man gegen ein gespanntes Gummiband schnippt. Der Ball rollt an Thomas vorbei und prallt gegen ein altes Ledersofa am anderen Ende des Raumes. Dann dreht er sich ein paarmal um die eigene Achse. Es ist ein rosaroter Ball. Ein rosaroter Ball mit Prinzessinnen darauf.

Emma, denkt Thomas und spürt einen Stich in der Brust. Lässt den Blick schnell durchs Wohnzimmer wandern.

Mogens Lund hat recht. Es scheint, als hätten Susanne Aagaard und Emma das Haus überstürzt verlassen. Auf dem Couchtisch stehen zwei benutzte Teller. An dem Porzellan kleben Nudel- und Ketchupreste. Außer dem Plastikball hat Emma auch einen struppigen, violetten Teddybären zurückgelassen, dem ein Auge und ein Bein fehlen. Er liegt mitten im Raum, und aus dem klaffenden Loch in seinem Fell quillt weiße Füllwatte. Thomas stößt ihn mit dem Fuß an, so wie jemand, der sichergehen will, dass die Ratte vor ihm auf dem Boden auch wirklich tot ist, bevor er sie aufhebt. Dann beugt er sich hinunter und greift nach dem Ohr des Teddys. Das künstliche Fell hat große, klebrige Flecken, und bei dem Anblick spürt Thomas ein Ziehen im Magen. Ein Gefühl, das leicht mit Hunger zu verwechseln wäre, wenn es sich zu einem beliebigen anderen Zeitpunkt bemerkbar machen würde.

»Hatten sie einen Hund?«, fragt er.

Der Teddybär sieht aus, als wäre er von einem verspielten Welpen zerbissen worden.

»Nein. Nicht, dass ich wüsste. Also, Hunde sind hier im Haus schon erlaubt. Für mich ist das okay. Es gibt keine Regeln dagegen. Aber ich glaube nicht, dass sie einen hatten.«

Thomas steckt sich den Teddy in die Tasche und geht weiter in die Küche. Der kleine Raum ist mit braunen Küchenschränken ausgestattet und hat eine dunkle, abgehängte Decke. Die Wände sind in dem dunkelgelben Farbton von Morgenurin gestrichen. Überall fehlen Stücke der Tapete. An mehreren Stellen ziehen sich fettige, braune Streifen von der Decke bis zur Fußbodenleiste.

An der Kühlschranktür hängt ein Foto von Emma. Es wurde hier im Haus aufgenommen und zeigt ein hübsches Mädchen im Alter von etwa sechs Jahren mit dunkelbraunem Pony und Plastikdiadem auf dem Kopf. Sie trägt ein glitzerndes, rosarotes Prinzessinnenkleid und macht ein verdutztes Gesicht.

Schüchtern vielleicht. Zumindest etwas unsicher vor der Kamera.

Auf dem Herd steht ein Topf mit Nudeln. Das Wasser ist verkocht, und die untersten Nudeln sind angebrannt.

»Die Platte war an, als ich vorhin das erste Mal hier war«, sagt Mogens Lund. »Ich habe sie ausgemacht. Der Schalter stand auf der niedrigsten Stufe. Wenn Sie mich nicht angerufen und hierhergeschickt hätten, dann hätte das richtig ins Auge gehen können.«

Thomas meint, einen leicht verächtlichen Ton in Lunds Stimme wahrzunehmen. Doch er ist sich nicht sicher.

»So was kommt hier in der Gegend leider öfter vor«, fährt der Vermieter fort. Er stößt einen tiefen Seufzer aus, oder vielleicht ist es auch nur ein unterdrücktes Rülpsen. Es klingt wie ein kaputter Wasserball, aus dem langsam die Luft entweicht.

Thomas dreht sich zu ihm um. Lund ist wie ein Jäger oder Hobbyangler gekleidet. Große Stiefel mit groben Gummisohlen, eine dunkelgrüne Cargohose mit Taschen an den Oberschenkeln, ein kariertes, erdfarbenes Hemd, darüber ein dicker Strickpulli und eine gewachste Jacke, die das Bild des Naturmenschen vervollständigt. Er hat rotes Haar und ein fliehendes Kinn. Seine wenig ausgeprägten Gesichtszüge passen gut zu der hellen, jungenhaften Stimme. Ein Bart um seinen Mund soll wohl die Weichheit seines Gesichts kompensieren, doch die rötlichen Stoppeln wachsen zu spärlich, als dass sie ihn tatsächlich markanter aussehen lassen könnten.

»Was meinen Sie mit ›so was‹?«, murmelt Thomas, auch wenn er das Gefühl hat, die Antwort bereits zu kennen.

»Mietnomaden«, sagt Mogens Lund und tippt sich mit dem Zeigefinger seitlich gegen die Nase, als wolle er Thomas jeden Moment in ein unverzichtbares Wissen über den wahren Zustand der Welt einweihen. »Sozialfälle, die in die kleinen Städte auf dem Land ziehen, weil die Mieten hier so billig sind. Sie bleiben so lange, bis irgendein Sozialarbeiter anfängt, sich zu sehr für sie zu interessieren. Dann ziehen sie weg in die nächste Stadt und hoffen, dass ihre Akte nicht mit umzieht.«

Thomas ist schwindelig. Eigentlich kann ihm das Bild, das der Vermieter von Emma und ihrer Mutter zeichnet, egal sein, doch aus irgendeinem Grund missfällt es ihm. Er kennt die beiden nicht. Und alles in diesem Haus deutet darauf hin, dass der Vermieter recht hat. Als er mit dem Zeigefinger über die Tischplatte des Küchentischs fährt, bleibt ein fettiger Film auf seiner Fingerspitze zurück. Er versucht, den Dreck loszuwerden, indem er Zeigefinger und Daumen gegeneinanderreibt, aber die beiden Finger bleiben nur aneinanderkleben.

»So«, sagt Mogens Lund. »Haben Sie genug gesehen? Es ist spät, und ich war eigentlich schon im Bett, als Sie angerufen haben, also …«

Er schaut auf seine Armbanduhr, um den Aufbruch seines Gastes zu beschleunigen.

»Ich drehe nur schnell noch eine Runde«, sagt Thomas.

Mogens Lund hebt den rechten Arm und erwidert: »Ja, machen Sie nur.«

Thomas geht durch die Wohnung, und Mogens Lund folgt ihm wie ein Schatten. Im Kinderzimmer hängt ein Poster mit einem Pony über einem kleinen Schreibtisch.

»Vermieten Sie die Häuser möbliert?«, fragt Thomas.

Mogens Lund nickt.

»Das heißt, die Möbel waren schon hier, als die beiden eingezogen sind? Sie hatten keine eigenen dabei?«

»Die Möbel waren alle hier. Das Poster haben sie selbst aufgehängt, aber die Möbel gehören mit zum Haus. Sie haben auch Bettdecken, Kissen und Bettbezüge vom Vormieter übernommen.«

»Wie war Susanne Aagaard?«

»Was meinen Sie?«

»Ich meine, was für ein Mensch war sie? Haben Sie mit ihr gesprochen? Hat sie Ihnen erzählt, wo sie herkam? Die zwei haben nur einen Monat hier gewohnt, sie müssen ja irgendwo hergekommen sein.«

»Nein, ich … ich kann mich nicht daran erinnern, mich jemals mit ihr unterhalten zu haben. Nicht richtig zumindest. Nur über Alltägliches, Sie wissen schon. Übers Wetter, über die Stadt. Sie brauchte ein Auto, und mein Bruder verkauft gute Gebrauchtwagen für wenig Geld.«

»Dann wissen Sie also nicht, wo sie herkam?«

»Die meisten meiner Mieter legen keinen großen Wert auf ein Kreuzverhör. Ich vermiete billige Häuser, Wohnungen und Zimmer. Und zwar nicht an Studenten. Die meisten, die mich anrufen und eine Bleibe suchen, tragen ziemlich viel Gepäck mit sich herum. Also mentales Gepäck. In ihren Köpfen. Und ich bin nicht der Typ, der seine Nase in anderer

Leute Angelegenheiten steckt, solange sie die Miete zahlen können.«

Vom Kinderzimmer aus gehen sie quer über einen schmalen Flur ins Schlafzimmer. Dort liegen zwei dicht aneinandergeschobene Matratzen auf dem Boden. Zerknüllte Laken und Decken liegen halb auf den Matratzen, halb auf dem Fußboden. Erst jetzt fällt Thomas auf, dass in Emmas Zimmer kein Bett stand. Sie muss also hier neben Susanne geschlafen haben.

Der Vermieter fängt wieder an zu reden, aber Thomas hört ihm nicht mehr zu. Er hockt sich neben einen Stapel Bücher, der zwischen den Matratzen liegt. Ein paar Kinderbücher, die meisten davon abgenutzt und ohne Schutzumschlag oder mit losen Seiten. Hinter den Büchern liegt eine Digitalkamera. Thomas hebt sie auf. Versucht, sie einzuschalten, aber der Akku ist leer. Er nimmt den Akku heraus und betrachtet ihn. Er ist sich ziemlich sicher, dass in der Abteilung ein dazu passendes Ladegerät herumliegt.

Er steckt die Kamera samt Akku in seine Anoraktasche. Zu dem lilafarbenen Teddy.

Als er sich erhebt, wirbeln ein paar große, hellgraue Staubflocken vom Fußboden auf. Sie haben sich um einige einzelne lange, dunkle Haare zu Wollmäusen zusammengeballt. Emmas und Susannes Haare.

»Hören Sie«, sagt er zu Mogens Lund. »Ich würde mir gern einen Hausschlüssel ausleihen. Damit ich, falls nötig, später noch mal wiederkommen kann. Ist das okay für Sie?«

7

Thomas gibt dem Vermieter die Hand, und die beiden trennen sich vor dem Haus. Mogens Lund zieht sich die Jacke über den Kopf und läuft quer über die Straße zu seinem Mercedes-Benz Allrad. Thomas trottet zu dem grauen VW Passat. Setzt sich hinters Steuer und wirft noch einmal einen Blick auf das kleine Backsteinhaus hinter dem niedrigen Lattenzaun. Es wurde irgendwann in den 1920ern gebaut, würde er tippen, und hat ein Eternitdach und dunkle Fensterrahmen. Viele Häuser in der Straße sehen so aus.

Bevor er die Autotür schließt, bleibt sein Blick an einer Gestalt im Küchenfenster von Susanne Aagaards Nachbarhaus hängen. Dort brennt Licht, aber durch den Regen, der über die Frontscheibe und das Fenster des Hauses strömt, kann Thomas nicht erkennen, ob es sich bei der Gestalt um einen Mann oder eine Frau handelt. Ob die Person alt oder jung ist.

Eine Nachteule, denkt Thomas. *Er oder sie hat vielleicht irgendetwas gesehen.*

Er zwängt sich wieder aus dem Auto. Überquert die Straße, geht die Einfahrt hinauf und klopft an.

Niemand öffnet ihm.

Er klopft noch einmal.

»Polizei«, ruft er so laut, dass er sich sicher sein kann, durch die Tür gehört zu werden. Er holt seine Polizeimarke hervor und hält sie hoch, sodass sie durch das kleine Fenster in der Tür zu sehen ist. Eine Frau erscheint im Eingangsbereich. Sie ist alt, vielleicht Mitte achtzig, dünn und klein mit kurzem, weißem Haar.

Sie öffnet vorsichtig die Tür.

»Guten Abend.« Thomas lächelt flüchtig. »Falls man das um diese Uhrzeit noch sagen kann.«

Die Frau beugt sich vor und studiert seine Polizeimarke. Dann mustert sie Thomas von oben bis unten und richtet den Blick noch einmal auf die Polizeimarke, bevor sie schließlich zufrieden nickt.

»Sie sind wirklich von der Polizei«, sagt sie.

»Ja. Und ich bin froh, dass Sie noch wach sind.«

»Ach ja? Ich nicht. Schlaflosigkeit ist die Hölle. Warten Sie nur, bis Sie in mein Alter kommen, dann haben Sie sicher auch Probleme mit dem Einschlafen. Mein Arzt will mir Tabletten verschreiben, aber ich habe ihm gesagt, die nehme ich nicht. Ich will …«

»Ich habe ein paar Fragen zu Ihrer Nachbarin Susanne und ihrer Tochter Emma«, unterbricht Thomas sie.

»Susanne und Emma? Was haben sie angestellt?«

»Sie hatten einen Unfall. Susanne Aagaard ist tot.«

»Du lieber Himmel«, entfährt es der alten Frau, und sie hält sich die Hand vor den Mund.

»Tut mir leid«, fügt Thomas hinzu. Kaum hat er die Worte gesagt, merkt er selbst, wie seltsam sie klingen.

»Tut mir leid.« Was rede ich denn da? Was soll das überhaupt bedeuten? Ich hätte sagen sollen: »Mein aufrichtiges Beileid«. Nein, ich hätte einfach den Mund halten sollen.

»Und das Mädchen? Die kleine Emma?«, fragt die Nachbarin.

»Ja, genau deshalb bin ich hier. Emma ist verschwunden. Sie war am Unfallort plötzlich nicht mehr auffindbar. Dasselbe gilt für einen meiner Kollegen.«

»Einen Polizisten?«

»Ja.«

»Ja aber, wie …«

»Genau das versuche ich gerade herauszufinden. Und deshalb muss ich etwas mehr über Susanne und Emma erfahren. Ihr Vermieter konnte mir nicht sehr viel über sie erzählen.«

»Nein, das kann ich mir denken.«

»Haben Sie jemals mit den beiden gesprochen?«

»Na ja … ich habe es versucht. Sie haben ja noch nicht sehr lange hier gewohnt. Einen Monat oder so. Die kleine Emma sieht so niedlich aus. Ich habe versucht, mit ihr in Kontakt zu kommen. Wenn sie am Küchenfenster saß und ich vorbeiging, dann habe ich ihr zugewinkt. Aber sie war wohl zu schüchtern, um zurückzuwinken. Sobald ich die Hand hob, ist sie aufgesprungen und weggelaufen. Ich habe sie auch nie im Garten spielen sehen. Freunde hatte sie wohl auch nicht. Ich glaube, sie war noch gar nicht in der Schule.«

»Was ist mit Susanne Aagaard? Hatten Sie bei ihr mehr Glück?«

»Ein paarmal, ja.«

»Wissen Sie, wo die beiden gewohnt haben, bevor sie herkamen?«

Die Nachbarin schüttelt den Kopf. »Darüber haben wir nicht gesprochen.«

»Hat Susanne jemals von ihrer Familie erzählt? Von Emmas Vater?«

»Nein … Nein, ich glaube nicht. Aber …«

Die Frau sieht sich nach beiden Seiten um und beugt sich dann zu ihm vor.

»Sie hatten Angst«, flüstert sie.

»Angst?«

»Ja. Susanne und Emma, sie …«

Die Alte hält inne. Jetzt sieht Thomas, dass sie zittert. Er weiß nicht, ob ihr dürrer Körper aufgrund der Kälte und des Regens auf einmal so bebt oder ob ihr etwas anderes fehlt.

»Keine Sorge, mir können Sie es erzählen«, beruhigt er sie. »Wenn Sie wegen irgendetwas nervös sind, dann sagen Sie es mir.«

»Susanne hat mir erzählt, dass möglicherweise jemand hinter ihnen her ist.«

»Und wer sollte das sein?«

»Das hat sie nicht gesagt. Oder … vielleicht hat sie das sogar, aber in dem Fall habe ich es wieder vergessen.«

»Und ist hier irgendwer aufgetaucht?«

Die Frau starrt ihn an.

»Ich …«, bringt sie hervor.

»Ja?«

Sie schüttelt den Kopf. »Nein. Vergessen Sie es. Das ist bestimmt nichts Wichtiges. Ich bin mir nicht mal sicher, ob ich es wirklich gesehen habe.«

»Erzählen Sie es mir doch bitte trotzdem. Manchmal stellen sich die merkwürdigsten Einzelheiten am Ende als wichtig heraus. War es heute Abend?«

»Ja. Es war vor meinem Wohnzimmerfenster. Dem Fenster zum Garten. Ich weiß nicht, wie ich Ihnen beschreiben soll, was ich da gesehen habe. Es war ja ganz dunkel, also …«

Sie befeuchtet ihre Lippen.

»Ich hatte gerade den Fernseher ausgeschaltet und wollte ins Schlafzimmer gehen, um noch ein bisschen zu lesen. Ich stand vom Sessel auf und machte das Licht aus. Genau in dem Moment, als es im Wohnzimmer dunkel wurde, habe ich aus dem Fenster geschaut, und da habe ich es gesehen. Nur eine Sekunde. Oder vielleicht sogar noch kürzer.«

»Was war es?«

»Ein Monster.«

»Ein Monster?«, fragt Thomas. Außerstande, seine Überraschung zu verbergen.

Sie nickt. »Es war ein Gesicht. Aber nicht das Gesicht eines Menschen. Es hatte Augen und einen Mund, aber … Ja, ich weiß nicht … Es war, als hätte es bemerkt, dass ich zu ihm hinsah, denn auf einmal ist es verschwunden. Ruckartig. Ich habe es nur kurz gesehen. Aber es sah aus wie … ja, es sah aus wie eine Art Monster.«

Den letzten Satz sagt sie leise, den Blick zu Boden gerichtet.

»Aber Sie sind sich nicht sicher, ob Sie es wirklich gesehen haben?«, fragt Thomas.

»Nein«, erwidert sie mit einem verlegenen Lächeln.

Sie bleibt einen Moment so stehen und wirkt wie ein junges Mädchen im Körper einer alten Frau. Doch dann verschwindet das Lächeln wieder aus ihrem Gesicht, und ihr Blick verdunkelt sich. »Aber ganz egal, ob ich etwas gesehen habe oder nicht, es besteht kein Zweifel daran, dass Susanne Angst hatte. So viel steht fest. Susanne hatte große Angst.«

Thomas nickt. »Darf ich mich in Ihrem Garten mal umsehen? Können Sie mir zeigen, wo Sie das Gesicht gesehen haben?«

»Einen Moment.«

Sie verschwindet im Flur und kommt kurz darauf mit einer Winterjacke um die Schultern zurück. Durch eine Tür in der Garage gehen sie gemeinsam in den Garten. Dort sieht man die Hand vor Augen nicht. Der Garten ist von einer hohen Hecke umgeben, sodass das Licht von den Straßenlaternen an der Stirnseite des Hauses nicht hereinfallen kann. Thomas holt seine Taschenlampe hervor, und die Nachbarin zeigt ihm die Stelle. Ein kleines Beet mit verwelkten Blumen gleich vor dem Wohnzimmerfenster. Thomas richtet den Lichtkegel auf das Beet. Die Blumenstängel sind zwar zerknickt, und das Beet wirkt verwüstet, aber es ist unmöglich zu sagen, ob vom starken Regen oder von einem Paar Schuhe. Zumindest sind keine Fußspuren zu sehen. Keine klaren Beweise für die Existenz des sogenannten Monsters.

Thomas schaut zu Susanne Aagaards Nachbarin auf. Sie wirkt nervös, wie sie so dasteht und sich die Hände reibt.

Verrückte Alte, denkt er. Doch er sagt: »Falls Ihnen noch etwas einfällt oder Sie noch einmal etwas in Ihrem Garten sehen, dann können Sie sich jederzeit bei mir melden.«

Damit reicht er ihr seine Visitenkarte.

8

»Ich habe mir gerade das Haus in Horslunde angeschaut«, sagt Thomas zu Rikke Møller, als er auf dem Weg zurück nach Kopenhagen mit ihr telefoniert.

»Hast du was herausgefunden?«

»Mehr, als ich wollte«, brummt Thomas. »Und weniger, als dass es uns weiterbringt.«

»Was soll das heißen?«

»Ach nichts. Ich habe eine Kamera aus dem Haus mitgenommen. Der Akku ist leer, aber ich kann ihn im Präsidium aufladen. Dann sehen wir, ob da irgendwas Brauchbares drauf ist.«

»Sonst noch was?«

»Ja. Das Haus riecht zehn Kilometer gegen den Wind nach sozialem Abstieg. Und es scheint, als hätten die beiden quasi beim Abendessen die Gabel fallen lassen, um von dort abzuhauen. Sie haben nichts mitgenommen. Sind einfach losgefahren.«

»Die Frage ist, wohin sie wollten«, sagt Rikke Møller.

»Ja. Oder vielleicht eher, vor wem sie geflüchtet sind. Ich habe mit einer Nachbarin gesprochen. Einer älteren Frau. Sie hat erzählt, dass Susanne Aagaard verängstigt wirkte. Anscheinend war jemand hinter ihr her. Die Nachbarin meinte auch, es sei vielleicht jemand in ihrem Garten herumgeschlichen, aber … vielleicht hat sie auch nur eine Schraube locker.«

»Herumgeschlichen? Und wer?«

»Das hat sie nicht gesagt. Beziehungsweise … sie hat etwas gesagt, aber das ergibt keinen Sinn.«

»Was denn?«

»Sie meinte, es sei ein Monster gewesen. Wie gesagt: Möglicherweise ist sie nicht ganz dicht.«

»Ja, wahrscheinlich«, murmelt Rikke. »Aber du fährst jetzt nach Kopenhagen?«

»Ja. Mit der Kamera. Und wenn ich schon im Präsidium bin, schaue ich auch schnell noch in der Notrufzentrale vorbei. Ich will mal hören, was Dahl genau gesagt hat, als er da anrief. Vielleicht sind bei der Weitergabe der Nachricht ja irgendwelche Einzelheiten untergegangen. Irgendwas, was wir gebrauchen können. Wie läuft's bei dir? Bist du weitergekommen?«

»Keinen Zentimeter. Ich versuche herauszufinden, wer Susanne Aagaard war und woher sie kam, aber es ist einfach unmöglich. Ich kann sie nirgendwo finden. Weder in den offiziellen Registern noch im Netz. Nicht mal in den sozialen Netzwerken. Wussten der Vermieter oder die Nachbarin vielleicht irgendwas über ihre Herkunft?«

»Nein. Keiner von ihnen konnte mir was sagen. Vielleicht wollte sie keine Spuren hinterlassen. Sofern tatsächlich jemand hinter ihr her war, hat sie sich möglicherweise bewusst bedeckt gehalten. Susanne Aagaard ist vielleicht nicht mal ihr richtiger Name. Das würde auch erklären, warum du sie nirgendwo findest und warum sie ihr Auto nicht umgemeldet hat.

»Vielleicht. Wenn auf der Kamera ein Bild von ihr ist, könnten wir es morgen früh ins Fernsehen bringen. Freunde und Verwandte von ihr bitten, sich zu melden. Meilby findet die Idee auch gut. Also … falls dein Kollege und Emma bis dahin nicht aufgetaucht sind.«

»Dahl heißt er. Martin Dahl. Ich fände es besser, wenn du seinen Namen benutzt.«

»Wie du willst. Was sagst du zu der Idee, Freunde und Verwandte von Susanne Aagaard übers Fernsehen zu suchen?«

»Wenn Meilby mitmacht, habe ich nichts dagegen«, sagt Thomas. »Ich muss jetzt auflegen. Wir sprechen uns, wenn ich die Kamera zum Leben erweckt habe. Oder wenn du doch noch eine Offenbarung hast.«

»Was auch immer als Erstes eintrifft«, kann Rikke Møller gerade noch erwidern, bevor Thomas auflegt.

Er lehnt den Kopf gegen die Kopfstütze und lässt die Schultern kreisen. Dreht die Temperatur der Klimaanlage ein wenig herunter, damit er nicht schläfrig wird.

Er sieht Dahl vor sich. Der Kollege kommt ihm immer wie eine Studie in Beige vor. Vom schütteren Haar und der leicht verschlissenen Marlboro-Windjacke bis hin zur Haut, die eine Idee blasser ist als Bacon-Snacks aus der Tüte.

Thomas hat bewusst Abstand zu den Ermittlern gehalten, die unter ihm arbeiten. Er kennt ihre Namen und weiß, wo rein beruflich ihre Stärken und Schwächen liegen. Doch er hat nicht vor, irgendeinem von ihnen näherzukommen. Nicht noch einmal. Nicht nach der ganzen Geschichte mit Adam Zahle. Er könnte es nicht ertragen, wenn sich so etwas wiederholen würde.

Dahl ist der Einzige, der beharrlich versucht hat, sich seinem Chef anzunähern. Er ist der Einzige, der sich ernsthaft aufgedrängt hat.

Und jetzt?, denkt Thomas.

Er schaut an sich hinunter.

Nur Fleisch und Fett.

Das waren die Worte, mit denen er seine Verletzung nach dem Angriff im Uniklinikum beschrieben hat.

Das Schwert hat nichts Wichtiges verletzt. Nur Fleisch und Fett.

Er hat diese Formulierung wieder und wieder verwendet. Zuerst der Frau seines verstorbenen Kollegen und schließlich allen gegenüber, die ihn zu dem Angriff befragt haben. Doch sie entspricht nicht der Wahrheit. Das Schwert ist einmal fast vollständig durch ihn hindurchgefahren. Von unten schräg nach oben. Es hat die linke Niere, den Dickdarm und den Magen perforiert. Thomas war nur wenige Sekunden davon entfernt, genau wie sein Kollege zu enden. Sein Glück war, dass er nicht ganz so schnell Blut verloren hat wie Adam Zahle.

Er versucht, möglichst wenig darüber nachzudenken. Mit der Lüge lässt sich leichter umgehen als mit der Wahrheit. Er möchte sich nicht vorstellen, wie knapp er dem Tod in Wirklichkeit entronnen ist.

Und es gibt noch etwas anderes, worüber er am liebsten nicht nachdenkt: die Tatsache, dass er nicht auf Zahles Beerdigung war.

Er lag noch im Krankenhaus, und die Ärzte hatten ihm verboten, zum Friedhof zu fahren, aber Thomas plagt immer noch der Gedanke, er hätte einfach auf die Ärzte pfeifen und im Rollstuhl an der Beerdigung teilnehmen können, wenn ihm wirklich etwas daran gelegen hätte.

Du hast die Anordnung der Ärzte nur als Vorwand benutzt, um Zahles Familie und deinen Kollegen nicht gegenübertreten zu müssen, sagt ihm eine unnachgiebige innere Stimme. *Du konntest ihnen nicht in die Augen sehen, weil du genau wusstest, dass sie dir alle die Schuld an seinem Tod geben würden. Sie waren alle der Meinung, du hättest versagt.*

Er schaltet das Radio ein, um die Gedanken zu vertreiben. Dreht die Musik gerade so laut, dass er sie hören, die einzelnen Stücke aber nicht unterscheiden kann.

Und dann taucht fast unmerklich Natalja in seinem Bewusstsein auf. Das geschieht in letzter Zeit immer, wenn er gerade nicht mit etwas anderem beschäftigt ist. Thomas redet sich ein, er wisse nicht, was sie in seinen Gedanken zu suchen hat. Er wisse nicht, warum er sie nicht einfach vergessen kann. Und er wisse nicht, ob er überhaupt mit ihr zusammen sein will oder nicht.

Noch so eine Lüge. Thomas weiß durchaus, wie es sich anfühlt, verliebt zu sein. Aber ihm ist auch klar, dass er einen weiteren Fehler begeht, wenn er diesem Gefühl nachgibt: Dann überlässt er sich der Sehnsucht nach einer Frau, die ihn nicht haben will. Genau wie all die Mädchen, denen er früher als Mauer gedient hat. Mädchen, die er vor ihren Exfreunden beschützt hat und die am Ende doch wieder mit den Typen zusammenkamen. In Nataljas Fall gibt es keinen Exfreund, mit dem er konkurrieren müsste, das Problem liegt vielmehr bei Natalja selbst und ihrer fehlenden Bereitschaft, sich auf ihre Umwelt einzulassen. Diesen Kampf würde Thomas verlieren, da ist er sich sicher. Wenn er besser aussehen würde oder zumindest nicht ganz so gewöhnlich, dann könnte er sie vielleicht aus ihrem Versteck locken. Aber nicht so. Nicht mit diesem Äußeren. Nicht mit dem Leben, das er ihr zu bieten hätte, wenn sie zusammenfinden würden.

9

Vor dem Polizeipräsidium in Kopenhagen kommt Thomas sich immer ganz klein vor. Es ist ein gigantisches Labyrinth aus breiten Korridoren, schmalen Treppen und engen Schleichwegen. Eine neoklassizistische Festung, erbaut, um Verbrechern, die zum Verhör vorgeladen werden, einen Heidenrespekt einzuflößen. Hier gibt es Büros, in denen Thomas nicht einmal mit doppelter Körpergröße die Decke berühren könnte. Flure, in denen man kein Gespräch führen kann, weil die Worte im Hall verloren gehen.

Manchmal fühlt Thomas sich hier immer noch wie ein Schüler, der zum Direktor gerufen wird und mit einem unguten Gefühl im Bauch den weiten Weg zu dessen Büro durch den breitesten und unheimlichsten Korridor des Gebäudes antreten muss. Gleichzeitig aber fühlt er sich hier mehr zu Hause als an irgendeinem anderen Ort auf der Welt, vor allem, nachdem die Liebe zu seiner Wohnung in Nørrebro nun etwas verblasst ist. Mit der Zeit ist ihm das Polizeipräsidium so ans Herz gewachsen, dass er sogar die alten Toiletten mag, wo sich enge Kabinen ohne Entlüftung endlos aneinanderreihen, sodass es dort immer nach Kloake riecht. Wo es sich nicht vermeiden lässt, dass man seinen Kollegen näher kommt, als Thomas eigentlich lieb ist.

Er hebt müde einen Arm zum Gruß, als er am Pförtner

vorbei durch die Eingangsschleuse am Polititorvet geht. Überquert den größten der vier Innenhöfe, der kreisförmig und von Säulen umgeben ist. Geht an den alten Waschräumen vorbei in den Keller und öffnet die Tür zum Waffenraum mit seinem Mitarbeiterausweis. Dort holt er seine Pistole, ein Reservemagazin und das Pfefferspray aus seinem kleinen, abschließbaren Spind. Als er am Abend hier war, um den Dienstwagen abzuholen, hat er nicht daran gedacht, seine Ausrüstung mitzunehmen, doch der Verlauf der ersten Hälfte der Nacht hat gezeigt, dass er vielleicht besser bewaffnet sein sollte. Seinen Schlagstock lässt er liegen. Er weiß, er sollte ihn eigentlich bei sich führen, aber in Zivil weiß er nie, wohin damit. An der Uniformhose gibt es extra eine Halterung dafür, doch seine Uniform hat Thomas schon seit Jahren nicht mehr getragen.

Er hinterlässt feuchte Fußspuren auf den Stufen, als er die Treppe in den zweiten Stock hinaufsteigt. Die Abteilung für Personen gefährdende Kriminalität nimmt den Großteil der Etage ein, und die Mordkommission verfügt über neun Büros, die in einer langen Reihe mit Blick auf die Otto Mønsteds Gade nebeneinanderliegen und durch in der Regel offen stehende Türen miteinander verbunden sind. Es gibt zwei Ermittlungsgruppen in der Mordkommission. Thomas leitet eine davon und teilt sich das mittlere Büro mit Ditte Bentzen, der Leiterin der anderen Gruppe. Tagsüber sitzen die acht Ermittler, die für Thomas arbeiten, jeweils zu zweit in den Büros links von seinem, doch im Moment sind die Korridore und Büros leer. Thomas hat keine Ahnung, wie spät es ist, aber er nimmt an, dass es mittlerweile nach halb fünf sein muss. Er windet sich aus seinem Anorak und hat dabei fast das Gefühl, gehäutet zu werden, so eng und klamm ist die Jacke. Er hängt sie über die Ecke des Schreibtischs und lässt sie dort, sodass das Regenwasser auf den Linoleumboden tropft. Dann setzt er sich auf seinen Schreibtischstuhl und stützt den Kopf in die Hände.

Er zittert am ganzen Leib. Versetzt selbst den Fußboden in Schwingung. Zwei benutzte Tassen, die auf dem Schreibtisch stehen, klirren gegeneinander.

Ein paar Minuten bleibt er so sitzen und atmet tief ein und aus, um die Kontrolle über sich wiederzuerlangen, bevor er zum Schrank geht und nach einem Ladegerät sucht, das zu dem Akku aus der gefundenen Kamera passt. Er probiert ein paar Geräte durch und findet schließlich eins, in das der Akku ohne Probleme hineingleitet.

Während er lädt, geht Thomas zur Notrufzentrale im dritten Stock. Einem Großraumbüro, in dem uniformierte Polizisten mit Headsets an Schreibtischen sitzen und jeweils drei bis sechs Computerbildschirme vor sich haben. Ein konstantes Gemurmel und das Klingeln von Telefonen erfüllen den Raum. Für eine Nacht von Freitag auf Samstag ist es hier relativ ruhig, vielleicht weil die Regen- und Hagelschauer dem Nachtleben gerade einen Dämpfer versetzen.

»Gibt es was Neues von Martin Dahl?«, ertönt es von einem der Schreibtische.

Thomas dreht sich in die Richtung, aus der die Frage kam. Eine junge Frau mit schmalen Schultern und breiten Hüften sieht von ihrem Platz aus zu ihm auf. Maja Hansen. Eine Telefonistin in Birnenform mit einem langen, schmalen Gesicht, spitzer Nase und kurzem, dunklem Haar, das streng zur Seite gekämmt ist.

»Haben Sie seinen Notruf entgegengenommen?«, fragt Thomas.

»Ja. Aber wir wurden mittendrin unterbrochen. Sein Akku war plötzlich leer. Ich habe gehört, dass die Streife ihn nicht finden konnte, als sie am Unfallort war. Ist er inzwischen aufgetaucht?«

»Nein«, sagt Thomas. »Genau deshalb bin ich hier. Er ist immer noch verschwunden. Und das Mädchen, von dem er Ihnen erzählt hat, ebenfalls. Das Mädchen aus dem Unfallwagen.«

»Unfassbar.«

»Ich würde den Anruf von Martin Dahl gern einmal vom Anfang bis zum Ende hören. Können Sie mir den raussuchen?«

»Ja, natürlich«, sagt Maja Hansen und wendet sich ihren Bildschirmen zu. »Einen Moment, ich habe ihn gleich.«

Sie reicht Thomas ein Headset.

»Nehmen Sie das hier.«

Thomas setzt sich die Kopfhörer auf und schiebt das Mikrofon nach oben, damit er es nicht direkt vor dem Mund hat. Nimmt auf einem blauen Schreibtischstuhl Platz, auf dem er dicht an seine dunkelhaarige Kollegin heranrollt. Kurz darauf erklingt Dahls Stimme in seinen Ohren: *»Hier spricht Martin Dahl von der Abteilung für Personen gefährdende Kriminalität. Ich brauche einen Krankenwagen in die …«*

Pause.

»Ich bin auf dem Kildevej. Irgendwo zwischen Ørby und

Helsinge. Ich bin gerade über den … verdammt, wie heißt der noch mal? Birkevej? Nein, Birkehøjvej. Ich bin kurz hinter dem Birkehøjvej.«

Sein Tonfall ist ruhig, aber er spricht schnell. Die Worte überschlagen sich fast.

»Was ist passiert?«, kommt es von Maja Hansen.

»Ein Verkehrsunfall. Hier ist ein Auto gegen einen Baum gefahren. Ungefähr dreißig bis vierzig Meter davon entfernt liegt eine Frau auf der Straße. Sie hat schwere Kopfverletzungen. Sie ist bewusstlos, aber sie atmet.«

»Und das ist auf dem Kildevej, sagten Sie? Zwischen Ørby und Helsinge?«

»Ja. Südlich der Kreuzung Kildevej Birkehøjvej. Und ich brauche das komplette Programm. Krankenwagen, Feuerwehr, Polizei. Schicken Sie alles her.«

»Verstanden. Aber bleiben Sie bitte noch dran, während Sie warten, okay? Ich brauche Ihre Hilfe.«

»Okay.«

»Sind Sie allein?«

Lange Pause.

»Einen Moment«, ist dann von Dahl zu hören. *»Da kommt jemand.«*

Eine weitere Pause. Thomas hört Dahl geräuschvoll und schnell atmen.

»Nein, doch nicht. Ich bin allein. Ich stehe jetzt vor dem Unfallwagen. Da ist … Herrgott noch mal.«

»Reden Sie weiter. Erzählen Sie mir, was Sie sehen.«

»Da ist ein Mädchen. Auf dem Rücksitz liegt ein kleines Mädchen. Ich komme nicht zu ihr rein.«

»Bewegt sie sich?«

»Nein.«

Ein Rauschen in der Verbindung.

»Ich muss das Telefon wegstecken«, sagt Dahl.

Im nächsten Moment ist die Verbindung unterbrochen.

Thomas dröhnen die Ohren.

»Soll ich es noch einmal abspielen?«, fragt Maja Hansen.

Thomas nickt, ohne sie anzusehen. Hört sich dann die ganze Aufnahme noch einmal an.

»›Da kommt jemand‹«, sagt er anschließend halb zu sich selbst. »Dahl sagt ›Da kommt jemand‹, aber ein paar Sekunden später nimmt er es wieder zurück.«

»Er ist sich nicht sicher, ob er jemanden gesehen hat oder nicht«, sagt Maja Hansen.

»Ja«, erwidert Thomas zerstreut. Steht auf, wobei ihm das Headset vom Kopf gleitet und zu Boden fällt.

»Entschuldigen Sie, ich …«, stammelt er und bückt sich, um es wieder aufzuheben.

»Ist schon in Ordnung«, sagt Maja Hansen. »Kein Problem. Haben Sie bekommen, was Sie wollten?«

»Ich glaube schon. Danke.«

Er dreht sich um und verlässt den Raum.

Vielleicht hatte Susanne Aagaards Nachbarin doch recht, denkt er. *Vielleicht wurden Susanne und ihre Tochter verfolgt. Vielleicht hat Dahl ihren oder ihre Verfolger am Unfallort gesehen.*

Er geht hinunter in sein Büro, wo das Ladegerät im Dunkeln orange blinkt. Der Akku ist immer noch nicht aufgeladen.

10

Es kitzelt.

Irgendwo ganz hinten im Mund kitzelt Martin Dahl etwas am Gaumen. Er schmatzt einmal, und das Kitzeln verschwindet. Dafür spürt er jetzt, dass ihm irgendetwas auf der Zunge klebt. Er will die Hand zum Mund führen, um es zu entfernen, aber das geht nicht. Sein Arm bewegt sich kein Stück. Vielleicht ist er eingeschlafen. Er kribbelt zumindest. Beide Arme kribbeln, und auch die Beine und seine Brust. So heftig, dass es wehtut.

Er will die Augen öffnen, doch nicht einmal seine Lider reagieren. Er muss lange geschlafen haben, ist noch ganz wirr im Kopf. Seine Gedanken sind schwerfällig, so als würden sie in Teer schwimmen.

Mein Geist ist wach. Aber mein Körper … mein Körper schläft noch, denkt er mühsam.

Er muss sich hinsetzen, damit er seine Glieder ein wenig ausschütteln und zu sich kommen kann. Muss jetzt langsam mal aufwachen. Lene hasst es, wenn er zu lange schläft, und wahrscheinlich ist sie auch längst aufgestanden. Sie sitzt bestimmt schon mit den Mädchen in der Küche und frühstückt. Und Martin ist nicht dabei.

Nie ist er dabei.

Zu allem Überfluss kommt er jetzt wahrscheinlich auch

noch zu spät zur Arbeit. Und alles nur, weil er seinen Körper nicht wach bekommt.

Nein. Es ist Samstag. Gestern war Freitag, und er war in Ørby, also muss heute Samstag sein. Er hat frei.

Er entspannt sich ein wenig. Kein Grund, sich zu beeilen. Er kann ganz allmählich wach werden. Schön langsam. Er bleibt ruhig liegen und lauscht. Es ist nichts zu hören. Keine raschelnden Cornflakestüten. Keine hellen Stimmen. Keine Streitereien.

Sie sind nicht da. Sie sind weg. Irgendwo hingefahren.

Die Panik versetzt sein Blut in Wallung. Er spannt sämtliche Muskeln an und versucht, sich aufzusetzen, aber irgendetwas hält ihn fest. Etwas hindert ihn daran, sich zu bewegen. Es ist nicht nur sein Körper, der nicht aufwachen will. Es ist noch etwas anderes …

Plastik, denkt er verblüfft. *Ich bin in Plastikfolie eingewickelt.*

Plötzlich spürt er, wie sie über seiner Haut spannt. Gegen die Hände drückt. Gegen die bloßen Oberarme. Gegen die Brust. Gegen das Gesicht. Sogar gegen seine Lider. Deshalb kann er die Augen auch nicht öffnen. Weil sein Kopf mit Plastikfolie umwickelt ist.

Mühsam dreht er die Hände, sodass seine Finger vom Körper wegzeigen. Greift in die Plastikhülle hinein, um sie zu zerreißen. Es gelingt ihm, einen einzelnen Finger hindurchzubohren. Und dann noch einen. Er zieht die Hand nach oben, um das Loch zu vergrößern. Wenig später passt sein Ellbogen hindurch und dann der restliche Arm. Er führt die freie Hand zum Gesicht, das ganz und gar mit mehreren Lagen Plastikfolie umhüllt ist, abgesehen von einem kleinen, ausgefransten Loch genau vor seinem Mund. Daher der Fetzen, der ihn vorhin am Gaumen gekitzelt und dann auf seiner Zunge geklebt hat.

Hat jemand absichtlich dieses Loch in die Hülle gemacht? Oder ist die Folie durch einen extrem glücklichen Zufall genau über seinem Mund eingerissen? Ausgerechnet da?

Wenn dieses Loch nicht gewesen wäre, dann wäre er erstickt.

Er steckt den Finger hinein und reißt die Folie weiter auf. Vergrößert den Riss, bis sein Kopf hindurchpasst.

Seine Hand arbeitet sich weiter nach unten. Zieht und reißt an der Plastikhülle, bis sein ganzer Oberkörper frei ist. Dann spannt er die Bauchmuskeln an, um sich aufzusetzen. Als er hochfährt, lässt ihn ein plötzlicher Schmerz aufschreien, verursacht durch einen Schlag gegen die Stirn.

»Verdammt noch mal.« Er tastet seine Stirn nach einer Platzwunde ab. Die Stirn ist feucht, aber ob von Blut oder von Schweiß, kann er nicht sagen. Er lässt den Oberkörper wieder zurücksinken. Windet auch seine Beine aus der Plastikfolie. Als er endlich ganz frei ist, legt er prüfend die Hand auf die Fläche über sich. Obwohl er mit dem Rücken auf dem Boden liegt, kann er sie problemlos mit den Fingern berühren. Sie fühlt sich kalt und rau an. Nackter Beton. Er lässt den Arm wieder sinken und tastet den Boden unter sich ab. Er ist glatter, doch genauso kalt. Und zwischen Boden und Decke ist gerade mal ein knapper Meter Platz.

Erst jetzt wird ihm klar, dass er immer noch nichts sieht. Seine Augen sind geöffnet, aber um ihn herum ist alles pechschwarz.

Ein Sarg, denkt er erschrocken. *Ich liege in einem Sarg aus Beton.*

Er breitet die Arme und Beine zu den Seiten aus. Stößt nirgendwo an.

Okay, also kein Sarg. Aber was dann? Wo bin ich hier?

»Okay«, flüstert er in die Dunkelheit. »Okay, okay.«

Sein Puls steigt. Er atmet tief durch, um ihn wieder unter Kontrolle zu bekommen, doch dabei spürt er einen Stich in der Lunge.

Rippenbruch? Lungenriss? Nein, ganz ruhig. Eins nach dem anderen. Eins nach dem …

»Hallo?«, ruft er. Sein Hals ist rau. Die Stimme kaum zu hören. Er schluckt. Holt tief Luft. Versucht es noch einmal lauter: »Hallo? Ist da jemand?«

Noch immer sind keinerlei Geräusche zu hören. Keine Stimmen. Keine Autos in der Ferne. Kein Lebenszeichen. Um ihn herum ist nichts als vollkommene, kühle Dunkelheit.

Obwohl seine Augen jetzt seit mehreren Minuten geöffnet sind, haben sie sich noch nicht an die Dunkelheit gewöhnt. Gäbe es hier irgendwo auch nur die kleinste Lichtquelle, müssten die Konturen des Raumes mittlerweile hervorgetreten sein. Wo auch immer er sich befindet, hier kann es keine Fenster geben. Keine noch so kleine Ritze, durch die Licht eindringen könnte.

Oder vielleicht bin ich auch blind.

Der Gedanke müsste eigentlich Panik bei ihm auslösen. Sein Augenlicht zu verlieren wäre unter normalen Umständen das Schlimmste, was er sich vorstellen kann. Doch die

Panik hat bereits mit solcher Kraft Besitz von ihm ergriffen, dass die Vorstellung zu erblinden sie nicht mehr steigern kann.

Er muss sich zwingen, einen klaren Kopf zu bewahren.

Mein Handy. Ich muss irgendwo mein Handy haben.

Allein kommt er hier nicht weiter. Er muss Hilfe rufen. Auch wenn er nicht weiß, wo er ist. Vielleicht kann sein Handy geortet werden. Vielleicht. Zumindest wird das Display diesen niedrigen Raum ein wenig erleuchten, sodass er herausfinden kann, ob er blind ist. Und wenn nicht, wird er den Ausgang sehen. Er ist ja irgendwie hier hineingelangt. Dann muss es auch einen Weg hinaus geben.

Er tastet seinen Oberkörper ab, um die Innentasche zu finden, in der das Handy liegt, doch stattdessen geraten seine Finger in eine Ansammlung von Flüssigkeit auf seinem Bauch. Er tastet sich weiter ab. Sein Hemd ist zerrissen.

Au!

Die Fingerspitzen tauchen in eine lange, tiefe Schnittwunde auf seinem Bauch ein. Und dann in noch eine. Und in eine weitere. Insgesamt fünf Schnitte im Abstand von jeweils einem Zentimeter kann er ertasten. Sie reichen von der untersten Rippe bis zum Bauchnabel. Er spürt nicht, wie tief sie sind, doch der Pfütze auf seinem Bauch nach zu urteilen, muss er relativ stark geblutet haben.

Darum kümmere ich mich, wenn ich hier raus bin, denkt er und tastet weiter nach seinem Handy. Er findet die Innentasche seiner Jacke und fährt mit den Fingern hinein.

Nichts.

Die andere Innentasche.

Wieder nichts.

Wo, zum Teufel, ist das Ding?

Er sucht weiter. In den Hosentaschen. Auf dem Boden neben sich. In der zerknüllten Plastikhülle. Kein Handy. Nichts.

Ein erschöpftes Seufzen entweicht seiner Kehle, und er schlägt mit der geballten Faust auf den Boden.

Wieder kribbeln seine Arme und Beine. Sein Körper wird schwer. In seinem Kopf dreht sich alles.

»Reiß dich zusammen«, hört er sich flüstern. Wie aus weiter Ferne. »Reiß dich zusammen. Reiß dich zusammen. Reiß dich zusammen.«

Er hat den Eindruck, als käme die Stimme näher. Als würden die beschwörenden Worte seinen sterbenden Körper ins Leben zurückrufen.

Reiß dich zusammen.

Leb weiter.

Noch ein bisschen.

Er brüllt vor Schmerz, als er sich auf die Seite dreht. Und weiter auf den Bauch. Er atmet tief ein und ignoriert den stechenden Schmerz in der Brust und in den Bauchmuskeln. Drückt sich hoch auf alle viere. Es ist gerade genug Platz dafür, auch wenn er mit dem Rücken gegen die raue Decke stößt.

Einen Moment verharrt er so und sammelt sich. Seine Arme zittern. Versagen fast unter ihm. Doch er hält sich auf den Händen und Knien. Atmet gleichmäßig. So tief wie möglich.

»Reiß dich zusammen«, stöhnt er.

Wenn er den Raum um sich herum nicht sehen kann, muss er sich eben zum Ausgang vortasten.

Er krabbelt vorwärts und zählt in Gedanken mit. Vorsichtig, vorsichtig hält er immer eine Hand vor sich. Greift in die Luft.

Er macht zwölf kleine Vorwärtsbewegungen, bevor er mit der ausgestreckten Hand gegen die erste Wand stößt. Kriecht die Wand entlang bis zur Ecke. Sucht den rauen Beton nach Löchern, Vorsprüngen, Ritzen ab. Nach irgendetwas, was hinausführen könnte.

Und dann sieht er es plötzlich vor sich. Das Gesicht. Völlig lautlos erscheint es vor ihm. Ganz ohne Vorwarnung.

Ein weißes Gesicht unter einer schwarzen Kapuze. Und diese Zähne. Die vielen Zähne. Große und kleine. In mehreren Reihen. Wie bei einem Hai … genau wie bei einem Hai.

Er windet sich. Mit angespannten Muskeln. Wie ein Hund, der geschlagen wird. Bereit für den nächsten Schlag.

Doch dann wird ihm klar, dass er nach wie vor allein im Dunkeln ist. Das Gesicht ist nicht wirklich. Er sieht es nur vor seinem inneren Auge, er muss es irgendwie in Erinnerung behalten haben.

Aber woher?

Er weiß es nicht mehr.

Ich war in Ørby, denkt er. *Ich war auf dem Weg nach Hause. Und dann … und dann …*

Er hält inne. Weiter will sein Gehirn nicht. Die Erinnerung ist genauso schwarz wie der Raum um ihn herum.

Er denkt an Lene. An Sofia und Maria. Jetzt sieht er ihre Gesichter vor sich. Bleich und durchsichtig. Wie Gespenster.

Genau dort, wo das teuflische Gesicht noch vor wenigen Sekunden durch die Dunkelheit tanzte.

»Reiß dich zusammen«, flüstert er, »reiß dich zusammen.«

Reiß dich …

… zusammen …

11

Die kleine orangefarbene Leuchtdiode am Ladegerät blinkt immer noch, als Thomas mit seiner Geduld schließlich am Ende ist und den Akku herausreißt. Jetzt muss er einfach ausreichend aufgeladen sein, um die Kamera zumindest ein paar Minuten lang zu aktivieren.

Er legt den Akku ein. Schaltet die Kamera an und sieht, wie der Bildschirm auf der Rückseite des Apparats aufleuchtet.

Bingo.

Seine Hände werden feucht. Er weiß nicht, was er nun zu sehen bekommt oder ob ihn der Inhalt der Kamera auf der Suche nach Dahl und Emma weiterbringen wird, doch zumindest wird wohl ein relativ neues Foto von Susanne Aagaard darauf zu finden sein, das sie für die Frühnachrichten im Fernsehen verwenden können.

Auf dem Bildschirm erscheint ein Bild von Emma in dem rosaroten Kleid. Das gleiche Bild, das auch am Kühlschrank im Haus hing. Thomas klickt sich durch zwanzig fast identische Fotos von Emma in diesem Kleid. Sie scheinen alle im Wohnzimmer aufgenommen worden zu sein. Das Mädchen steht mit nach innen gekehrten Zehenspitzen da. Leicht nach vorn gebeugt. Mal schaut sie zu Boden, mal in die Kamera. Immer mit demselben, etwas schüchternen Gesichtsausdruck. Thomas bemerkt ein Detail, das ihm auf dem Foto am

Kühlschrank nicht aufgefallen ist: Auf sämtlichen Fotos stützt Emma sich mit der Hand an der Wand ab. Als hätte sie Angst umzufallen.

Eine einzige Aufnahme zeigt Emma zusammen mit dem Ponyposter. Auf allen vieren vor der Wand.

Macht sie vielleicht das Pony nach?

Dann erscheint ein Bild von Emma und dem lilafarbenen Teddy, bevor dieser sein Auge und Bein verloren hat. Emma liegt auf dem Sofa und hat den Kopf auf einen Arm gestützt. Die andere Hand ruht auf dem weichen, künstlichen Fell des Teddys.

Dann kommt Thomas zu einem Bild von Susanne Aagaard. Es ist das einzige auf der Kamera und scheint ein Selbstporträt zu sein. Doch es ist scharf, und ihr Gesicht ist deutlich zu erkennen. Für die Suchmeldung im Fernsehen eignet es sich gut.

Susanne Aagaard ist jung. Mitte zwanzig vielleicht. Sie hat hübsche Gesichtszüge. Große Augen. Hohe Wangenknochen. Doch sie sieht mitgenommen aus. Hat rote Flecken auf Stirn und Wangen und dunkle Augenringe.

Thomas klickt die gespeicherten Bilder weiter durch. Sieht, dass Susanne Aagaard auch ein Video aufgenommen hat. Er startet es und kann zunächst nur ein großes, weißes Viereck, umgeben von einem schwarzen Rand, auf dem kleinen Bildschirm erkennen. Dann wird das Bild schärfer, und Thomas sieht, dass es sich bei dem weißen Viereck um ein Fenster handelt. Was zuerst nur ein flacher, schwarzer Rahmen war, bekommt nach und nach Tiefe und Konturen. Schließlich wird auch das Wohnzimmer sichtbar. Vor dem Fenster sitzt

Emma. Sie lehnt an der Fensterscheibe und schaut auf die Straße an der Stirnseite des Hauses. Thomas rechnet halb damit, dass jeden Moment das Gesicht eines Monsters hinter dem Fenster erscheint. Des Monsters, von dem Susanne Aagaards Nachbarin gesprochen hat. Doch das passiert nicht. Stattdessen sieht Thomas, wie das Sonnenlicht, das draußen in eine Pfütze fällt, Muster an die Wand wirft. Emma hält prüfend eine Hand hinein. Schließt sie, so als wollte sie die Lichtpunkte festhalten. Dann endet das Video nach genau achtzehn Sekunden.

Mit leicht erhöhtem Puls findet Thomas noch ein zweites Video. Ein Video von Emma, die auf dem Fußboden sitzt und isst. Sie hat die Beine gerade von sich gestreckt und eine kleine Plastikschüssel auf ihren Oberschenkeln platziert. Sie isst Nudeln und Ketchup mit den Händen. Nimmt eine Handvoll aus dem Schüsselchen und stopft sich alles auf einmal in den Mund. Wie ein Baby, das gerade erst essen lernt. Ihr Gesicht ist mit Ketchup verschmiert, und sie schmatzt laut.

Das Video endet. Es ist ebenfalls achtzehn Sekunden lang. Das muss die maximale Videolänge sein, die diese alte Kamera hergibt.

Thomas klickt weiter vor und startet ein drittes Video. Der Bildschirm ist vollkommen schwarz, und im ersten Moment weiß Thomas nicht genau, ob nicht der Akku vielleicht wieder leer ist. Doch dann hört er Schritte. Susanne Aagaard läuft mit der Kamera durch die Dunkelheit. Dann knarrt es, als eine Tür aufgedrückt wird. Und er hört jemanden summen. Eine leise, helle Melodie. Das muss Emma sein, die im Dunkeln sitzt und vor sich hin summt. Mit einem Klicken wird ein Lichtschalter betätigt. Das Licht geht an. Und in derselben Sekunde stößt Emma einen Schrei aus. Halb läuft sie, halb wirft sie sich unter den Schreibtisch. Vornübergebeugt. Drückt sich in die hinterste Ecke. Zieht die Beine dicht an ihren Körper. Schlingt die Arme um die Knie und schaut zitternd zur Kamera auf. Ihrer Kehle entweicht ein wütendes Knurren. Wie das eines Hundes, der sich in die Enge getrieben fühlt.

12

Als Thomas zur Unfallstelle auf dem Kildevej zurückkommt, ist die Straße in einer Richtung wieder für den Verkehr freigegeben. An beiden Enden des abgesperrten Bereichs wurden Ampeln aufgestellt, um die herannahenden Autos vorbeizuschleusen. Im Moment ist die Straße jedoch leer. Bis der Berufsverkehr einsetzt, dauert es noch ein wenig.

Thomas parkt in derselben schmalen Lücke zwischen zwei Streifenwagen, in die er sich auch schon in der Nacht hineingezwängt hat. Steigt aus und geht an dem verunglückten Auto am Straßenrand vorbei. Ein kräftiger Scheinwerfer liegt vor dem Wagen im Gras und erleuchtet den Innenraum von außen. Im Auto sitzt ein Kriminaltechniker in blauem Overall. Gesicht und Haar sind mit einem breiten Mundschutz und der Kapuze des Overalls bedeckt, und mit beiden Händen in Gummihandschuhen kratzt der Mann gerade etwas von der Decke des Innenraums. Als Thomas an dem Scheinwerfer vorbeigeht, sieht er, wie die nun vereinzelten leichten Regentropfen auf dem heißen Glas verdampfen und in kleinen weißen Wolken zum Himmel aufsteigen.

Meilby unterhält sich gerade mit einem Hundeführer, und Thomas bleibt in drei Metern Entfernung stehen und wartet ab, bis der Hundeführer Meilby über den Fortschritt der Ermittlungen informiert hat.

»Gibt es was Neues?«, fragt er, als der Hundeführer wieder in der Dunkelheit verschwunden ist.

Meilby schüttelt den Kopf. Schnieft. An seiner Nase hängt ein durchsichtiger Tropfen. Er wischt ihn sich mit der Hand weg.

»Wie schon gesagt: Bei diesem Mistwetter kann man es eigentlich vergessen, irgendwen finden zu wollen. Wir sind mit acht Spürhunden los und haben ein enormes Gebiet abgedeckt. Sie sind nirgends.«

Er schüttelt noch einmal den Kopf und steckt die Hände in die Taschen.

»Und bei Ihnen?«, fragt er zurück.

»Hat Møller Ihnen erzählt, dass ich in Susanne Aagaards Haus war?«

»Ja. Auf Lolland, richtig?«

»Genau.«

»Haben Sie irgendwas Brauchbares gefunden?«

»Ich glaube schon«, sagt Thomas. »Zumindest habe ich etwas, was Sie sich ansehen sollten. Wo ist Møller? Ich würde es ihr auch gern zeigen.«

Meilby schaut sich um. Sieht die blonden Locken der Kollegin jenseits des Ford Mondeos, den Dahl gefahren ist.

»Møller, kommen Sie mal her«, brüllt er und winkt sie zu sich.

Rikke Møller schaut über das Autodach. Signalisiert ihm »zwei Sekunden«, indem sie Zeige- und Mittelfinger in die Höhe hält.

»Das ist ein schöner Mist hier«, seufzt Meilby, während sie warten. »Mit dieser Suchaktion haben wir wertvolle Zeit vergeudet, und in keiner einzigen Notaufnahme in ganz Seeland hat man Dahl und das Mädchen gesehen.«

»Es konnte ja keiner ahnen, dass die Suchaktion nichts ergibt.«

»Nein«, murmelt Meilby. »Nein, vermutlich nicht.«

Rikke Møllers Kopf taucht zwischen ihnen auf.

»Was ist los?«, fragt sie.

Thomas holt die Kamera aus der Tasche und zeigt sie den beiden anderen.

»Die hier habe ich in Susanne Aagaards Haus gefunden. Und jetzt aufgepasst.«

»Ist da ein Bild von Susanne drauf, das wir für die Suchmeldung benutzen können?«, will Rikke Møller wissen.

»Ja. Aber das meine ich nicht.«

Schnell geht Thomas die gespeicherten Bilder durch, bis er beim ersten Video angekommen ist. In der oberen rechten Ecke des Bildschirms blinkt jetzt ein kleines rotes Symbol. Der Akku ist fast wieder leer.

Als das Video mit Emma vor dem Fenster und den Lichtreflexen an der Wand zu Ende ist, erntet Thomas von Meilby und Rikke Møller nur fragende Blicke.

»Verstehe ich nicht«, sagt Meilby. »Was genau wollen Sie uns denn zeigen?«

»Moment. Es gibt noch zwei andere Videos.«

Thomas spielt das Video von der essenden Emma ab, und seine Kollegen rümpfen beide reflexartig die Nase. Als schließlich in dem letzten Video das Licht angeht und Emma ihren Schrei ausstößt, zuckt Meilby zusammen.

»Was, zur Hölle, ist das denn?«, fragt er. Greift nach der Kamera und lässt das Video noch einmal laufen. Kann es gerade zu Ende sehen, bevor der Bildschirm der Kamera schwarz wird.

Er schüttelt sie.

»Warum funktioniert die nicht?«, knurrt er.

»Der Akku ist leer«, murmelt Thomas und nimmt ihm die Kamera aus der Hand. Steckt sie zurück in seine Tasche.

»Okay«, sagt er dann und sieht seine Kollegen an. »Was sagt uns das?«

»Da ist irgendwas ganz faul«, platzt Rikke Møller heraus. »Emma ist um die sechs Jahre alt und isst wie ein Kleinkind. Und das Licht erschrickt sie fast zu Tode. Das riecht doch nach Kindesmisshandlung.«

»Dann hat Susanne Aagaard also ihre Tochter misshandelt?«, fragt Meilby.

»Vielleicht«, brummt Thomas. »Aber ich habe noch mehr: Als ich im Präsidium war, habe ich mir den Mitschnitt von Dahls Notruf angehört. An einer Stelle sagt er, dass sich jemand der Unfallstelle nähert. Aber dann nimmt er es wieder zurück und meint, er hätte sich geirrt. Vielleicht wurden Susanne und Emma ja verfolgt? Vielleicht war tatsächlich jemand auf dem Weg zum Unfallort. Und vielleicht hat Dahl den Verfolger gesehen. Ihm könnten ein paar Scheinwerfer in der Ferne aufgefallen sein oder so was in der Art. Und vielleicht sind Susanne und Emma auch deshalb gegen den Baum gefahren. Weil jemand hinter ihnen her war und sie viel zu schnell unterwegs waren.«

»Vielleicht, vielleicht, vielleicht, vielleicht«, fährt Meilby dazwischen. »Das sind nichts als Spekulationen.«

»Soweit ich weiß, haben wir im Moment nichts anderes als Spekulationen«, antwortet Thomas ruhig.

»Du meinst also, dass Emma misshandelt wurde und der Täter hinter Susanne und Emma her war«, sagt Rikke Møller. So als wollte sie zwischen den beiden Männern vermitteln. »Susannes Exmann oder Freund?«

»Das wäre zumindest eine Möglichkeit. Oder Susanne hat ihre Tochter selbst misshandelt, und der Verfolger wollte Emma aus Susannes Klauen befreien. Ich weiß es nicht.«

»Und dann kam Dahl zufälligerweise vorbei und hat sich zwischen Emma und den Verfolger gestellt«, fährt Rikke Møller fort. »Wer auch immer hinter Susanne und Emma her war, musste auch ihn mitnehmen, wenn er Emma haben wollte.«

»Aber warum hat er nicht gleich alle drei mitgenommen?«, fragt Meilby. »Warum nicht auch Susanne?«

»Weil abzusehen war, dass sie sowieso nicht überleben würde?«, schlägt Rikke Møller vor. »Oder weil er, wie Nyland auch schon meinte, überhaupt nicht an Susanne interessiert war. Er wollte nur Emma haben.«

»Ob es nun so war oder nicht, es ist jedenfalls unwahrscheinlich, dass Dahl Emma ins Krankenhaus gebracht hat, weil er nicht auf den Krankenwagen warten wollte«, ergänzt Thomas. »Wo bei dieser Sache hier oben und unten ist, finden wir wohl am ehesten heraus, wenn wir uns Susannes und Emmas Vergangenheit vornehmen. Nachforschen, wo sie herkommen. Und warum die Nachbarin meinte, sie hätten Angst gehabt.«

»Hast du Meilby von dem Monster erzählt?«, will Rikke Møller von Thomas wissen.

Meilby sieht Thomas mit einer tiefen Falte zwischen den Augen an. »Nein, hat er nicht. Wären Sie so freundlich, mir zu erklären, wovon Møller da spricht, Nyland?«

»Susannes und Emmas Nachbarin hat so was erwähnt. Sie meint, ein Gesicht vor ihrem Wohnzimmerfenster gesehen zu haben, unmittelbar bevor Susanne und Emma das Haus verließen. Und sie sagte, es sei das Gesicht eines Monsters gewesen.«

»Wie schätzen Sie sie ein? Ist sie plemplem? Lügt sie oder sagt sie die Wahrheit?«

Thomas zuckt mit den Schultern. »Schwer zu sagen. Sie ist alt und hat Probleme mit dem Einschlafen. Aber verrückt? Keine Ahnung.«

»Haben Sie vor dem Fenster nachgesehen?«

»Ja. Aber da war nichts.«

»Gut. Dann gehen wir dem erst mal nicht weiter nach«, sagt Meilby. »Ich würde sagen, wir konzentrieren uns lieber auf Susanne und Emma. Was können wir tun, bis das Foto von Susanne im Fernsehen gezeigt wird?«

»Sie haben also schon mit Møller besprochen, dass das gemacht wird?«, fragt Thomas.

»Wir haben gar nichts besprochen, Nyland«, entgegnet Meilby. »Ich habe entschieden, dass das so gemacht wird.«

»Wir haben eine Kinder- und Jugendpsychologin hier in der Nähe, die uns in den meisten Fällen von Kindesmisshandlung hilft«, wirft Rikke Møller schnell ein. »Ida Rasmussen. Sie ist gut. Wir könnten sie wecken und ihr die Videos zeigen. Uns eine Einschätzung von Emmas Zustand geben lassen.«

»Wenn wir die Kamera wieder zum Laufen kriegen«, erwidert Thomas.

»Meine Güte, Nyland«, stöhnt Rikke Møller. »Man könnte meinen, du stammst aus der Steinzeit. Du kannst doch einfach die Speicherkarte herausnehmen und in einen Computer stecken. Wenn ich Ida Rasmussen aus dem Bett klingele, kommst du dann mit, um mit ihr zu reden?«

»Wo wohnt sie denn?«

»Auf einem ehemaligen Bauernhof ein paar Kilometer von Skævinge entfernt. Mit dem Auto brauchen wir nicht länger als zwanzig Minuten.«

Thomas schaut auf die Uhr. »In Ordnung. Die nächsten paar Stunden habe ich sowieso nichts Besseres zu tun.«

13

Schon aus kilometerweiter Entfernung erblicken sie das Licht, das aus Ida Rasmussens Küchenfenstern fällt. Hinter einer Reihe kahler Bäume scheint es einsam in der Nacht zu flimmern. Das einzige Licht weit und breit.

Nach der kurzen Autofahrt über dunkle Landstraßen hat Thomas vollkommen die Orientierung verloren. Es kommt ihm so vor, als führen sie einem Licht hinterher, das ständig die Position wechselt. Doch schließlich biegt Rikke Møller ab und fährt eine schmale Allee hinauf, die genau auf das Licht zuführt. Mitten auf den auf drei Seiten von Gebäuden umgebenen Hof von Ida Rasmussen.

Der Wind fegt um das Wohnhaus, ein niedriges Fachwerkhaus mit Sprossenfenstern und Strohdach. Thomas steigt aus dem Auto und sieht sich um. In der Dunkelheit und dem Regen wirkt der Hof völlig fehl am Platz. Wie ein Romanmotiv von Morten Korch, das aus seiner idyllischen Bauernlandschaft herausgerissen und mitten in einen Horrorfilm verpflanzt wurde.

Rikke Møller greift nach ihrem Laptop, der auf dem Rücksitz liegt. Sie hält das Gerät schützend unter ihre Jacke und folgt Thomas zum Hauseingang. Als Ida Rasmussen ihnen die Tür öffnet, müssen beide den Kopf einziehen, um durch den niedrigen Türrahmen einzutreten.

Sie folgen der Psychologin in eine geräumige Landküche.

»Kaffee?«, fragt sie. »Ich habe schon eine Kanne fertig.«

»Gern«, sagt Rikke Møller und setzt sich auf die Küchenbank an dem langen Esstisch. »Es tut mir leid, dass wir Sie so früh aus dem Bett holen, aber wie ich vorhin schon am Telefon sagte, es kann nicht warten.«

Ida Rasmussen kommt mit einer gläsernen Kanne und drei Tassen zu ihnen, zieht einen Stuhl vom Tisch und nimmt darauf Platz. Erst im Licht der Pendellampen, die über dem Küchentisch hängen, kann Thomas sie deutlich sehen. Ihr ovales Gesicht hat dezente asiatische Züge, und das Haar ist pechschwarz, glatt und dicht.

»Sie haben von Videos gesprochen, die ich mir ansehen soll?«, fragt sie.

»Ja, es handelt sich um Videos von einem Mädchen, das heute Nacht verschwunden ist«, erwidert Rikke Møller. »Das ist jetzt acht Stunden her. Die Kleine wurde bei einem Verkehrsunfall schwer verletzt, deshalb arbeiten wir gegen die Zeit.«

»Sie haben keine Ahnung, wo sie ist?«

»Nein. Und es gibt noch mehr, was Sie wissen müssen. Ich habe es Ihnen vorhin nicht erzählt, aber außer dem Mädchen ist noch jemand verschwunden, und zwar ein Kollege von uns. Ein Ermittler von der Polizei Kopenhagen. Martin Dahl.«

Sie sieht Thomas an, als sie Dahls Namen nennt, und er nickt dankbar zurück.

»Er ist zufällig am Unfallort vorbeigekommen und hat in der Notrufzentrale angerufen, um den Unfall zu melden. Sechs Minuten später waren sowohl er als auch das Mädchen verschwunden. Wir haben die ganze Nacht das Gebiet um die Unfallstelle abgesucht, aber nichts gefunden.«

»Und welche Hilfe erhoffen Sie sich nun von mir?«, fragt Ida Rasmussen.

»Wir haben die Theorie, dass das Mädchen und ihre Mutter verfolgt wurden«, sagt Thomas. »*Emma* und ihre Mutter. Das Mädchen heißt Emma. Wir wollen herausfinden, wer hinter ihnen her war.«

»Was zeigen die Videos?«

»Sehen Sie am besten mal selbst«, sagt Rikke Møller und schiebt der Psychologin den Laptop hin. Sie hat den Inhalt der Speicherkarte auf ihre Festplatte kopiert und die Fotos und Videos in einem Ordner auf dem Desktop abgespeichert.

Ida Rasmussen steht auf und holt sich eine schmale Brille vom Regal neben der Dunstabzugshaube, bevor sie sich das Material anschaut.

»Ist das alles?«, fragt sie dann.

»Ja«, brummt Thomas. Er spürt ein Kribbeln im Kopf und in den Fingerspitzen. Eine Kombination aus Adrenalin und Erschöpfung, nimmt er an. »Mehr haben wir nicht. Mir ist bewusst, dass die Qualität nicht besonders gut ist, aber …«

»Ich weiß nicht, was ich sagen soll«, sagt Ida Rasmussen und nimmt die Brille wieder ab. Legt sie auf den Tisch. »Wie lang sind diese Videos? Fünfzehn Sekunden? Vielleicht zwanzig? Jedenfalls nicht lang genug, um … ja, um überhaupt irgendwas dazu zu sagen.«

»Ich habe noch ein paar Zusatzinformationen«, entgegnet Thomas. »Emma hat allein mit ihrer Mutter zusammengewohnt. Möglicherweise unter falschem Namen. Ihre Nachbarin sagt, sie hätten sehr zurückgezogen gelebt. Emma ist nie nach draußen gekommen. Hatte keine Freunde zu Besuch. Und die Nachbarin meinte auch, dass Emmas Mutter Angst hatte.«

»Wie glaubwürdig ist denn diese Nachbarin?«

»Das weiß ich nicht.«

Ida Rasmussen richtet den Blick wieder auf den Laptop, setzt sich die Brille auf, beugt sich ein wenig vor und sieht sich die Videos noch einmal an.

»Tja …«, seufzt sie. »Und darüber soll ich jetzt wirklich etwas Qualifiziertes sagen?«

»Ja«, antwortet Rikke Møller.

»Okay. Ich werde Ihnen verraten, was mein unmittelbarer Eindruck ist, aber das dürfen Sie nur für Ihre Ermittlungen verwenden. Bei so dürftigem Analysematerial will ich auf nichts festgenagelt werden.«

»In Ordnung«, sagt Rikke Møller und schenkt sich Kaffee ein. »Sagen Sie uns einfach, was Ihnen dazu einfällt.«

»Der ganze Aufbau der Videos wundert mich irgendwie. Vor allem bei dem letzten. Das Mädchen – Emma – sitzt im Dunkeln und summt ein Lied. Dann wird das Licht eingeschaltet, und sie schreit panisch und sucht Zuflucht unter einem Tisch. Aber warum saß sie überhaupt im Dunkeln? Wollte sie selbst, dass das Licht ausbleibt? Oder hat man sie ins Dunkle gesetzt? Und warum wurde das gefilmt?«

»Ich glaube, die drei Videos wurden von Emmas Mutter aufgenommen«, sagt Thomas. »Der Nachbarin zufolge war ja sonst niemand im Haus.«

»Aber wozu? Wem wollte sie diese Videos zeigen? Wenn

ich nur das erste gesehen hätte, würde ich vermuten, dass hier eine Mutter einfach den Alltag mit ihrer Tochter filmen will. Die Tochter verhält sich zwar nicht altersgemäß, aber dafür kann es die verschiedensten Gründe geben. Eine psychische Behinderung oder ein Hirnschaden zum Beispiel. Aber durch das letzte Video sieht die Sache auf einmal anders aus. Die Mutter muss ganz offensichtlich damit gerechnet haben, dass die Tochter durchdreht, sobald das Licht angeht. Emmas Reaktion überrascht sie nicht. Wenn das der Fall gewesen wäre, dann hätte sie die Kamera ausgemacht oder zur Seite gelegt, und sie hätte doch auch versucht, das Mädchen zu trösten. Aber sie registriert die Reaktion einfach nur, ohne einzuschreiten. Sie will sichergehen, dass alles dokumentiert wird. Dasselbe gilt sicher auch für die ersten beiden Videos. Das sind keine zufällig gefilmten Alltagssituationen. Die Mutter will das Verhalten ihrer Tochter dokumentieren. Sie hat die Situationen bestimmt sorgfältig ausgewählt. Vielleicht möchte sie irgendwem zeigen, dass mit dem Mädchen etwas nicht stimmt.«

»Und was stimmt nicht mit Emma?«, fragt Thomas.

Ida Rasmussen steht wieder auf. »Das kann ich nicht mit Sicherheit sagen. Ich muss ein bisschen darüber nachdenken. Kann ich mir möglicherweise das Haus, in dem die beiden gewohnt haben, mal ansehen?«

Rikke Møller und Thomas werfen sich einen Blick zu. Thomas nickt. »Fahrt ihr zusammen hin? Ich kann dir den Hausschlüssel geben. Der Besitzer weiß Bescheid, wir können einfach reingehen.«

»Gut«, sagt Rikke Møller. »Ich fahre Sie dorthin, Ida.«

»In Ordnung. Warten Sie hier einen Moment. Ich ziehe mir nur schnell etwas anderes an, und dann können wir fahren.«

Rikke Møller trinkt den warmen Kaffee in einem Zug aus und steht auf.

Samstag
07:30 Uhr

14

Thomas schaltet den Fernseher in der Kantine seiner Abteilung ein. Dem Raum, der von allen Mitarbeitern als Speisesaal bezeichnet wird. Jeden Morgen um acht Uhr zehn trifft sich hier die ganze Abteilung für Personen gefährdende Kriminalität zum Morgenbriefing und geht den Tagesbericht des Dienstgruppenleiters durch. Doch bis dahin ist jetzt noch knapp eine Dreiviertelstunde Zeit, sodass der Speisesaal im Moment leer ist. Nur Thomas, ein Becher heißer Kakao und ein Schokoladencroissant von 7-Eleven befinden sich hier.

Irgendjemand hat die Lautstärke des Fernsehers auf die höchste Stufe gestellt, sodass die Erkennungsmelodie der Nachrichtensendung durch den Raum dröhnt und die Fensterscheiben zum Vibrieren bringt. Thomas fummelt an der Fernbedienung herum und versucht, den Lautstärkeregler zu finden, damit er das Gerät leiser stellen kann.

Etwa eine Minute nach Beginn der Sendung erscheint Meilbys Gesicht auf dem Bildschirm. Er steht auf dem Polititorvet direkt vor dem Polizeipräsidium, und die Fernsehkamera ist augenscheinlich dicht vor seinem viel zu kleinen Kopf platziert. Eine kräftige Lampe, die auf der Kamera montiert sein muss, strahlt ihm mitten ins Gesicht, vermutlich, um den Mangel an Tageslicht zu kompensieren. Er blinzelt mit den Augen, während der Nachrichtensprecher im Studio erklärt, dass die Polizei Kopenhagen die Identität einer Frau festzustellen versucht, die bei einem Verkehrsunfall ums Leben gekommen ist. Am unteren Rand des Bildes sieht Thomas die Mikrofone und kleinen digitalen Aufnahmegeräte verschiedener anderer Fernsehsender, Zeitungen und Internetmedien.

Meilby berichtet kurz von dem Unfall, ohne jedoch Emma oder Dahl zu erwähnen. Er zieht die Nase hoch und fröstelt in dem eisigen Wind.

Im Polizeipräsidium wurde erst kürzlich ein besonderer Pressesaal mit Leinwänden, drahtlosem Internet und Podium eingerichtet, sodass Journalisten nun zum ersten Mal in der Geschichte der Polizei Kopenhagens auch in einem großen Raum innerhalb des Gebäudes zusammengerufen werden können. Doch Thomas weiß, dass Meilby möglichst wenig Aufhebens um die Suchmeldung machen will. Sie im Pressesaal an die Medien weiterzugeben würde nur signalisieren, dass der Fall wichtig ist, und das ist das Letzte, was Meilby im Moment will.

Trotzdem wird es vermutlich nicht lange dauern, bis die ersten Journalisten darauf kommen, dass hinter der Sache sehr viel mehr als nur ein banaler Verkehrsunfall steckt. Allein die Tatsache, dass Meilby sich übers Fernsehen an die Bevölkerung wendet, um Leute zu finden, die etwas über die Tote wissen, ist ein deutlicher Hinweis auf die Außergewöhnlichkeit des Falles. Jeder halbwegs aufmerksame Journalist wird das durchschauen. Und dann werden sie anfangen, ihre Quellen im Polizeipräsidium abzutelefonieren.

Es ist nur eine Frage der Zeit, bis sich irgendwer verplappert.

Aber über all das braucht Thomas sich zum Glück keine Gedanken zu machen. Wenn im Laufe des Vormittags die Medienhölle losbricht, wird es Meilbys und möglicherweise auch Karin Loses Aufgabe sein, die Verantwortung zu übernehmen. Nicht er, sondern sie werden dann Rechenschaft darüber ablegen müssen, warum die Polizei mehrere Stunden lang Informationen über das Verschwinden eines kleinen Mädchens und eines Polizisten zurückgehalten hat. Und die Erklärung, die Polizei wolle nur in Ruhe arbeiten und sich lieber darauf konzentrieren, die Vermissten zu finden, statt ihre Kräfte auf Gespräche mit der Presse zu verwenden, wird kaum jemand akzeptieren.

Nun wechselt das Bild zu dem Foto von Susanne Aagaard, das Thomas auf der Kamera gefunden hat. Daneben wird ein kleiner Steckbrief von Susanne eingeblendet: Etwa fünfundzwanzig Jahre alt. Ein Meter sechsundsiebzig groß. Langes, dunkles Haar. Braune Augen. Schlank.

Dann erscheint eine Telefonnummer auf dem Bildschirm, und Meilby bittet alle, denen diese Frau bekannt vorkommt, sich bei der Polizei Kopenhagen zu melden.

»Jetzt rufen wieder die ganzen Idioten an«, murmelt Thomas. So ist es jedes Mal. Die große Aufgabe der Polizei besteht dann darin, die unzähligen eingehenden Anrufe zu sortieren. Von nur schwer durchschaubaren krankhaften Lügnern, die wasserdichte Geschichten zusammenspinnen und beispielsweise erzählen, sie hätten die Gesuchte in einem Supermarkt um die Ecke einkaufen sehen, bis hin zu offensichtlich Verrückten, denen der Heilige Geist höchstpersönlich Informationen zu der Gesuchten durch eine Scheibe Toast vermittelt haben soll. Und dann sind da natürlich noch die ganz normalen Verwirrten, die sich am Telefon über die Sportsendung im Fernsehen beschweren, und die bedauernswerten Leute, die bereits seit acht oder neun Jahren ein Familienmitglied vermissen und meinen, den Betreffenden in jeder Person wiederzuerkennen, die die Polizei als vermisst meldet.

Thomas vertilgt sein Schokoladencroissant mit drei Bissen und spült es mit einem Schluck Kakao hinunter. Steht dann auf.

»Ich kenne jedenfalls auch jemanden, der jetzt mal einen Anruf tätigen wird«, sagt er zu sich selbst und geht mit seinem Becher in der Hand in sein Büro. Ditte Bentzen ist noch nicht da, sodass er es vorerst ganz für sich allein hat.

Er sucht die Nummer von Susanne Aagaards Nachbarin heraus.

»8709«, erklingt ihre heisere Stimme kurz darauf aus dem Hörer.

Es ist lange her, dass Thomas zuletzt jemanden gehört hat, der sich so am Telefon meldet. Mit den letzten vier Ziffern der eigenen Telefonnummer. Doch zu Susannes und Emmas Nachbarin aus Horslunde passt es irgendwie.

»Hier ist Thomas Nyland«, sagt er. »Von der Polizei. Wir haben uns heute Nacht schon unterhalten.«

»Ja, ich erinnere mich. Sie sind dieser kräftige Polizist, nicht wahr?«

»Ja, das kann ich wohl nicht bestreiten. Ich rufe an, um Ihnen noch ein paar ergänzende Fragen zu Susanne und Emma zu stellen. Ich hoffe, ich habe Sie nicht geweckt.«

»Doch, das haben Sie. Aber kümmern Sie sich nicht darum. Was möchten Sie wissen?«

»Ich hätte gern, dass Sie mir ein paar Dinge noch etwas genauer beschreiben. Sie haben mir heute Nacht erzählt, dass Sie möglicherweise jemanden vor Ihrem Fenster gesehen haben. Sind Sie immer noch der Meinung, dass da vielleicht jemand war?«

Sie zögert.

»Ach«, sagt sie schließlich. »Nein, ich weiß nicht. Ich dachte, ich hätte da dieses Gesicht gesehen, aber … sicher bin ich mir nicht. Wenn ich genauer darüber nachdenke, kann ich es eigentlich nicht gesehen haben. Ich meine, was ich da gesehen habe, existiert nun mal nicht.«

»Ich weiß, dass Sie das Gesicht nur kurz gesehen haben …«

»Falls da überhaupt eins war.«

»Ja, falls da eins war. Aber könnten Sie vielleicht trotzdem versuchen, es mir ein bisschen detaillierter zu beschreiben?«

»Ich sehe es immer noch vor mir, wenn ich die Augen schließe. Das Gesicht war ganz weiß. Nicht hautfarben, sondern kreideweiß. Bis auf die Augen. Die waren schwarz.«

»Und die Haarfarbe?«

»Da waren keine Haare. Glaube ich zumindest. Ich weiß nicht … möglicherweise doch, aber mir sind keine Haare aufgefallen. Ich habe nur auf den Mund geachtet.«

»Was war damit?«

»Er war riesig. Viel größer als ein menschlicher Mund. Und er war voller Zähne, voller glänzender Zähne.«

Thomas kritzelt ihre Beschreibung des Gesichts auf einen kleinen Notizblock, der auf seinem Schreibtisch liegt. Jetzt hält er es für wahrscheinlicher, dass die alte Dame tatsächlich etwas in ihrem Garten gesehen hat. Die Frage ist nur, was?

Ein Tier? Oder vielleicht etwas im Wohnzimmer, was sich im Fenster gespiegelt hat? Eine Reflexion, die verschwand, als sie das Licht ausschaltete?

»Sie haben erzählt, dass Susanne nervös wirkte«, sagt er dann.

»Nicht nervös. Verängstigt. Sie hatte Angst.«

»Verängstigt, ja. Sie hatte Angst davor, dass jemand zu ihr kommen würde. Erinnern Sie sich daran, ob sie jemals etwas über den- oder diejenigen gesagt hat, vor dem oder denen sie Angst hatte?«

»Ich glaube nicht.«

»War jemals jemand bei Susanne und Emma zu Besuch? Gäste, die ihr möglicherweise Angst eingejagt haben?«

»Nein. Aber jetzt gerade sind da drüben Leute. Ein Mann und eine Frau.«

»Ein Mann und eine Frau? Wie sehen sie aus?«

»Der Mann hat so kurze, lockige Haare. Blonde Haare. Und die Frau ist eine Chinesin.«

»Die sind von der Polizei«, sagt Thomas und geht nicht weiter darauf ein, dass es sich eigentlich um zwei Frauen handelt. Aus der Entfernung und mit altersschwachen Augen kann man Rikke Møller durchaus für einen Mann halten.

»Aber es stimmt, dass nie jemand zu Susanne Aagaard nach Hause gekommen ist, oder?«

»Ja, das stimmt. Bis auf Mogens, natürlich. Der Vermieter. Mogens Lund.«

»Er war bei Susanne?«

»Jeden Mittwoch, wenn Emma im Bett war. So hat Susanne ja ihre Miete bezahlt.«

»Sie sagen also, dass sie … ihn mit Dienstleistungen bezahlt hat?«

»Ja, das kann man so sagen.«

»War das bekannt im Ort?«

»Nein, das glaube ich nicht. Also, die meisten wissen zwar, wie Mogens so ist, aber ich glaube nicht, dass die Leute von seiner und Susannes Abmachung wussten. Ich weiß auch nur davon, weil ich direkt nebenan wohne. Wenn ich in meinem Wohnzimmer stehe, kann ich durch ein Loch in der Hecke in ihres rüberschauen.«

»Glauben Sie, dass Mogens derjenige war, vor dem Susanne Angst hatte?«

»Ach Gottchen, nein!«, ruft die alte Dame. »Mogens ist harmlos. Lüstern, aber harmlos, wenn ich so frei sein darf.«

15

Es kann nicht sein, dass Mogens Lund alle seine Mieter auf die Weise bezahlen lässt, denkt Thomas, als er zwei Stunden später vor der Villa des Vermieters in Nakskov vorfährt. Einem riesigen, weiß verputzten Haus aus den 1970ern, dessen Grundstück nur durch einen schmalen Weg vom Ufer des Nakskov-Fjords getrennt ist. In der Einfahrt stehen zwei Autos: der Mercedes-Benz Allrad, den Mogens Lund fuhr, als Thomas zu Besuch in Susanne Aagaards eher bescheidenen Unterkunft in Horslunde war, und ein offener silberner Porsche Boxster.

Thomas drückt die Klingel, und eine kleine Melodie ertönt im Eingangsbereich. Es dauert eine Weile, bis die Tür aufgeht. Ein Junge im Alter von zwölf bis dreizehn Jahren schaut heraus. Rotblond, blass und mit Sommersprossen im Gesicht. Er ist tropfnass. Die Haare an seinen Armen stellen sich auf, als die Novemberkälte durch den Türspalt zu ihm hineinströmt.

Thomas zeigt ihm seine Polizeimarke.

»Ist dein Vater zu Hause? Ich würde gern mal mit ihm reden.«

»Sind Sie von der Polizei?«

Thomas nickt.

»Er ist unten im Pool«, sagt der Junge und lässt Thomas herein.

Mogens Lunds Sohn hinterlässt feuchte Fußspuren auf den dunkelgrauen Fliesen, die im ganzen Haus verlegt sind. Es scheint, als wäre das Haus irgendwann in den letzten paar Jahren komplett entkernt und mit einer neuen Innenausstattung versehen worden. Einer neuen Küche, neuen Möbeln, neuen Böden, neuen Decken. Und einer neuen Kellertreppe aus Marmor. Thomas folgt dem Jungen hinunter. Kommt an einer Reihe von Spinbikes und einer Sauna mit Glaswand vorbei, die sich direkt neben dem Poolbereich befindet. Durch große Fenster blickt man vom Schwimmbecken aus auf das unruhige, graue Wasser des Fjords. Es herrscht eine feuchte Wärme hier unten, und ein scharfer Chlorgeruch liegt in der Luft.

Mogens Lund ist gerade aus dem Wasser gestiegen und trocknet sich mit einem Zipfel seines Handtuchs, das mit den Initialen D&G bestickt ist, das Ohr. Seine Brust wirkt eingefallen, und sein Bauch wölbt sich wie der eines Säuglings. Seine Badehose ist weiß und eng, und in Kombination mit dem Bauch sieht sie beinahe aus wie eine Windel.

»Thomas Nyland?«, sagt Mogens Lund. »So war doch Ihr Name, oder?«

»Genau«, sagt Thomas und reicht ihm die Hand.

»Was führt Sie hierher?«

»Ich habe noch ein paar Fragen zu Susanne Aagaard. Können wir uns vielleicht irgendwo anders unterhalten? Unter vier Augen?«

Mogens Lunds Schultern sinken ein paar Zentimeter.

»Wie ich sehe, wissen Sie schon, worum es geht«, bemerkt Thomas.

»Ich ahne es«, sagt der rothaarige Mann und schaut verstohlen hinüber zu seinem Sohn, der zu einem Sprung vom Beckenrand Anlauf nimmt. »Wir können in meinem Büro reden.«

Der Sohn krümmt sich wie zu einem Paket zusammen und schlägt mit einem dumpfen Knall auf der Wasseroberfläche auf. Als er wieder auftaucht, ruft Mogens Lund ihm zu, er sei gleich wieder da.

»Ich muss nur etwas mit dem Mann hier besprechen. Nicht springen, solange ich weg bin. Abgemacht?«

»Abgemacht«, erwidert der Junge und taucht wieder unter.

Sie gehen die Treppe zum Erdgeschoss hinauf und weiter in ein Büro, das genau wie der Poolbereich über Panoramafenster zum Fjord hin verfügt.

»In der Mietbranche ist anscheinend gutes Geld zu holen«, kommentiert Thomas.

»Tja«, sagt Mogens Lund. »Sagen wir mal so: Ich verstehe was von Häusern. Ich weiß, wann ich zuschlagen muss, um einen guten Deal zu machen.«

Er klopft mit der flachen Hand auf die Wand. »Das Haus hier habe ich vor einem Jahr gekauft. Es hatte fast drei Jahre lang zum Verkauf gestanden, Wirtschaftskrise und so weiter, deshalb habe ich es zu einem guten Preis bekommen. Und das meiste habe ich selbst modernisieren lassen. Aber Sie sind wohl nicht gekommen, um über alte Mauern und neue Kücheneinrichtungen zu diskutieren.«

»Nein«, sagt Thomas. »Was für ein Verhältnis hatten Sie zu Susanne Aagaard?«

»Sie war meine Mieterin.«

»Können wir das nicht überspringen? Sie würden sich und mir wertvolle Minuten sparen, wenn Sie mir einfach die Wahrheit erzählen würden. Ich gehe nicht davon aus, dass Sie alle Ihre Mieter einmal pro Woche besuchen, um die Miete zu kassieren. Oder täusche ich mich da vielleicht?«

Mogens Lund grinst. »Wer hat Ihnen davon erzählt? Die Alte aus dem Nachbarhaus?«

»Es ist völlig egal, wer mir davon erzählt hat. Die Frage ist, ob es stimmt.«

»Na gut, okay. Es stimmt, dass ich eine Affäre mit Susanne Aagaard hatte. Beziehungsweise, ›Affäre‹ ist vielleicht ein bisschen zu viel gesagt. Sie hatte Probleme, das Geld für die Miete zu beschaffen, und ich hatte eine Lösung dafür. Eigentlich hat sie sogar selbst vorgeschlagen, dass sie mich anders als normal bezahlen könnte. Ich habe einfach nur eingewilligt.«

»Von guten Deals verstehen Sie ja was, nicht wahr?«

»Ja. Ich ergreife die Gelegenheiten, die sich mir bieten. Und Susanne war verdammt attraktiv. Das gebe ich gern zu.«

»Was sagt denn Ihre Frau dazu, wie Sie Ihre Geschäfte betreiben?«, fragt Thomas.

»Meine Frau ist zufrieden mit dem Haus hier, dem Porsche, den ich ihr gekauft habe, und dem Weinkeller, mit dem sie bei den Nachbarn angeben kann. Hören Sie, falls Sie vorhaben, mich unter Druck zu setzen, das können Sie gleich vergessen. Meine Frau hängt viel zu sehr an dem Leben, das wir hier führen, als dass sie mich verlassen würde. Jede Krone, die wir auf der Bank liegen haben, habe ich in die Ehe mitgebracht, und meine Frau hat einen Ehevertrag unterschrieben.«

»Ich habe überhaupt nichts vor«, sagt Thomas ruhig. »Ich versuche bloß herauszufinden, wer Susanne Aagaard war, okay? Und einer der wenigen Menschen, die sie zuletzt gesehen haben, sind Sie. Hatten Sie nur eine Mittwochabendsverabredung mit Susanne Aagaard, oder gab es Pläne für etwas Ernsteres?«

»Es waren nur diese Mittwochabende. Nur Sex. Mehr wäre daraus nie geworden. Sie hatte ja auch dieses Kind. Eine eigenartige Kleine.«

»Wieso eigenartig?«

»Keine Ahnung. Sie war einfach komisch.«

»Das werden Sie mir schon genauer erklären müssen. Inwiefern war sie so … eigenartig?«

»Also … ich habe sie ja nur ein paarmal gesehen. Susanne hat immer versucht, sie schlafen zu legen, bevor ich kam. Aber wenn sie es mal nicht geschafft hatte, dann lief Emma im Wohnzimmer herum und war … so ganz in sich gekehrt. In ihrer eigenen Welt. Es war, als würde sie überhaupt nicht merken, dass ich da war. Zuerst dachte ich, Susanne würde vielleicht am laufenden Band für irgendwelche Männer die Beine breit machen, sodass ihre Tochter erst gar nicht mit den Leuten redete, die ins Haus kamen. Aber … Ja, ich weiß nicht … Es kam mir auch nicht so vor, als wäre Emma sauer auf mich oder auf ihre Mutter. Es schien ihr einfach egal zu sein. Alles um sie herum schien ihr egal zu sein. Ich habe sie auch nie sprechen hören. Es fällt mir jetzt erst auf, aber das ist doch komisch, oder? Sie hat nie ein Wort gesagt, wenn ich da war.«

»Ist Ihnen sonst noch etwas aufgefallen? Was für ein Verhältnis hatten die beiden zueinander, Mutter und Tochter?«

»Also, ich war ja nicht gerade ihr Sozialarbeiter!«

»Nein, natürlich nicht. Aber versuchen Sie doch bitte trotzdem, mir zu beschreiben, was Ihnen dort aufgefallen ist.«

Mogens Lund denkt nach. Eine ganze Weile. Ein Lächeln huscht über seine Lippen. Dann räuspert er sich und schüttelt den Kopf, so als fiele es ihm schwer, den Gedanken beiseitezuschieben, der ihn lächeln ließ.

»Ich glaube, Susanne war eine gute Mutter«, sagt er schließlich. »Die Kleine war zwar ziemlich merkwürdig, aber Susanne war gut zu ihr.«

»Was meinen Sie damit, dass sie eine gute Mutter war? Was hat Ihnen diesen Eindruck vermittelt?«

»Na ja, also es gibt ja Huren, die Kinder haben, nicht wahr?«

»Susanne Aagaard war keine Hure.«

»Das kommt ganz darauf an, wie man es betrachtet. Aber hören Sie doch lieber, was ich zu sagen habe, statt mich zu unterbrechen, verdammt noch mal. Ich bin ein bisschen in der Welt herumgekommen und war schon bei den verschiedensten Huren. Viele gehen ihrem Geschäft in der eigenen Wohnung nach, und einige haben auch kleine Kinder. Ich habe es oft erlebt, dass solche Frauen ihre Kleinen im Zimmer nebenan schreien ließen, während ich sie gevögelt habe. Ihre Kinder schienen ihnen scheißegal zu sein. Aber so war Susanne nicht. Wenn ich kam und Emma war noch wach, dann hat sie auf jeden Fall zuerst dafür gesorgt, dass die Kleine schlief, bevor wir losgelegt haben. Und wenn Emma wach wurde und geweint hat, ist sie sofort aufgesprungen und zu ihr rübergelaufen. Und dann konnte ich mich erst mal mit mir selbst beschäftigen, bis sie Emma wieder beruhigt hatte. Aber das war in Ordnung. So ist es mir lieber. Frauen, die ihre Kinder links liegen lassen, sind ziemlich unsexy. Es vergeht einem ja fast die Lust, wenn sie einfach nur daliegen und lauter und lauter stöhnen, um das Schreien im Nachbarzimmer zu übertönen.«

»Fast?«, murmelt Thomas so leise, dass nur er es hört.

»Wie bitte?«, fragt Mogens Lund.

»Ach nichts. Haben die beiden jemals miteinander geredet, wenn Sie da waren?«

»Susanne und Emma? Nein, nicht dass ich wüsste. Susanne hat mit Emma geredet, aber Emma hat nie etwas von sich gegeben. Zumindest keine normalen Wörter. Einmal habe ich versucht, sie zu begrüßen, also, ich wollte ihr die Hand geben, aber da ist sie einfach weggelaufen. Das muss das erste Mal gewesen sein, als ich da war. Ich bin ihr aufs Zimmer gefolgt, weil ich dachte, sie wollte mir was zeigen. Normalerweise sind Kinder ja stolz, wenn sie irgendwem ihr Zimmer zeigen können. Aber als ich hineinkam, saß sie unter ihrem Tisch und hat mich angeknurrt.«

»Angeknurrt? Wie ein Hund? Oder …«

»Ja, kann man so sagen«, antwortet er mit einem Nicken. »Wie ein Hund.«

»Hat sie sonst noch etwas gemacht?«

»Nein. Ich bin zurück zu Susanne gegangen, und wir haben nicht weiter darüber geredet. Ich war, wie gesagt, nicht da, um mit ihr über Kindererziehung zu diskutieren. Susanne hat Emma ins Bett gebracht, und dann konnten wir uns dem zuwenden, weswegen ich gekommen war.«

»Wissen Sie, ob Sie der Einzige waren, der Susanne und Emma besucht hat?«

»Sie meinen, ob ich mir Susanne mit anderen Männern geteilt habe? Das weiß ich nicht. Falls Susanne noch andere Männer hatte, waren sie jedenfalls nie gleichzeitig mit mir dort.«

»Haben Sie noch irgendetwas anderes Merkwürdiges bemerkt, wenn Sie im Haus waren? Abgesehen von Emmas seltsamem Verhalten?«

»Das klingt so, als hätten Sie etwas Bestimmtes im Kopf«, erwidert Mogens Lund.

»Das habe ich auch. Haben Sie jemals irgendwen bei Susanne und Emma im Garten gesehen? Jemanden, der da draußen herumgeschlichen ist und zu den Fenstern reingeschaut hat? Ein Gesicht? Ein merkwürdiges Gesicht?«

»Wie merkwürdig?«

»Ganz weiß. Großer Mund. Scharfe Zähne.«

»Ein Tier?«

»Vielleicht. Oder ein Mensch mit einer Maske.«

»Nein, tut mir leid«, sagt er und lacht. »Hat Ihnen etwa diese senile Alte von nebenan erzählt, dass da jemand im Garten herumgeschlichen ist? Jetzt passen Sie mal auf: Die hat sie nicht mehr alle. Völlig durchgeknallt. Ich vermiete das Haus in Horslunde jetzt schon seit zehn Jahren, und seit ich es gekauft habe, hat sie auf mich eingeredet. Sie hat sich über sämtliche Mieter beschwert, die dort gewohnt haben. Mal hatte sie Angst vor ihren Hunden, mal haben sie ihr zu laut Musik gehört, mal hat sie sich darüber beklagt, dass dort Huren wohnen, auch wenn das nie der Fall war, mal wollte sie …«

»Hat sie sich auch über Susanne und Emma beschwert?«, unterbricht Thomas ihn.

Mogens Lund hält inne.

»Nein«, sagt er dann. »Aber das muss das erste Mal sein, dass sie nichts an meinen Mietern auszusetzen hatte.«

Thomas' Handy klingelt. Er kehrt Mogens Lund den Rücken zu, holt es aus der Tasche und nimmt den Anruf entgegen.

»Wo bist du?«, hört er Rikke Møller am anderen Ende fragen.

Thomas verlässt Mogens Lunds Büro und schließt die Tür hinter sich.

»Nakskov«, sagt er dann. »Ich bin hier, um mit Susanne Aagaards Vermieter zu reden. Hat Ida Rasmussen sich das Haus angesehen?«

»Ja. Wir sind gerade wieder rausgekommen. Wann bist du in Nakskov fertig?«

»Jetzt. Soll ich nach Horslunde kommen?«

»Wir müssen auf jeden Fall miteinander reden. Aber sollen wir uns nicht lieber irgendwo treffen, wo es was zu essen gibt? An einer Raststätte auf dem Weg nach Kopenhagen?«

16

»Drei Meter«, flüstert Martin Dahl vor sich hin. »Die Wand ist drei Meter lang. Drei Meter. Die andere war etwas länger. Vier Meter. Vielleicht fünf Meter. Der Raum ist … der Raum ist also zwölf Quadratmeter groß.«

Er ist die ganze Wand entlanggekrochen, den Rücken gegen die Decke gedrückt. Hat seine Vorwärtsbewegungen gezählt und sie in Meter umzurechnen versucht.

»Zwölf Quadratmeter«, flüstert er noch einmal. Er würde sich gern hinsetzen, doch das ist nicht möglich. Er kann sich hinlegen, und er kann auf allen vieren kriechen. Für etwas anderes ist unter der niedrigen Decke kein Platz.

»Zwölf Quadratmeter«, wiederholt er. »Genauso groß wie zu Hause das Zimmer der Mädchen.«

Sofia und Maria, denkt er, und der Gedanke an seine Töchter lässt das Rechenstück in sich zusammenfallen. Die Zahlen, die er wie einen letzten Schutzschild des rational Denkenden gegen den Wahnsinn genutzt hat, verlieren ihre Wirkung.

Er kann die Größe des Raumes berechnen, aber er hat keine Ahnung, wie viel Zeit vergangen ist, seit er seine Mädchen zuletzt gesehen hat.

Wie lange war ich bewusstlos? Eine Stunde? Einen Tag? Eine Woche?

Es nützt nichts, darüber nachzudenken. Es ist egal, wie lange er schon nicht mehr da ist. Verdammt, in den letzten zwei Jahren war er sowieso nie für sie da.

Lange Dienstzeiten, Arbeit auch am Abend und das ständige Nachgrübeln am Mittagstisch über irgendeinen Mordfall, während die Mädchen vergeblich versuchen, mir etwas aus der Schule zu erzählen.

»Martin! Maria möchte dir etwas erzählen.«

Er hört Lene so deutlich, als läge sie neben ihm im Dunkeln.

»Was?«, murmelt er geistesabwesend.

»Maria, was wolltest du Papa erzählen?«

»Nichts.«

Sie schaut hinunter auf ihre Graupen. Stochert mit der Gabel darin herum. Martin findet, dass Graupen wie Maden aussehen, und er ist sich ziemlich sicher, dass Maria das auch findet.

Doch er sagt nichts.

Und Lene sagt ebenfalls nichts.

Als Sofia und Maria im Bett sind, ziehen Martin und Lene sich schweigend in verschiedene Ecken des Hauses zurück. Manchmal sitzen sie einfach nur an entgegengesetzten Enden des Sofas, aber meist sitzen sie in unterschiedlichen Zimmern. Und wenn der Abend vorbei ist, geht Lene die Treppe hinauf ins Schlafzimmer, und Martin geht die Treppe hinunter in das kleine, feuchte Gästezimmer, wo für ihn das Bett gemacht ist.

Sie schlafen schon seit mehr als einem halben Jahr nicht mehr im selben Bett. Lene will das so. Sie will sich auch scheiden lassen, doch das ist unmöglich. Das Haus in Valby haben sie gekauft, als die Immobilienpreise gerade den Höchststand erreicht hatten, doch alle gingen davon aus, dass sie einfach immer weiter steigen würden. Eigentlich war die Villa viel zu teuer, aber Familie Dahl bekam das Geld von der Bank regelrecht hinterhergeworfen. Genau wie alle anderen Familien im Land. Schließlich haben Martin und Lene ein tilgungsfreies Darlehen aufgenommen und darauf vertraut, dass der Wert des Hauses steigen würde. Aber gut einen Monat nachdem sie den Vertrag unterschrieben hatten, kam der weltweite Wirtschaftseinbruch, der Wert des Hauses fiel in den Keller, Lenes Vollzeitstelle wurde auf Halbzeit gekürzt, und so konnte das Ehepaar Dahl es sich weder leisten, das Haus zu behalten, noch, es wieder zu verkaufen. Als das Dach repariert werden musste, war die Beleihungsgrenze bereits erreicht, und die Bank gab ihnen kein Geld mehr. Stattdessen nahmen sie einen teuren Kredit auf, der – zusätzlich zu allen anderen laufenden Kosten, die sie trugen – getilgt werden musste und ihre ohnehin schon prekäre finanzielle Lage in ein tiefes, schwarzes Loch verwandelte.

Sie verkauften ihr Auto, um sich noch eine Weile über Wasser zu halten. Zumindest finanziell. Sie standen beide am Rand des tiefen, schwarzen Lochs und zogen an dem Seil, an dem ihre Existenz hing. Doch sobald sie wieder halbwegs gerettet war, wendete Lene sich gegen Martin, warf ihm einen verächtlichen Blick zu und versetzte ihm einen Stoß, sodass er selbst in das Loch fiel.

Besten Dank auch.

Martin glaubt, dass Lene mitten in der Krise jemanden kennengelernt hat, aber er hat sich nicht getraut, sie zu fragen. Solange niemand darüber spricht, hat es auch nicht stattgefunden. Und solange es nicht stattgefunden hat, besteht die Chance, dass er irgendwann wieder im Ehebett schlafen darf. Er ist bereit, über das meiste hinwegzusehen, wenn sich ihre Ehe dadurch retten lässt; in erster Linie deshalb, weil er eine Mordsangst davor hat, allein zu sein. Frauen können eine Scheidung überleben, aber Männer gehen daran zugrunde. Im wahrsten Sinne des Wortes. Sie bekommen Blutgerinnsel und einen Herzstillstand. So als handele es sich bei ihrem gebrochenen Herzen tatsächlich um etwas Physisches.

Sofia und Maria, denkt Martin noch einmal. Doch nun taucht das Gesicht eines ganz anderen Mädchens vor ihm in der Dunkelheit auf. Ein blutiges Gesicht. Und mit der Kraft eines entgleisten Güterzugs holt ihn plötzlich die Erinnerung ein.

Ich war auf dem Weg zurück aus Ørby. Ich hätte fast eine Frau überfahren. In ihrem Auto lag ein Mädchen. Es war verletzt. Es hat nicht mehr geatmet. Ich habe Hilfe gerufen. Ich habe telefoniert, und dann kam ein Auto. Aber es war kein Polizeiwagen. Ich konnte es aus den Augenwinkeln sehen, während ich mit der Herzmassage beschäftigt war. Konnte hören, wie jemand ausstieg. Ich habe um Hilfe gerufen … aber es kam niemand. Es war nichts zu hören. Nur das Auto, das ein paar Meter hinter mir hielt. Und dann … das Gesicht. Plötzlich war es einfach da. Die schwarzen Augen. Die spitzen Zähne. Und die Hände. Die Hände, die auf mich einschlugen.

Sein Atem geht stoßweise. Einen Augenblick hat er das Gefühl, wieder am Unfallort zu sein. Er spürt geradezu, wie ihm der Regen auf den Rücken prasselt, als er am Straßenrand hockt und wieder und wieder die Hand auf den Brustkorb des Mädchens presst.

Aber wo ist sie jetzt? Wenn er in Plastikfolie gewickelt und in diesen Raum hier geworfen wurde, was ist dann mit ihr passiert? Hat man sie vielleicht zusammen mit ihm hier eingesperrt? Liegt sie hier irgendwo, ohne dass er sie bisher entdeckt hat?

Mit hektischen Bewegungen sucht er den Boden des Raumes Quadratzentimeter für Quadratzentimeter ab. Stößt mit der Hand gegen einen Gegenstand, der mit einem lauten Scheppern umfällt und über den Betonboden von ihm wegrollt. Er kriecht ein Stück vorwärts und findet den Gegenstand wieder. Die Oberfläche ist glatt. Kühl. Emaille. Und an der Seite befindet sich ein Henkel.

Ein Topf? Eine große Tasse?

Er stellt das Ding ab und kriecht weiter, bis er mit den Händen erneut auf etwas stößt.

Ein Ball. Ein Plastikball.

Weiter durch den Raum. Jetzt ist er an der Wand auf der anderen Seite des Raumes angelangt. Er lässt seine Hände darübergleiten. Tastet die raue Oberfläche mit den Fingerspitzen ab, bis die Mauer plötzlich unter ihnen verschwindet.

Ein Loch, denkt er.

Fühlt nach.

Er hat den Ausgang gefunden. Ein viereckiges Loch in der Wand. Zehn Zentimeter oberhalb des Fußbodens. Einen halben Meter hoch und knapp einen Meter breit.

Vorsichtig steckt er die Hand hinein.

Nach etwa dreißig Zentimetern stößt sie gegen eine harte, glatte Oberfläche. Er klopft dagegen. Metall. In dem Loch befindet sich eine Metalltür und versperrt den Ausgang.

17

Als Thomas die Autobahnraststätte betritt, hat Rikke Møller sich bereits zur Hälfte durch ein Hacksteak Größe XXL mit Sauce béarnaise und Pommes frites gearbeitet. Der Geruch von Frittierfett und der Duft der Aufbackbrötchen aus den großen, flachen Öfen tragen einen erbitterten Kampf um die Herrschaft über den Luftraum aus. Vor lauter Fett und Zucker scheint hier kaum noch Sauerstoff vorhanden zu sein. Thomas bestellt sich eine heiße Schokolade und setzt sich zu Rikke Møller und Ida Rasmussen an den Tisch.

»Wollen Sie nichts?«, fragt er die Psychologin und deutet mit dem Kopf auf die leere Tischplatte vor ihr.

»Nicht so früh am Tag«, sagt sie und legt sich ihre Jacke um. Fröstelt in der Zugluft der sich immerzu öffnenden und wieder schließenden Glastüren. Thomas fällt auf, wie dünn Ida Rasmussen ist. Wie klein sie unter ihrer Jacke aussieht. Wieder muss er an Natalja denken, auch wenn die beiden Frauen nichts weiter als den zierlichen Körperbau und eine relativ dunkle Haarfarbe gemeinsam haben.

Wenn das alles hier vorbei ist, werde ich noch einmal versuchen müssen, mit Natalja zu reden, denkt er und schiebt die Gedanken an die Wissenschaftlerin dann erst einmal, so gut es geht, in eine Ecke seines Bewusstseins, wo sie ihn nicht stören können.

»Was halten Sie von dem Haus?«, fragt er Ida Rasmussen.

Sie zögert.

»Es ist schwer zu sagen, was man davon halten soll. Das Haus ist ziemlich heruntergekommen. Küche und Bad sehen schrecklich aus. Und zwar nicht nur, weil die Räume alt und verwohnt sind, sondern auch, weil dort schon länger nicht mehr sauber gemacht wurde. Auf jeden Fall nicht innerhalb der vier Wochen, in denen Susanne Aagaard und Emma dort gewohnt haben. Überall waren alter Schmutz und Fett. Und es war unordentlich. Die wenigen Dinge, die die beiden besaßen, standen oder lagen einfach auf dem Boden herum. Die meisten Menschen würden wohl erst mal putzen, wenn sie in ein neues Haus einziehen, aber Susanne hat sicher die Energie gefehlt, um aufzuräumen oder das Chaos sonst irgendwie zu bewältigen. Etwas anderes muss ihre ganze Aufmerksamkeit in Anspruch genommen haben. Es ist offensichtlich, dass die beiden es nicht leicht hatten, aber …«

»Aber?«

»Ist Ihnen im Kinderzimmer nichts aufgefallen?«

»Dort steht kein Bett.«

»Richtig, aber das meine ich nicht. Das Kinderzimmer ist der einzige Raum, wo etwas an der Wand hängt. Ein Pferdeposter. Der einzige Raum, der überhaupt ein bisschen nett hergerichtet ist. Und die meisten Dinge im Haus gehören Emma. Ein Ball. Ein wenig Spielzeug. Ein paar Kinderbücher. Sie hatten so gut wie nichts, aber alles, was Susanne Aagaard gekauft hat, hat sie für ihre Tochter gekauft, und nicht für sich selbst. Ich habe in die Einbauschränke im Schlafzimmer geschaut. Darin lagen nur zwei Unterhosen, ein paar Socken, drei T-Shirts und ein Sweatshirt von Susanne. Emma dagegen hatte fast alles an Kleidung, was man bei einem Mädchen in ihrem Alter erwarten würde. Es war zwar alt und abgetragen, aber es war da. Nun weiß ich natürlich nicht, ob Susanne vielleicht Kleidung mit ins Auto genommen hatte.«

»Nein, hatte sie nicht«, sagt Thomas. »Sie haben überhaupt nichts mitgenommen.«

»Was schließen Sie daraus, dass Susanne hauptsächlich Geld für Emma ausgegeben hat?«, fragt Rikke Møller mit einer halben Fritte im Mund.

»Dass sie versucht hat, ihr Bestes zu geben. Und zwar Emma zuliebe. Sie haben ja selbst gesagt, dass niemand zu ihnen ins Haus kam, das heißt, es ging ihr wahrscheinlich nicht darum, Emma für irgendwelche Gäste herauszuputzen. Es ging ihr ausschließlich um Emma selbst. Also auch wenn die drei Videos darauf hinweisen, dass Emma ein schwer geschädigtes Kind war – ob nun infolge von Misshandlung oder aufgrund einer psychischen Erkrankung, die nicht behandelt wurde –, deuten das Spielzeug und die Kleidung in eine ganz andere Richtung.«

»Könnte Susanne die Sachen vielleicht gekauft haben, um ihr Gewissen zu beruhigen?«, fragt Thomas.

»Das wäre möglich.«

»Was ist mit den Matratzen? Beide haben im Schlafzimmer geschlafen.«

»Ja. Es sei denn, Emma hat in ihrem Zimmer auf dem Fußboden geschlafen.«

»Und wenn das nicht der Fall war?«

»Dann kann man auch das auf zwei verschiedene Arten deuten: Entweder sieht man eine Mutter, die ihr Kind beschützen und es in der Nähe haben will, selbst wenn es schläft. Sie sagten ja, Susanne hätte Angst gehabt. Möglicherweise wollte sie deshalb immer so nah wie möglich bei ihrer Tochter sein.«

»Und die andere Möglichkeit?«

»Die andere Möglichkeit ist sexueller Missbrauch. Ich kann beim besten Willen nicht sagen, welche dieser Deutungen die richtige ist.«

»Und was, wenn ich Ihnen erzähle, dass Susanne Aagaard ihre Miete bezahlt hat, indem sie jeden Mittwochabend mit dem Vermieter ins Bett ging, und zwar während der ganzen vier Wochen, die sie dort gewohnt haben?«

»Dann würde ich Sie fragen, ob Susanne allein mit ihm ins Bett ging oder vielleicht zusammen mit Emma?«

»Der Vermieter sagt, er sei mit Susanne allein gewesen. Er hat mir sogar einen längeren Vortrag über Prostituierte mit Kindern gehalten. Auf seine eigene bizarre Weise hat er damit bestätigt, dass Susanne Aagaard nur das Beste für ihre Tochter wollte und dass ihr bloß die entsprechenden Mittel dazu fehlten. Sowohl finanziell als auch mental. Haben Sie auch mit der Nachbarin gesprochen, wo Sie schon mal da waren?«

»Nein«, sagt Rikke Møller. »Daran haben wir nicht gedacht.«

»Ich hätte gern gewusst, was Sie von ihr halten«, sagt Thomas zu Ida Rasmussen. »Ich weiß nicht, ob sie verrückt ist oder die Wahrheit sagt.«

»Über das Monster?«

»Äh, habe ich Ihnen davon erzählt?«

»Nein, aber Rikke. Sie hat gesagt, die Nachbarin hätte von einem Monster gesprochen, das bei ihr durchs Fenster geschaut hat.«

»Ja.«

Er nimmt einen Schluck von seiner heißen Schokolade.

»Sie sagten, Emma leide vielleicht unter einer psychischen Erkrankung«, fährt er dann fort. »Woran denken Sie da?«

Ida Rasmussen lächelt. »Das kann ich Ihnen anhand der drei Videos und nach einem kurzen Blick ins Haus wirklich nicht beantworten. Aber es ist auffällig, dass das Mädchen auf den Videos nicht spricht. Hat der Vermieter dazu etwas gesagt?«

»Das ist ihm auch aufgefallen. Emma hat nie gesprochen, wenn er da war. Er hatte den Eindruck, sie habe sich überhaupt nicht dafür interessiert, dass er zu Besuch kam. So als hätte sie ihn gar nicht gesehen. Aber einmal hat sie ihn angeknurrt, als er ihr ins Kinderzimmer gefolgt ist.«

»Ich glaube …«, setzt Ida Rasmussen an. Sie hält inne.

»Was glauben Sie?«, fragt Thomas.

»Ich glaube, Sie sollten mal mit Jacob Wied sprechen.«

»Wer ist das?«

»Er ist Anthropologe. An der Universität Kopenhagen. Sein Fachgebiet sind wilde Kinder. Oder *feral children*, wie sie auf Englisch genannt werden. Das sind Kinder, die unter Tieren aufgewachsen sind.«

»Glauben Sie, Emma ist unter Tieren aufgewachsen?«

Thomas sieht das Monster vor sich. Das Monster im Garten von Susannes und Emmas Nachbarin. War das vielleicht in Wirklichkeit ein Tier? Ein Tier, bei dem Emma aufgewachsen ist und das nach seinem Pflegekind gesucht hat?

Nein, das ist lächerlich.

Er schiebt den Gedanken beiseite.

»Nein, das glaube ich nicht«, sagt Ida Rasmussen. »Aber soweit ich sehen kann, zeigt sie Verhaltensmuster, die dem Verhalten wilder Kinder ähneln. Wied sieht diese Sache hier vielleicht noch aus einem anderen Blickwinkel als ich.«

Thomas fällt der Teddy ein, den er sich bei seinem Besuch im Haus in die Tasche gesteckt hat. Er holt das lilafarbene Plüschtier hervor und legt es mitten auf den Tisch.

»Was, zur Hölle, ist das?«, fragt Rikke Møller.

»Den habe ich im Haus gefunden, als ich das erste Mal da war. Bis jetzt habe ich nicht weiter darüber nachgedacht, aber der Teddy hier ist völlig zerfetzt. Das Bein ist abgerissen. Das Fell ist verklebt. Er sieht aus …«

»… als hätte ein Hund damit gespielt«, ergänzt Ida Rasmussen seinen Satz.

»Genau.«

»Ich weiß, was Sie denken«, sagt Ida Rasmussen. »Aber vielleicht hatten Susanne und Emma ja einen Hund.«

»Hatten sie nicht«, erwidert Thomas. »Da bin ich mir ganz sicher.«

18

Thomas steckt einen Finger zwischen die Lamellen des Kunststoffrollos und schiebt sie auseinander, um einen Blick aus dem Fenster von Jacob Wieds kleiner Zweizimmerwohnung zu werfen. Von hier oben hat man freie Sicht auf Christianshavns Torv, und Thomas sieht, wie der kräftige Wind zerfetzte Zeitungen vom Boden aufwirbelt und leere Pappbecher wie kleine, verschreckte Tiere über den offenen Platz scheucht.

Er lässt die Lamellen los und wendet sich Jacob Wied zu. Der Anthropologe ist etwa im gleichen Alter wie Thomas, jedoch in wesentlich besserer körperlicher Verfassung. Keine Spur von ersten Fältchen. Keine geröteten Augen. Er ist etwas kleiner, doch sein blonder Strubbelkopf lässt ihn fast ebenso groß wie Thomas erscheinen. Sein Gesicht wirkt durch den breiten Kiefer und die hohe Stirn rechteckig. Der Oberkörper ist muskulös. Ein eng anliegendes Sportshirt bedeckt seinen breiten Brustkorb.

»Danke, dass wir sofort vorbeikommen konnten«, sagt Thomas. Er sieht sich um. Die Zusammensetzung des Mobiliars erinnert ihn an seine eigene Wohnung. Ein Sammelsurium aus zufälligen Flohmarktfunden und Erbstücken. Ohne jeden Sinn für Inneneinrichtung zusammengestellt.

»Es klang dringend«, entgegnet Jacob Wied. »Ich wollte

gerade eine Runde laufen, als Sie anriefen, aber … Ja, das kann ja warten. Möchten Sie etwas trinken? Ich könnte einen Smoothie machen.«

Thomas und Rikke schütteln einhellig den Kopf.

»Wir kommen lieber gleich zur Sache«, sagt Thomas.

»In Ordnung«, sagt Jacob Wied. »Dann mache ich mir nur schnell selbst einen.«

Thomas und Rikke folgen ihm in eine Küche, deren weiße, mit Buchenholz eingefasste Schranktüren den Eindruck erwecken, als wären sie irgendwann in den Achtzigern oder Anfang der Neunziger eingebaut und seitdem nicht mehr angerührt worden. Thomas geht davon aus, dass Jacob Wied durch seine Stelle an der Universität Kopenhagen kein schlechtes Einkommen haben dürfte, doch für seine Wohnung scheint er sein Geld jedenfalls nicht auszugeben.

»Sie möchten etwas über wilde Kinder wissen, richtig?«, fragt Jacob Wied. Er füllt tiefgefrorene Beeren und Früchte in einen großen Mixer auf der Arbeitsplatte. Gibt irgendein Pulver hinzu. *Wahrscheinlich Proteinpulver*, nimmt Thomas an.

Und einen Klecks Joghurt obendrauf.

»Zunächst einmal würde ich Ihnen gern ein paar Videoaufnahmen von einem kleinen Mädchen zeigen«, sagt Rikke und stellt ihren Laptop auf den Küchentisch. Spielt alle drei Videos ab.

»Mm-hm«, macht Jacob Wied, als die Filme zu Ende gelaufen sind. »Wer ist denn das Mädchen?«

»Dazu können wir leider nichts sagen. Das betrifft einen Fall, an dem wir gerade arbeiten.«

Jacob Wied nickt. »Ich verstehe. Und mir leuchtet auch ein, warum Sie zu mir kommen.«

Er startet den Mixer und rüttelt ein wenig daran, damit die gefrorenen Beeren sich besser im Glasbehälter verteilen. Holt ein benutztes Glas aus der Spülmaschine und macht es von Hand sauber.

»Sind Sie sicher, dass Sie nichts wollen?«, fragt er. »Es ist genug da.«

»Wieso leuchtet es Ihnen ein, dass wir zu Ihnen kommen?«, fragt Thomas.

»Das Mädchen auf dem Video verhält sich ganz ähnlich wie die wilden Kinder, mit denen ich mich beschäftige.«

»Ich glaube, Sie müssen uns erst einmal erklären, was wilde Kinder überhaupt sind«, sagt Rikke Møller. »Damit wir wissen, wovon wir hier reden.«

»Das ist ganz einfach«, sagt Jacob Wied und schenkt sich einen Smoothie ein. »Wilde Kinder sind Kinder, die von einem sehr frühen Zeitpunkt ihrer Entwicklung an ohne Kontakt zu anderen Menschen aufgewachsen sind. Dabei handelt es sich entweder um Kinder, die eingesperrt wurden, oder um Kinder, die in der Natur groß geworden sind. Kennen Sie den Ausdruck Mogli-Syndrom?«

»Nein«, antwortet Thomas. »Hat das was mit dem Dschungelbuch zu tun?«

»Ja, der Name wurde Kiplings Erzählungen entnommen, aber der Ausdruck ist jüngeren Datums. Er stammt aus einem Buch, das Mitte der Neunzigerjahre verfasst wurde und von mythologischen Figuren im Grenzbereich zwischen der Welt der Menschen und der Welt der Tiere handelt. Gestalten, die Natur und Kultur in sich vereinen. Genau wie Mogli im Dschungelbuch. Ein Junge, der im indischen Dschungel von Wölfen großgezogen wurde. Oder wie Romulus und Remus, die Zwillingsbrüder aus der römischen Mythologie, die am Ufer des Tiber ausgesetzt und von einer Wölfin und einem Specht in Pflege genommen wurden. Doch neben Erzählungen und Mythologie ist da noch die wirkliche Welt, in der es Hunderte bekannter Beispiele gibt. Der wilde Peter von Hameln ist eins davon. Ein geistig behinderter Junge, der zu Beginn des achtzehnten Jahrhunderts auf allen vieren laufend in der Nähe von Hannover gefunden wurde. Man brachte ihn nach England, wo er am britischen Hof wie eine Art menschliches Haustier gehalten wurde, ein Hofhund, der den Gästen des Königs vorgeführt wurde.«

»Bevor Sie fortfahren: Ich will nur sichergehen, dass ich auch verstehe, worin Ihre Arbeit genau besteht«, sagt Thomas. »Ida Rasmussen meinte, Sie seien Anthropologe. Ich dachte immer, Anthropologen ziehen in den Urwald und leben bei Indianerstämmen, um sie zu studieren, oder so ähnlich.«

»Nicht nur«, erwidert Jacob Wied lächelnd. »Mein Gebiet ist die sogenannte biologische oder physische Anthropologie. Das ist die Lehre von der biologischen Entwicklung des Menschen. Anhand von wilden Kindern können wir eine ganze Menge über das Menschsein und die Grenze zwischen Natur und Kultur erfahren. Ich arbeite nur selten direkt mit solchen Kindern und gehe hauptsächlich von den Erfahrungen anderer aus. Für mein derzeitiges Forschungsprojekt sammele ich Informationen über wilde Kinder auf der ganzen Welt und versuche, gemeinsame Nenner zu finden, die etwas über die grundlegenden menschlichen Überlebenstechniken aussagen.«

»Dann hatten Sie also nie direkten Kontakt zu einem wilden Kind?«

Jacob Wied trinkt einen Schluck von dem dickflüssigen, tiefvioletten Getränk in seinem Glas.

»Ich sagte ›nur selten‹«, entgegnet Jacob Wied mit einem Lächeln, als er das Glas wieder abgesetzt hat. »Nicht ›nie‹. Zu vier wilden Kindern hatte ich auch direkten Kontakt. Eins von ihnen hatte man gerade erst gefunden, als ich nach Russland kam, um es zu besuchen.«

»Was war das für ein Kind?«

»Ein etwa achtjähriger Junge. Er hatte mit einem Rudel Hunde auf der Straße gelebt. Als er gefunden wurde, hatte er den Status des Alphamännchens im Rudel inne. Die Hunde haben versucht, ihn zu verteidigen, als die Polizei ihn aus der stillgelegten Fabrik verscheuchen wollte, in der er schlief.«

»Wie lange ist das her?«

»Vier Jahre.«

»Und was ist aus ihm geworden?«

»Er führt mittlerweile ein relativ normales Leben in einem Kinderheim in Moskau. Die Polizei hat nie herausgefunden, wo er herkommt oder wer seine Eltern sind. Er wurde so früh verlassen, dass er nicht sprechen konnte und an Leuten hochsprang und sie von hinten beschnüffelte, wenn er Besuch bekam. Genau wie ein Hund. Es war ein ziemlich surreales Erlebnis, von einem kleinen Jungen beschnüffelt zu werden, kann ich Ihnen sagen.«

»Und die anderen Kinder, die Sie getroffen haben? Wie sind die aufgewachsen?«

»Eins davon war ein indischer Junge. Sein Vater behauptete, der Junge habe mehrere Jahre allein im Dschungel gelebt. Ein Musterbeispiel für das Mogli-Syndrom also. Doch die Sache hat sich als Schwindel erwiesen. Der Vater hatte alles nur inszeniert, um damit Geld zu machen.«

»Kommt so etwas öfter vor?«

»Es passiert zumindest nicht selten. Der bisher bekannteste Täuschungsversuch ist die Geschichte von Misha Defonseca. Ende der 1990er hat sie ein Buch veröffentlicht, in dem sie beschreibt, wie ihre jüdischen Eltern im Zweiten Weltkrieg von den Nazis verschleppt wurden und sie selbst als kleines Mädchen durch ganz Europa zog, um nach ihnen zu suchen. Sie hat behauptet, unterwegs von Wölfen adoptiert worden zu sein. Später stellte sich heraus, dass Misha in Wirklichkeit Monique de Wael hieß und ihre Geschichte frei erfunden war. Ihre Eltern wurden zwar von den Nazis verschleppt, doch sie waren keine Juden, sondern Katholiken und Mitglieder der belgischen Widerstandsbewegung. Und Monique ist auch nicht durch Europa gezogen, um sie zu suchen. Generell wird den meisten Geschichten über wilde Kinder ein gewisser Grad an Skepsis entgegengebracht, egal, ob sie wahr sind oder nicht. Es hat auch Kinderheime gegeben, die Geld verdienen wollten, indem sie behaupteten, ein paar ihrer Kinder seien unter wilden Tieren aufgewachsen. So etwas zieht die Aufmerksamkeit der Medien auf sich, und Medien ziehen Investoren an.«

»Was ist mit den anderen beiden Kindern, die Sie getroffen haben?«

»Sie sind nicht unter Tieren, sondern in Gefangenschaft aufgewachsen. Beide Kinder waren ziemlich früh eingesperrt worden und hatten so gut wie keinen Kontakt zu anderen Menschen. Und in beiden Fällen war dieser minimale soziale Kontakt auf ihre engste Familie beschränkt. Die Familie, von der sie gefangen gehalten wurden. Das eine Kind war längst kein Kind mehr, sondern eine Erwachsene, als ich sie traf. Sie war zu einer normalen Frau geworden, die ihre traumatische Kindheit hinter sich gelassen hatte und mit ihrem Mann und zwei Kindern in Pennsylvania lebte.«

»Und das andere Kind?«

»Ebenfalls ein Mädchen. Isabella hieß sie. Aus Birmingham in England. Sie war etwa vom zweiten bis zum sechsten Lebensjahr eingesperrt gewesen. Man fand sie nur, weil der Vater ihren älteren Bruder so brutal verprügelt hatte, dass der Junge ins Krankenhaus eingeliefert werden musste. Die Behörden wurden aufmerksam, haben sich die Familie genauer angesehen und einen versteckten Kellerraum gefunden, in dem Isabella lebte. Das ist jetzt neun Jahre her, und ich war einer der Ersten, die mit ihr gesprochen haben.«

»Mit ihr *gesprochen*? Haben Sie nicht gesagt, diese Kinder könnten nicht sprechen?«

»Isabellas Mutter hatte ihr heimlich über einen Lüftungsschacht Schlaflieder vorgesungen und mit ihr gesprochen, ohne dass der Vater etwas davon mitbekam. Dadurch hatte das Mädchen eine simple Form von Sprache entwickelt. Einfache Wörter, die sie zu so etwas wie Sätzen aneinanderreihen konnte. Nicht altersgemäß, natürlich, aber dennoch verständlich, sobald man erst einmal das System verstanden hatte, nach dem sie sprach.«

»Das klingt ja völlig verrückt. Also, dass es überhaupt möglich ist, ein Kind so lange einzusperren, ohne dass irgendjemand aufmerksam wird.«

»So etwas passiert. Sogar jetzt, während wir hier stehen und miteinander reden. Es gibt unzählige Beispiele jüngeren Datums. Vor fünf, sechs Jahren wurde in Florida ein Mädchen namens Danielle Crockett nach sieben Jahren völliger Isolation gefunden. Der Raum, in dem man sie eingesperrt hatte, war voller benutzter Windeln. Es wimmelte dermaßen von Kakerlaken, dass die Polizisten, die das Mädchen fanden, nicht durchs Haus gehen konnten, ohne dabei auf Ungeziefer zu treten. Die Kleine war nicht in der Lage, feste Nahrung zu sich zu nehmen und ohne Hilfe zu gehen oder aufzustehen. Aber der schlimmste Fall, von dem ich weiß, hat sich 1970 in Amerika zugetragen. Damals wurde in Arcadia, Kalifornien, ein Mädchen gefunden, das zwölf Jahre lang eingesperrt gewesen war. Genie nannte man sie. Der Fall ging groß durch die Medien. Tagsüber hat ihr Vater sie an einen Toilettenstuhl gefesselt und in einem Zimmer eingesperrt. Nachts wurde sie in einem Schlafsack festgebunden. Sobald sie den Mund öffnete, schlug ihr Vater sie mit einem Holzknüppel, und er hat sie angebellt und angeknurrt, damit sie den Mund hielt.«

»Wie wurde sie gefunden?«

»Ihre Mutter hat den Vater verlassen und Genie auf die Sozialbehörde mitgenommen. Die Mitarbeiter dort schätzten das Mädchen zunächst auf etwa sechs, sieben Jahre und hielten es für autistisch. Als sie erfuhren, dass Genie in Wirklichkeit bereits dreizehn war, riefen sie die Polizei. Ihr Vater beging kurz darauf Selbstmord. Er hat sich erschossen. Und Genie wurde ein interessantes Forschungsobjekt.«

»Warum?«

»Weil man davon ausgeht, dass Kinder, die nicht bis zu einem bestimmten Alter sprechen lernen, zu keinem Spracherwerb mehr fähig sind. Also, dass es eine Obergrenze dafür gibt, wie spät Kinder sprechen lernen können.«

»Und stimmt diese Theorie?«

»Genie zumindest hat nie richtig sprechen gelernt, auch wenn nur ein paar Monate vergingen, bis sie die ersten Wörter sagen konnte. Sie hat auch recht schnell gelernt, sich selbstständig anzuziehen. Man fand heraus, dass sie von klassischer Musik sehr angetan war, vermutlich, weil eins der Nachbarskinder Klavier gespielt und täglich geübt hatte. Außerdem war sie eine Sammlerin.«

»Eine Sammlerin?«

»Ja, sie sammelte Dinge. Gegenstände, mit denen sie spielen konnte. Soweit ich weiß, ist dieses Verhalten auch bei Kindern üblich, die andere Formen von Misshandlung erfahren haben oder ihrem Zuhause entrissen wurden.«

»Was ist aus Genie geworden?«

»Ihre Lehrerin im Kinderkrankenhaus – ich meine, sie hieß Butler … Jane Butler oder Jean Butler, glaube ich – hat Genie zu sich genommen und wurde ihr erster Vormund. Genie hat eine Zeit lang bei ihr gewohnt, aber Butlers Antrag, ihre Schülerin dauerhaft zu adoptieren, wurde abgelehnt. Es bestanden wohl Zweifel, was für Absichten sie bezüglich des

Mädchens hatte. Doch später haben Leute aus dem näheren Umfeld gesagt, Butler habe das aufrichtige Bedürfnis gehabt, Genie zu helfen.«

»Und dann?«

»Danach hat Genie bei verschiedenen Pflegefamilien gelebt. In manchen wurde sie geschlagen oder auf andere Weise misshandelt. Das hat sie in ihrer Entwicklung wieder zurückgeworfen. Eine dieser Familien hat Genie bestraft, wenn sie sich übergeben musste, was dazu führte, dass sie sich überhaupt nicht mehr traute, den Mund aufzumachen, und wieder aufhörte zu sprechen.«

»Ach du Scheiße«, entfährt es Rikke Møller. Sie fährt sich mit der Hand durch die blonden Locken.

»Ja«, sagt Jacob Wied. »Das kann man wohl sagen.«

»Wo ist sie jetzt?«

Jacob Wied trinkt den Rest seines Smoothies und stellt das Glas ab. »Das ist ein wohlgehütetes Geheimnis. Man weiß, dass sie in einer privaten Institution für geistig Behinderte lebt, aber Genaueres ist unbekannt. Auch wie sie mittlerweile heißt, weiß niemand. Man versucht, sie zu schützen.«

»Wie ist das hier in Dänemark?«, fragt Thomas. »Gibt es bekannte dänische Beispiele für wilde Kinder?«

»Ja und nein. Uns sind Fälle von sexuellem Missbrauch bekannt, in denen Eltern ihre Kinder jahrelang vor den Behörden versteckt gehalten haben. Davon wissen Sie sicher auch. Fälle von Eltern, denen bereits ein Kind weggenommen wurde und die deshalb ihrem Umfeld und den Behörden eine erneute Schwangerschaft verheimlicht haben. Hier im Land haben wir auch Kinder, die nicht zur Schule gehen, um ihre kranken Eltern zu versorgen. Es ist nicht unmöglich, durch das soziale Netz zu fallen. Auch nicht in Dänemark.«

Rikke Møllers Handy klingelt. Sie entschuldigt sich, geht aus der Küche und schließt die Tür hinter sich. Thomas hört ihre Stimme durch die Tür, doch er versteht nicht, was sie sagt.

»Historisch betrachtet, existieren in Dänemark Geschichten von Kindern, die Anfang des siebzehnten Jahrhunderts unter Bären aufgewachsen sein sollen«, fährt Jacob Wied fort. »Aber konkrete Fälle von wilden Kindern oder eingesperrten Kindern, die von Geburt an keinen nennenswerten Kontakt zu Menschen hatten, sind mir hierzulande noch nicht untergekommen.«

»Was ist mit Emma?«, fragt Thomas. »Das Mädchen auf den Videos. Welchen Eindruck haben Sie von ihr?«

»Emma?«, wiederholt Jacob Wied und lehnt sich gegen die Arbeitsplatte. Denkt einen Augenblick nach. »Das ist also ihr Name?«

»Ja, so heißt sie. Wie ist Ihr Eindruck?«

»Wie gesagt, ich kann sehr gut verstehen, dass Sie damit zu mir kommen. Dieses Knurren, das sie ausstößt, und ihre Angst vor plötzlichem Licht. Ihre Art zu essen ... das sind alles Verhaltensmuster von wilden Kindern. Doch nur weil sie diese Merkmale an den Tag legt, muss sie kein wildes Kind sein. Verstehen Sie? Für ihr Verhalten kann es viele Gründe geben.«

»Aber es wäre eine Möglichkeit, Ihrer Ansicht nach? Etwas, was wir bei unseren Ermittlungen berücksichtigen sollten?«

»Es wäre eine Möglichkeit, ja. Das will ich nicht bestreiten. Wenn Sie das Mädchen finden, würde ich gern mit ihr reden.

Um herauszufinden, ob es sich um ein wildes Kind handelt oder nicht, muss ich sie näher untersuchen.«

»Wenn wir sie finden, wird sie den Sozialbehörden übergeben. Sie müssen sich also dorthin wenden, wenn Sie Kontakt zu dem Mädchen haben wollen.«

Rikke Møller kommt in die Küche zurück.

»Thomas?«, sagt sie. »Kannst du mal einen Moment kommen?«

Thomas folgt ihr aus dem Zimmer.

»Was ist denn?«

»Das war Meilby am Telefon. Susanne Aagaard heißt in Wirklichkeit Claudia Berchem.«

»Claudia Berchem?«

»Ja. Geboren und aufgewachsen in Aarhus. Ihre ehemalige Mitbewohnerin, eine Frau namens Pernille Køng, hat vor einer Stunde angerufen, und Meilby hat ihre Geschichte überprüft. Sie hat erzählt, dass sie und Claudia ein paar Jahre zusammengewohnt haben, bis Claudia vor etwa sieben Jahren aus ihrer gemeinsamen Wohnung ausgezogen ist.«

»Wohin ist sie gezogen?«

»Das wusste Pernille Køng nicht.«

»Aber dann ist sie also ausgezogen, als sie mit Emma schwanger war?«

»Das war auch mein erster Gedanke. Pernille Køng zufolge hatte Claudia einen Freund, aber Pernille hat ihn nie gesehen. Claudia hat die Beziehung geheim gehalten. Vielleicht ist er ja Emmas Vater.«

»Vielleicht. Was ist mit ihrer Familie? Also Claudia Berchems Familie. Hat sich da jemand gemeldet?«

»Meilby sagt, es gebe nur eine einzige Angehörige. Ihre Mutter, die in Hillerød wohnt. Helena Berchem. Als sie mit ihr telefoniert haben, um ihr von Claudias Tod zu erzählen, hat sie steif und fest behauptet, sie hätte keine Tochter. Nach einigem Hin und Her hat sich dann herausgestellt, dass Helena Berchem sehr wohl Claudias Mutter ist und dass die beiden nur keinen Kontakt mehr hatten, seit Claudia von zu Hause ausgezogen war. Und die Mutter wollte auch nicht an sie erinnert werden.«

»Aber du sagst, sie wohnt in Hillerød. Dann könnte Claudia Berchem auf dem Weg zu ihr gewesen sein, als sie den Unfall hatte, oder? Sie ist auf jeden Fall in die Richtung gefahren.«

»Das könnte sehr gut sein. Aber falls es so war, wusste die Mutter nichts davon. Und sie hat auch keinen Wert darauf gelegt, Besuch von ihr zu bekommen.«

»Hm«, brummt Thomas. »Am besten fahren wir mal bei ihr vorbei. Lass uns dein Auto nehmen. Dann können wir meinen Dienstwagen am Polizeipräsidium stehen lassen.«

»In Ordnung«, erwidert Rikke Møller. »Sollen wir Mr Fitness schnell noch sagen, dass wir weg sind?«

19

Eine niedrige Hecke umgibt die geflieste Terrasse vor Helena Berchems Reihenhaus im nördlichen Teil von Hillerød. Die Hecke reicht Thomas bis zu den Knien und ist so peinlich genau gestutzt, dass nicht ein einziger Zweig, nicht ein einziges immergrünes Blatt die strenge, rechteckige Form durchbricht. Zu beiden Seiten der Haustür stehen Aluminiumlaternen mit weißen Stumpenkerzen, die einen schwachen orangefarbenen Schein verbreiten.

Thomas klingelt, und kurz darauf erscheint eine Frau in der Tür. Sie ist groß und schlank. Alle Knöpfe ihrer dunkelbraunen Strickjacke sind zugeknöpft. Sie dreht den obersten zwischen den Fingern, als sie zu Thomas aufschaut.

»Ja?«, sagt sie.

»Helena Berchem?«, fragt Thomas.

Sie sieht von Thomas zu Rikke und wieder zu Thomas.

»Sind Sie von der Polizei?«

Ihre Stimme ist tonlos.

»Ja, wir haben ein paar Fragen an Sie. Dürfen wir hereinkommen?«

Sie lässt die beiden Polizisten eintreten. Bittet sie, die Schuhe auszuziehen. Führt sie durch den Flur und die Küche ins Wohnzimmer. Streicht mit der Hand über die Sofakissen, als wollte sie Staub oder Krümel vom Stoff entfernen, bevor sie Thomas den Platz anbietet. Tut das Gleiche mit dem Sessel, bevor Rikke sich dort hinsetzt.

»Etwas zu trinken?«, fragt sie.

»Ein Glas Wasser bitte«, sagt Rikke.

Thomas nickt. »Für mich auch.«

Helena Berchem geht in die Küche. Auf dem Weg dorthin zupft sie die Fransen eines der Orientteppiche in dem kleinen Wohnzimmer zurecht. Thomas oder Rikke müssen sie aus Versehen in Unordnung gebracht haben, als sie auf Socken zur Sofaecke hinübergingen.

Kurz darauf kommt Helena Berchem mit zwei Gläsern Wasser auf einem kleinen, geblümten Tablett zurück. Sie legt Untersetzer aus Kork auf den Tisch und stellt die Gläser darauf. Dann setzt sie sich Thomas gegenüber auf das zweite Sofa und legt die Hände in den Schoß.

»Sie hatten Fragen an mich?«, sagt sie.

»Ja, ich …«, beginnt Thomas. »Es geht um Ihre Tochter.«

»Meine Tochter?«

»Claudia.«

»Ach ja. Das muss ein Missverständnis sein. Claudia ist nicht meine Tochter.«

»Nicht?«

»Nein. Das habe ich auch schon dem Polizisten zu erklären versucht, der vor ein paar Stunden hier angerufen hat.«

»Das verstehe ich nicht«, sagt Thomas. »Was meinen Sie damit, dass sie nicht Ihre Tochter ist? Ich dachte …«

»Ich habe sie auf die Welt gebracht, das stimmt«, unterbricht Helena Berchem ihn. »Und ich habe meine besten Jahre damit verbracht, sie großzuziehen. Aber sie hat schon lange nicht mehr das Recht, sich als meine Tochter zu bezeichnen.«

»Wie … hat sie dieses Recht verloren?«

Helena Berchem lächelt. Sieht hinüber zu Rikke, die ihr Glas bereits leer getrunken hat. »Möchten Sie noch etwas Wasser?«

»Nein«, antwortet Rikke. Und als würde sie befürchten, ausgeschimpft zu werden, fügt sie schnell noch hinzu: »Danke. Nein danke.«

»Frau Berchem«, sagt Thomas, um ihre Aufmerksamkeit wieder auf sich zu lenken. Normalerweise ist er nicht so förmlich, doch in diesem Haus erscheint ihm das angemessen. »Warum hat Claudia nicht mehr das Recht, sich als Ihre Tochter zu bezeichnen?«

»Sie hat mir meinen Mann weggenommen.«

»Ihren Mann?«

»Ihren Vater. Ihren eigenen Vater.«

Rikke Møller reißt die Augen auf. Sie öffnet den Mund, um etwas zu sagen, aber Thomas hält sie mit einer Handbewegung davon ab.

»Was genau meinen Sie damit?«, fragt er.

»Darüber sprechen wir nicht.«

Thomas sieht sich in dem Wohnzimmer um. »Wir?«

Helena Berchem hebt eine Hand an den Mund. »Entschuldigen Sie. Das ist so eine alte Angewohnheit. Ich bin mittlerweile allein. Von meiner Familie ist niemand mehr da.«

»Nicht ganz. Sie haben noch Emma.«

»Emma?«

»Claudias Tochter. Ihre Enkelin.«

»Enkelin?«

Helena Berchem lässt sich das Wort langsam auf der Zunge zergehen.

»Ich wusste nicht, dass Claudia ein Kind bekommen hat. Davon hat sie mir nichts erzählt. Und jetzt erfahre ich es auf diese Weise. Von einem dicken Polizisten.«

Sie lacht trocken.

»Aber es ist nicht allein ihre Schuld, dass sie so geworden ist«, sagt sie dann.

»Nicht?«

»Nein, nein. Es war auch die Schuld meines Mannes. Er hat sich von ihr verführen lassen. Schon seit sie ein Kind war, wusste ich, worauf sie es abgesehen hatte. Ich musste sie im Keller zu Bett bringen und die Tür hinter ihr verriegeln.«

»Gibt es hier einen Keller?«

»Nein, nicht hier. Damals wohnten wir in einem Haus mit Keller in der Nähe von Aarhus. Einem hübschen Haus im Komponistenviertel. Einer richtigen Prachtvilla. Und da musste ich sie unten einsperren. Im Keller, meine ich. Sonst hätte sie John nachts zu sich gelockt. Es reichte nicht, sie einfach in ein anderes Zimmer zu bringen und ihre Tür abzuschließen. Dann brachte sie ihn dazu, die Tür wieder aufzuschließen.«

»Sie hat ihn zu sich gelockt?«, fragt Rikke. »Wie hat sie das denn gemacht?«

Helena Berchem dreht reflexartig den Kopf. »Sie wollte die ganze Zeit auf seinem Schoß sitzen. Anfangs habe ich noch nichts dagegen unternommen, obwohl ich es beunruhigend fand. Auch wenn sie in unserem Bett schlafen wollte. Sie hat gesagt, sie hätte schlecht geträumt, und ich habe ihr geglaubt. Als ich herausfand, dass das nur ein Trick von ihr war, um näher bei John zu sein, habe ich mich dagegen gewehrt. Mit aller Macht. Aber es hat nichts genützt. Nachts habe ich die beiden gehört. Ich lag wach im Schlafzimmer, während er bei ihr im Nebenzimmer war. Er war so ein lieber Mann. Lieb, aber schwach. Leicht zu verführen. Als wir uns kennenlernten, hat er viel getrunken, und er hatte viele … Frauenbekanntschaften. Aber meine Liebe hat ihn geheilt. Ich dachte, meine Liebe könnte auch Claudia ändern, aber das hat nicht funktioniert.«

»Glauben Sie nicht, dass es andersherum war?«, fragt Rikke.

»Andersherum?«

»Dass Ihr Mann sich an Ihrer Tochter vergriffen hat?«

»Bevor Claudia zur Welt kam, hatte John dieses Problem nicht. Erst als Claudia sechs, sieben Jahre alt war, wurde er lüstern. Es kann nur ihre Schuld gewesen sein. Ich weiß, er hätte Nein sagen müssen. Er hätte sich von ihr fernhalten müssen, aber ein Mann kann ja nicht die ganze Zeit stark bleiben, oder? Wenn er immer wieder in Versuchung geführt wird, dann gibt er irgendwann nach.«

Rikke öffnet noch einmal den Mund, und wieder hält Thomas sie mit einer Geste zurück. Ihrem Blick kann er entnehmen, dass ihre Bemerkung sowieso wenig sachdienlich ausgefallen wäre.

»Wo ist John jetzt?«, fragt Thomas.

»John ist tot.«

»Wann ist er gestorben?«

»Vor neun Jahren. Ihm ist beim Essen ein Stück Karotte im Hals stecken geblieben. Er ist vom Stuhl gefallen und lag auf dem Boden und hat den Mund auf- und zugemacht. Es hat eine Ewigkeit gedauert, bis er tot war. Ich hätte ihm gern geholfen, aber Claudia hat mich davon abgehalten. Sie hat gesagt, es sei besser, wenn er sterbe. Für uns alle sei es das Beste. John hat mich flehentlich angesehen. Er hat die Arme nach mir ausgestreckt. Aber Claudia blieb stur. So war sie nun mal. Wenn sie etwas wollte, bekam sie es auch.«

»Claudia hat ihren Vater sterben sehen?«

»Nicht nur das. Sie hat ihn regelrecht umgebracht. Wenn sie nicht gewesen wäre, dann hätte ich ihn gerettet. Ich hätte nicht gezögert, ihm die Finger in den Hals zu stecken, wenn ich das Karottenstück so aus ihm herausbekommen hätte. Ich habe nämlich keine Angst davor, mir die Finger schmutzig zu machen.«

»Was ist nach Johns Tod passiert? Was geschah mit Claudia?«

»Sie ist am nächsten Tag von zu Hause ausgezogen. Ich habe sie darum gebeten. Ich konnte ihren Anblick nicht mehr ertragen. Sie hat mir zwei Mal den Mann weggenommen. Zuerst hat sie ihn aus meinem Bett gelockt, und dann hat sie ihn umgebracht. Sie hat mich angefleht, sie hier wohnen zu lassen, aber dieses Mal blieb ich eisern. Ich bin nicht so schwach, wie John es war. Ich konnte ihr sehr wohl etwas verwehren, auch wenn ich ihr dazu den Rücken zukehren musste. Ich konnte ihr nicht in die Augen sehen. Ihr Blick war nämlich geradezu magisch, müssen Sie wissen. Sah man sie an, war man bereit, alles für sie zu tun. Seit diesem Tag haben wir nicht mehr miteinander gesprochen. Anfangs hat sie noch versucht, mich anzurufen, aber ich bin nicht ans Telefon gegangen. Mir war klar, wenn wir erst einmal anfingen, miteinander zu reden, bestand die Gefahr, dass ich nachgeben würde.«

»Auch wenn Sie ihr dabei nicht in die Augen sahen?«, fragt Rikke.

»Ja«, sagt Helena Berchem mit fester Stimme.

»Wohin ist Claudia gegangen, als sie bei Ihnen auszog?«, fährt Thomas fort.

»Das weiß ich nicht. Ich habe, wie gesagt, nicht mit ihr gesprochen. Ich hatte die ganze Zeit vor, ihre Anrufe irgendwann wieder entgegenzunehmen. Wenn ich etwas Abstand gewonnen hätte. Aber als ich bereit war, wieder mit Claudia zu reden, rief sie nicht mehr an. Ich habe ihr offenbar nichts bedeutet. Sie hat anscheinend nicht verstanden, dass ich nur etwas Zeit für mich allein brauchte, bevor sie mich wieder kontaktieren konnte.«

»Sie haben nie versucht, sich bei ihr zu melden?«

»Nein, nein.«

Thomas steht auf. »Ich glaube, wir haben erst mal keine weiteren Fragen, Frau Berchem.«

Er wirft Rikke einen Blick zu, die mit einem Kopfschütteln bestätigt: »Keine weiteren Fragen.«

»Vielleicht eine Sache noch«, sagt Thomas dann. »Wissen Sie, wer der Vater von Claudias Tochter sein könnte?«

Helena Berchem lacht. »Nein, weiß Gott nicht. Claudia war eine Hure. Wer weiß, mit wem sie alles im Bett war?«

Sie bringt ihre Gäste zur Tür und schließt die Tür hinter ihnen.

»Glaubst du immer noch, dass Claudia Berchem auf dem Weg hierher war, als sie den Unfall hatte?«, fragt Rikke und steckt die Hände in die Jackentaschen.

Thomas nickt. »Ja, das glaube ich.«

Rikke wirft einen Blick über die Schulter. Zurück zu dem Reihenhaus.

»Dann hatte Claudias Nachbarin vielleicht doch recht«, sagt sie.

»Womit?«

»Na mit dem Monster. Wenn Claudia so verzweifelt war, dass sie hier Zuflucht suchen wollte, dann muss ihr ja, verdammt noch mal, wirklich ein Monster auf den Fersen gewesen sein.«

20

Martin Dahl tritt noch einmal gegen das Metall. Er liegt vor dem Loch in der Wand, stemmt den Rücken gegen den Boden, zieht beide Beine an und tritt zu, so kräftig er kann. Dann dreht er sich um. Kriecht zu der kleinen Metalltür und tastet sie ab. Jetzt lässt sie sich ein kleines bisschen vor und zurück bewegen. Er nimmt an, dass sie entweder mit einem Vorhängeschloss gesichert oder nur mit einem Riegel auf der anderen Seite der Mauer verschlossen ist. Und jetzt beginnen die Schrauben, mit denen das Ganze in der Mauer verankert ist, sich allmählich zu lösen.

Er legt sich wieder auf den Rücken. Zieht die Beine an. Tritt zu.

Fühlt noch einmal nach.

Die Öffnung zwischen der Metalltür und der Wand ist jetzt so groß, dass er seine Finger durch die Ritze zwängen kann. Er tastet den Rand der Tür ab.

Und ganz richtig.

Ein Riegel hält die Tür verschlossen. Er kann ihn mit den Fingerspitzen ertasten. Die Schrauben, die den Metallbügel in der Wand halten, sind dabei, sich zu lösen. Es wird nicht mehr allzu viel nötig sein, um sie herauszudrücken.

Wieder auf den Rücken. Gegen den Boden stemmen. Zutreten.

Noch einmal. Und noch einmal.

Ein lautes Knirschen ist zu hören, als die Wand endlich nachgibt.

Martin legt den Kopf zurück auf den Boden. Stöhnt laut und lacht. Sammelt seine Kräfte, um wieder auf alle viere zu kommen.

Es ist immer noch vollkommen dunkel. Obwohl die Metalltür jetzt weit geöffnet ist, fällt immer noch kein Licht in den niedrigen Raum.

Vielleicht bin ich ja wirklich erblindet, denkt er. *Oder der nächste Raum ist genauso dunkel und gegen alles abgeschottet wie dieser hier.*

Er weiß nicht, was schlimmer wäre.

Die Scharniere quietschen, als er die Metalltür weiter aufdrückt. Er streckt die Hand hinaus. Es riecht anders da draußen. Nicht so erdig und feucht. Staubiger.

Er steckt auch den Kopf durch die Öffnung. Tastet mit der Hand nach dem Boden, doch egal, wie weit er den Arm nach unten streckt, er bekommt keinen Boden zu spüren.

Wie weit geht es da wohl hinunter?

Es könnten eineinhalb Meter sein. Vielleicht aber auch dreißig. Oder fünfzig. Freier Fall durch die Dunkelheit, bevor sein Kopf auf einem weiteren Betonboden zerplatzt.

Nein, jetzt denke ich nicht rational. Es können unmöglich dreißig oder fünfzig Meter bis zum Fußboden sein. Wie hätte man mich in diesen Raum hier schaffen sollen, wenn die Metalltür sich so weit oben befände?

»Hallo?«, ruft er. Der Ruf verklingt sofort. Kein Nachhall. Kein Echo. Kein freier Fall.

Er dreht sich um und legt sich mit den Beinen zur Metalltür auf den Bauch. Schiebt sich langsam hinaus. Streckt die Füße und versucht, den Boden zu berühren.

Noch nichts.

Weiter hinaus.

Es zieht in den Wunden am Bauch.

Und jetzt spürt er den Boden unter den Zehenspitzen. Etwa eineinhalb Meter unterhalb der schmalen Öffnung. Er richtet sich auf. Zu seiner vollen Größe. Und hat immer noch jede Menge Platz über dem Kopf.

Die Tatsache, dass er wieder aufrecht stehen kann, verleiht ihm ein Gefühl von Freiheit, doch es hält nicht lange an. Er ist nur von einem Gefängnis ins nächste gelangt. In einen weiteren undurchdringlich dunklen Raum. Das ist alles. Er ist nicht frei. Und das Mädchen hat er auch noch nicht gefunden.

Mit kleinen Schritten geht er vorwärts, bis er gegen eine Wand stößt. Nackter Beton. *Natürlich.* Er fährt mit den Händen über die Mauer, genau wie zuvor in dem niedrigen Raum. Aber jetzt … jetzt ertasten seine Finger nicht nur die nackte Wand. Sie ertasten auch ein Kabel, das dort befestigt ist. Martin folgt ihm mit den Händen zuerst die Wand hinauf, dann die Decke entlang und hinein in den Raum. Zu einer Lampe. Einer großen, runden Lampe aus Glas.

Er kann sein Glück kaum fassen. Beginnt, so hektisch nach dem Lichtschalter zu suchen, dass er völlig vergisst, dem Kabel wieder zurück zur Wand zu folgen. Tappt orientierungslos herum. Zwischen Lampe und Wand liegen kaum mehr als ein paar Meter, aber trotzdem schafft er es, vollkommen das Gefühl dafür zu verlieren, wo das Kabel über den nackten Beton verläuft.

Verdammt.

Seine Finger fangen wieder an zu suchen. Hektisch. Sie krabbeln über die Wand wie Kakerlaken auf der Flucht.

Da. Da ist es.

Dieses Mal folgt er dem Kabel die Wand hinunter. Es endet in einem Schalter.

Er legt einen Finger auf den Schalter.

Hält die Luft an.

Und betätigt ihn.

21

Mogli-Syndrom.

Das Wort ist wie ein Insekt in Thomas' Kopf. Wenn er versucht, es zu vertreiben, dreht es verwirrt ein paar Runden durch sein Hirn, und dann kehrt es zurück und lässt sich an derselben Stelle wie zuvor wieder nieder. Kitzelt seine Gedanken.

Dieses Wort will einfach nicht zu dem Grauen passen, von dem der Anthropologe Jacob Wied erzählt hat. Es hat etwas Romantisches. Es passt nicht zu einem Kind, das man all seiner Menschlichkeit und Würde beraubt hat, sondern eher zu einem Kind, dem die Natur geschenkt wurde. Es klingt nach einer glücklichen Verbindung zwischen Mensch und Tier. Das kommt vielleicht daher, dass Thomas bei dem Namen Mogli das Dschungelbuch in der Disney-Version mit singenden Bären und tanzenden Affen vor Augen hat. Da weint der verlassene Säugling nur in den ersten Sekunden des Films, bevor die Tonspur zu heiteren Jazzrhythmen übergeht, und es wird niemals so gefährlich, dass man ernsthaft Angst um Mogli hat. Außerdem braucht hier das wilde Kind nur den lockenden Augen eines Dorfmädchens zu folgen, um in die Menschenwelt einzutauchen und voll sozialisiert zu werden. Der Kontrast zwischen Mogli und dem kalifornischen Mädchen Genie könnte kaum größer sein.

Thomas vertreibt den Gedanken, und kurz darauf lässt sich ein anderer Störenfried, ein anderer Gedanke, auf dem Kuchenteller seines Bewusstseins nieder: *Missbrauch.*

Claudia Berchem wurde von ihrem Vater missbraucht. Und von ihrer Mutter misshandelt, auch wenn dies wohl eher eine indirekte Form von Misshandlung war. Aus früheren Fällen weiß Thomas, dass Missbrauch sich tendenziell vererbt. Es besteht eine relativ große Wahrscheinlichkeit, dass entweder Helena Berchem oder ihr Mann als Kind ebenfalls missbraucht wurde. Gleiches gilt für die Wahrscheinlichkeit, dass sich dieses Muster weiter fortsetzt, bis hin zu Emma. Missbrauchte missbrauchen selbst, und ihre Opfer werden mit der Zeit ebenfalls zu Tätern. Eine Kette der Gewalt, die nur schwer zu durchbrechen ist.

Der Gedanke führt Thomas zurück zu einer der ersten angedachten Theorien: dass Claudia Berchem möglicherweise auf der Flucht vor einem Mann war, der Emma misshandelt hat. Dem Mann vielleicht, für den sie vor sieben Jahren aus der Wohngemeinschaft mit Pernille Køng in Aarhus ausgezogen war.

Ist es in Wirklichkeit so einfach? Ist Claudia nach Horslunde gezogen, um einem Mann zu entkommen? Die ganze Sache mit den wilden Kindern und dem Mogli-Syndrom ist vielleicht nur eine Sackgasse. Es braucht ja nicht unbedingt so kompliziert zu sein.

Thomas schaut hinüber zu Rikke Møller, die am Steuer sitzt.

»Nein«, murmelt er vor sich hin.

»Wie bitte?«, fragt Rikke.

»Ich denke nur nach. War Pernille Køng die Einzige, die sich gemeldet hat, nachdem das Foto von Claudia Berchem in den Nachrichten gezeigt wurde?«

»Nein. Meilby sagte, es hätten noch ein paar Leute aus Horslunde angerufen. Aber Pernille Køng war wohl die Einzige, die ihren richtigen Namen kannte. Für alle anderen war sie Susanne Aagaard.«

»Wo war sie in der Zeit zwischen ihrem Auszug aus der WG und ihrem plötzlich Auftauchen in Horslunde? Warum hat sich noch niemand gemeldet, der in diesen sieben Jahren mit ihr zu tun hatte?«

»Du musst etwas Geduld haben«, sagt Rikke Møller. »Es gibt sicher eine ganze Reihe von Leuten, die samstagmorgens nicht schon in aller Herrgottsfrühe Nachrichten sehen, und das Foto soll im Laufe des Tages noch ein paarmal gezeigt werden. Die Suchmeldung wird auch automatisch über die sozialen Netzwerke verbreitet. Es wird schon noch jemand auftauchen, der ihr in den letzten sieben Jahren mal irgendwo begegnet ist.«

»Vielleicht.«

Für einen Moment herrscht Schweigen.

»Hör mal«, sagt Thomas dann. »Kannst du mich nicht am Polizeipräsidium absetzen? Dann hole ich mir einen Wagen und fahre nach Valby. Ich muss nachsehen, wie es Dahls Ehefrau geht.«

Rikke Møller nickt. »Wie kommt sie damit zurecht?«

Thomas zuckt mit den Schultern. »Ganz gut, glaube ich. Aber es wird sie bestimmt nicht freuen, dass ich ihr nichts Neues erzählen kann.«

»Soll ich mit dir fahren?«

»Nein. Ich komme schon klar. Du hast selbst genug zu tun.«

»Und hinterher?«

»Wenn ich in Valby fertig bin, fahre ich nach Aarhus und spreche mal mit Pernille Køng.«

22

Als Thomas vor Dahls Backsteinvilla in Valby parkt, kreisen seine Gedanken wieder um die Formulierung *Fleisch und Fett*, und als er mit knirschenden Knien die Einfahrt hinaufgeht, spürt er die Narbe am Bauch deutlicher als je zuvor. Bei jedem Schritt durchfährt ihn ein Schmerz. Fast so, als wäre die Narbe ganz frisch.

Nicht Lene, sondern ein Polizist in Uniform öffnet ihm die Tür. Meilby muss eine Streife hergeschickt haben, die nach der Familie sehen soll.

»Sie sitzt in der Küche«, sagt der Kollege. Ein Mann mittleren Alters mit stahlgrauem Schnurrbart. Thomas kennt ihn nicht.

»Danke«, brummt Thomas. »Ich kenne den Weg.«

Er geht in die Küche, wo Dahls Ehefrau einem anderen uniformierten Polizisten gegenübersitzt. Keiner von beiden sagt etwas. Sobald Lene Thomas erblickt, steht sie auf und sieht ihn mit einem Gesichtsausdruck an, den Thomas nicht zu deuten weiß. Ängstlich und hoffnungsvoll zugleich. Eine Miene, die mit gleich großer Wahrscheinlichkeit in ein freudiges Lachen oder in ein bitteres Weinen übergehen kann.

Er senkt den Blick. Schüttelt den Kopf.

»Nichts Neues«, murmelt er und wartet eine Reaktion ab. Doch es kommt keine. Lene setzt sich einfach wieder hin. Nimmt exakt dieselbe Haltung wie vorher ein.

»Es tut mir leid«, fährt Thomas fort, ohne sich dem Tisch weiter zu nähern.

Da erhebt sich der Polizist und bietet Thomas seinen Stuhl an.

»Danke«, bringt Thomas hervor und zwingt sich dazu, Platz zu nehmen. »Wo sind die Mädchen?«

»Meine Schwester hat sie abgeholt. Sie sollen nicht hier sein, wenn die schlechte Nachricht kommt.«

»Die schlechte Nachricht?«

»Wenn Sie herkommen, um mir mitzuteilen, dass Martin tot ist.«

»Aber …«, setzt Thomas an. Er weiß nicht, was er sagen soll. Alles, was ihm einfällt, klingt wie ein Auszug aus einem Lehrbuch der Polizeihochschule. Deshalb sagt er einfach nichts, und ein paar Augenblicke lang sitzt er Lene genauso schweigend gegenüber wie zuvor der uniformierte Polizist. Thomas sieht sich in der Küche um. Sein Blick fällt auf den kleinen schwarzen Sportwagen im Fenster. Das Auto muss eine Geschichte haben. Sonst hätte Dahl es wohl nicht dort platziert, oder? An der einzigen Stelle im Haus, die er gestalten durfte.

»Sie haben mich gefragt …«, beginnt Lene Dahl und hält inne. Setzt noch einmal neu an: »Sie haben mich gefragt, ob Martin vielleicht einen Grund hatte … also einen Grund … freiwillig zu verschwinden.«

»Ja, das habe ich. Aber mittlerweile arbeiten wir nicht mehr mit der Theo…«

»Wir sind gerade dabei, uns zu trennen«, unterbricht Lene ihn.

»Wie bitte?«

»Martin und ich. Wir sind dabei, uns zu trennen. Oder eigentlich haben wir uns schon getrennt. Er schläft im Keller, und ich schlafe oben im Schlafzimmer.«

»Also … tut mir leid, das zu hören. Aber ich bin vielleicht nicht der richtige Ansprechpartner dafür. Für uns besteht, wie gesagt, kein Grund zu der Annahme, dass Martin aus freien Stücken verschwunden ist. Nichts deutet darauf hin, dass er wegwollte.«

»Dann hat Martin also nicht mit Ihnen gesprochen? Über sich und mich, meine ich.«

Thomas schüttelt den Kopf.

»Aber Sie sind doch sein Chef, oder? Wie können Sie über so etwas nicht Bescheid wissen?«

Thomas erwidert nichts.

»Natürlich hat er nichts gesagt«, fährt sie fort, und Thomas wünschte, sie täte das nicht. Er wünschte, sie würde einfach den Mund halten.

»Wahrscheinlich hat er es nicht einmal begriffen«, meint sie. »Verflucht noch mal.«

Sie fasst sich an den Kopf.

»Ich habe Martin gesagt, er soll sich versetzen lassen«, sagt sie dann.

»Versetzen lassen?«

»In eine andere Abteilung. Zu einem anderen Chef.«

»Ich …«

Lene unterbricht ihn mit einem Kopfschütteln. Sie spricht gedämpft, doch ihre Stimme bebt. »Ich habe ihm gesagt, dass es gefährlich ist, sich in Ihrer Nähe aufzuhalten.«

»Gefährlich?«

»Den Leuten um Sie herum ergeht es schlecht. Sie sterben. Zuerst dieser arme Mann, der in der Uniklinik getötet wurde … Wie hieß er noch gleich?«

»Adam Zahle«, sagt Thomas und muss schlucken.

»Adam Zahle, ja. Sie haben direkt danebengestanden und zugesehen. Ohne einzuschreiten. Martin hat gesagt, dass Sie den jungen Mann ins Krankenhaus mitgenommen haben. Er hätte überhaupt nicht da sein sollen. Und dann diese Wissenschaftlerin. Von der hat Martin mir auch erzählt. Er hat mir erzählt, was mit ihr passiert ist. In diesem Sommerhaus. Und Sie standen davor und haben einfach gewartet. Sie haben nichts unternommen, während die Frau da drinnen die Hölle auf Erden erlebt hat. Und jetzt … jetzt ist Martin dran. Und warum? Weil Sie ihn spät abends nach Nordseeland geschickt haben, damit er dort mit irgendeinem ja nun wirklich nicht weiter wichtigen Gewaltopfer redete. Wenn Sie nicht gewesen wären, dann wäre das nie passiert.«

Sie steht auf und richtet zitternd den Finger auf Thomas. »Sehen Sie zu, dass Sie ihn finden. Sehen Sie zu, dass Sie ihn mir lebendig wieder nach Hause bringen. Er ist nicht wie Sie. Er hat eine Familie. Er hat Kinder, die auf ihn angewiesen sind. Verstehen Sie? Er ist nicht wie Sie.«

Der uniformierte Polizist geht zu ihr und legt ihr die Hände auf die Schultern, doch sie reißt sich los.

»Haut einfach ab«, faucht sie. »Haut ab und biegt das wieder gerade. Biegt das alles wieder gerade.«

23

Das Licht der Deckenlampe ist grell und weiß. Martin Dahl blinzelt. Die plötzliche Helligkeit schmerzt ihm in den Augen. Doch er kann sehen. Er ist nicht blind. Seine Augen sind genau dort, wo sie hingehören, und sie funktionieren noch.

Als Erstes sieht er in dem alles enthüllenden Licht an sich hinunter. Sein Hemd ist zerfetzt und dunkelrot vor Blut. Es klebt an seinem aufgeschlitzten Bauch, an den offenen Wunden.

Er hebt den Blick. Sieht sich um. Der Raum ist etwa fünfzehn Quadratmeter groß. Keine Fenster. Normale Deckenhöhe. An einer Wand steht ein Schreibtisch und darauf ein kleiner alter Röhrenbildschirm. Drei unterschiedlich dicke Kabel führen von der Rückseite des Bildschirms hinter dem Tisch nach unten. Auf einer Ablage unter der Tischplatte stehen ein altes Aufnahmegerät für Videos und ein neueres für DVDs. An der Wand hinter ihm befinden sich eine Reihe von leeren Metallregalen und ein Kleiderschrank aus Teakholz. Die Türen des Schranks sind geöffnet. Schrankfächer und Kleiderstange sind leer. An einer dritten Wand steht eine Pritsche, die nur aus einer Holzplatte auf niedrigen Füßen besteht, und am Fußende der Pritsche befindet sich eine Tür. Eine ganz normale Tür aus Holz oder Furnier mit einem petrolblauen Plastiktürgriff. Außer der schmalen Metallluke auf

Brusthöhe, durch die er hierhergelangt ist, ist dies der einzige Ein- und Ausgang des Raumes.

Wieder muss er an das verletzte Mädchen denken. Im Dunkeln konnte er sie zwar nicht ertasten, aber vielleicht liegt sie ja trotzdem irgendwo in dem niedrigen Raum. Er geht zur Luke. Steckt den Kopf hindurch und sieht sich um. Durch die schmale Öffnung fällt genügend Licht aus dem hell erleuchteten Nebenzimmer, sodass er in sämtliche Winkel des kleinen Raumes blicken kann. Dort ist kein Mädchen.

Bei dem Gegenstand, den er im Dunkeln umgestoßen hat, handelt es sich um ein Töpfchen. Ein altmodisches, emailliertes Töpfchen mit Henkel und Blumenmuster. Der Plastikball ist rosa und mit Prinzessinnen in weiten Kleidern bedruckt. Martin richtet den Blick auf die niedrige Decke. Ihm schlägt das Herz bis zum Hals, als er sieht, dass dort oben zwei Kameras angebracht sind. In jeder der beiden vorderen Ecken eine. Genau unter der Decke. Sie sind klein. So klein, dass sie ihm nicht aufgefallen sind, als er auf der Suche nach dem Ausgang dort drinnen herumgekrochen ist.

Er zieht den Kopf wieder zurück. Stellt fest, dass durch die Betonmauer zwischen den beiden Räumen Kabel verlaufen. Sie führen die Mauer hinunter, über den Boden und wieder hinauf zur Rückseite der beiden Aufnahmegeräte. Gleich neben der Metallluke befindet sich ein weiterer Lichtschalter. Martin betätigt ihn, und an der hinteren Wand des niedrigen Raumes geht eine Lampe an.

Man kann dort also Licht machen.

Wenn er hier raus ist, müssen Thomas und die anderen mal untersuchen, was hier eigentlich vor sich gegangen ist.

Ein Töpfchen? Ein Ball? Ist das etwa irgendeine kranke Form von Pädophilie? Hat hier jemand ein Kind eingeschlossen und es mit den beiden kleinen Kameras gefilmt?

Bei dem Gedanken sträuben sich ihm die Haare im Nacken. Er muss das Mädchen unbedingt finden.

Er drückt den petrolblauen Türgriff hinunter. Die Tür ist verschlossen. Natürlich. Doch es dürfte ein Leichtes sein, sie zu öffnen.

Sein bisheriger Erfolg hat ihm neue Kräfte verliehen. Er nimmt Anlauf. Zielt auf den Bereich über dem Türschloss. Hebt das Bein, jedoch nicht hoch genug. Ein stechender Schmerz im Bauch hindert ihn daran. Statt also oberhalb des Schlosses mit dem Fuß aufzukommen, trifft er die Tür irgendwo in der Mitte, und das Bein geht genau hindurch. Bleibt stecken.

Mühsam zieht er es zurück und fällt hintenüber. Fängt sich mit den Armen ab, um nicht auf dem Rücken zu landen.

Er hockt sich vor das Loch in der Tür und schaut hindurch.

Seine Unterlippe beginnt zu zittern. Seine Augen füllen sich mit Tränen.

Nein, denkt er. *Das kann nicht sein. Das kann, verdammt noch mal, nicht sein.*

Die Tür führt nicht hinaus in die Freiheit. Durch das Loch kann er sehen, dass sie mit großen Betonblöcken zugemauert ist.

Samstag
20:00 Uhr

24

Thomas erinnert sich nicht daran, wann er zuletzt in Ostjütland war. Das muss fünf Jahre her sein, vielleicht sogar mehr. Als er nach drei Stunden auf der Autobahn an der Ausfahrt Skanderborg Nord vorbeifährt, überkommt ihn ein Anflug von schlechtem Gewissen. Diese Ausfahrt müsste er nehmen, um zum Hof seiner Eltern zu gelangen.

Eines Tages werde ich hier abfahren, denkt er, als er das große blaue Schild am Straßenrand passiert. *Ein andermal. Bald. Wenn ich keinen Termin habe, zu dem ich nicht zu spät kommen darf.*

Er duckt sich auf dem Fahrersitz, so als hätte er Angst, von jemandem gesehen zu werden. Erst als die Ausfahrt ein Stück hinter ihm liegt, richtet er sich wieder auf.

Nach Aarhus zu fahren fühlt sich für ihn nicht mehr wie eine Heimkehr an. Er hat erwartet, dass in den Straßen der Stadt längst vergessene Erinnerungen wieder hochkommen würden, denn dort hat er mit seinem Bruder und dessen Freunden immer Zuflucht gesucht, wenn sie mal Abstand von den Eltern brauchten. Abstand vom Hof. Doch er kann sich an fast nichts mehr aus dieser Zeit erinnern. Vielleicht ist für diese Erinnerungen auch gerade kein Platz, da Dahl, Emma und Natalja seine ganze Aufmerksamkeit beanspruchen. Er hat genug damit zu tun, die Gedanken an Natalja immer wieder zu verdrängen, damit er sich auf die Dinge konzentrieren kann, auf die er noch Einfluss hat. Die Menschen, denen er noch helfen kann. Diejenigen, denen gegenüber er noch nicht versagt hat.

Wenn das alles hier überstanden ist, versuche ich noch einmal, mit ihr zu reden. Ein letztes Mal, bevor ich sie endgültig aufgebe.

Dieser Vorsatz ist töricht. Er weiß genau, dass er Natalja nicht endgültig aufgeben kann. Nicht einfach so. Selbst wenn sie ihn weiterhin ignoriert. Je tiefer er den Gedanken an sie in die unteren Schichten seines Bewusstseins drängt, desto höher ist die Geschwindigkeit, mit der dieser wieder emporschießt. Der Gedanke an sie kommt stets zurück an die Oberfläche. Eine Mischung aus Verliebtheit und unsagbar schlechtem Gewissen holt ihn herauf. Erinnert ihn daran, dass er denen, die er nicht vor dem Bösen schützen konnte, am dringendsten Schutz bieten möchte.

25

Claudia Berchems ehemalige Mitbewohnerin wohnt auf der leicht abschüssigen, kopfsteingepflasterten Norsgade im Øgadekvarter von Aarhus. Thomas muss wieder und wieder durch die schmalen Einbahnstraßen um den Block fahren, bevor er schließlich einen Parkplatz findet.

Mit einer Hand an der Autotür und der anderen auf der Rückenlehne zwängt er sich aus dem Wagen. Klopft sich die Krümel des Burgers, den er unterwegs gegessen hat, vom Hemd und von der Hose und geht dann auf Pernille Køngs Hauseingang zu. Er hat vorher bei ihr angerufen, um sicherzugehen, dass sie auch zu Hause ist.

Das Haus ist das größte in der ganzen Straße. Rundherum stehen fast ausschließlich Einfamilienhäuser. Dicht an dicht aneinandergedrängt. Doch dieses hier ist ein klassisches, vierstöckiges Etagenhaus aus rotem Klinker vom Anfang des zwanzigsten Jahrhunderts.

Thomas sucht Pernille Køngs Namen auf dem Schild im Hauseingang und klingelt. Sie lässt ihn herein, ohne zuerst nachzufragen, wer da ist. Und als Thomas sich mühsam in den dritten Stock hinaufgekämpft hat, ist ihre Wohnungstür bereits einen Spalt weit geöffnet. Aus der Wohnung ist Musik zu hören, und auf dem Fensterbrett in der Küche stehen Kerzen, wie er durch den Türspalt erahnen kann.

Er klopft an. Zuerst vorsichtig, dann ein wenig fester. Es dauert einen Moment, bis Pernille Køng erscheint. Sie ist um die dreißig Jahre alt, und mit ihrer Jeans und dem karierten Hemd sieht sie aus, als käme sie direkt aus einer kerngesunden, amerikanischen Vorstadtfamilie. Ihr Lächeln entblößt einen charmant schiefen Eckzahn, der aus einer ansonsten perfekten weißen Zahnreihe heraussticht.

»Sie hätten ruhig einfach reinkommen können«, sagt sie und führt Thomas ins Wohnzimmer, wo er an einem runden Esstisch Platz nimmt. Dann geht sie zur Stereoanlage und schaltet die Musik aus. Läuft etwas rastlos durchs Zimmer, bis sie schließlich vor dem Fenster zur Straße stehen bleibt.

»Ich war echt geschockt, als ich das Bild in den Nachrichten gesehen habe«, sagt sie, nachdem sie sich aufs Fensterbrett gesetzt hat. »Sie sah älter aus als damals, viel älter sogar, auch wenn sie mittlerweile höchstens sechsundzwanzig gewesen sein kann.«

»Wann sind Sie mit Claudia zusammengezogen?«, fragt Thomas und sieht sich im Wohnzimmer um. Die Poster an den Wänden stammen allesamt aus Kunstausstellungen in New York, London, Berlin, Sydney. Genau über dem Tisch hängt ein Poster, das die Zeichnung eines Stuhls vor goldenem Hintergrund zeigt, und über dem Stuhl ist »MoMA Bauhaus Exhibit« zu lesen. Als Thomas den Blick weiter durch den Raum wandern lässt, entdeckt er, dass in der gegenüberliegenden Ecke ein ebensolcher Stuhl steht. Ein Lehnstuhl aus Metall und schwarzem Leder. Er sieht teuer aus.

»Das muss jetzt neun Jahre her sein«, sagt Pernille Køng von ihrem Platz am Fenster aus. »Meine Eltern hatten mir eine Wohnung in der Sjællandsgade gekauft, aber die monatlichen Kosten waren zu hoch, als dass ich allein dort hätte wohnen können, deshalb habe ich Aushänge in der Uni und in Supermärkten und an Kiosken in der Umgebung gemacht, um mir eine Mitbewohnerin zu suchen.«

»Gab es viele Interessenten?«

»Ich habe die Zettel im August, also kurz vor Semesterbeginn, aufgehängt, deshalb haben fast ununterbrochen Leute angerufen.«

»Warum haben Sie sich dann ausgerechnet für Claudia entschieden?«

Pernille lächelt und sieht aus dem Fenster. »Sie war mir sofort sympathisch. Statt mich anzurufen, hat sie einfach gleich an meiner Haustür geklingelt. Ich habe sie reingelassen, wir haben einen Tee zusammen getrunken und … ich weiß auch nicht … sie hatte irgendetwas an sich, weshalb ich sie nicht mehr aus der Wohnung lassen wollte. Auf der einen Seite war sie wie ein herrenloser Welpe, den ich halb tot am Wegesrand aufgelesen hatte. Sie war damals siebzehn Jahre alt. So jung und verletzlich. Hat mich angeschaut, als wäre ich die Einzige, die sie retten könnte. Das hat sie nie gesagt, aber … ich habe es ihr angesehen.«

Dann verschwindet das Lächeln von Pernille Køngs Lippen.

»Aber sie hatte auch etwas Provozierendes«, erzählt sie. »Etwas Gieriges. Ihre Art, durch die Wohnung zu gehen. Die Art, wie sie mich berührt hat, als wir uns unterhielten. Wir kannten uns ja noch gar nicht, aber als wir in der Küche saßen und redeten, hat sie gelacht und mich immerzu am Arm und an der Schulter angefasst. Sie hat auch alle Sachen in die

Hand genommen, die ich im Fenster stehen hatte, die Tischkante, die Sofalehne im Vorbeigehen. Sie musste alles berühren. Am Ende habe ich ihr überhaupt nicht mehr zugehört. Ich habe nur noch gesehen, wie sich ihre Lippen bewegten. Wie ihre Augen sich schlossen und wieder öffneten. Wie ihre Hände über die Tischplatte fuhren oder sich in meine Richtung bewegten. In dem Moment habe ich gedacht, es wäre Liebe auf den ersten Blick, aber in Wirklichkeit war es wohl eher eine Art Besessenheit. Ich wusste einfach, dass ich sie immer in meiner Nähe haben musste.«

»Wie war es, mit Claudia zusammenzuwohnen?«

»Mein erster Eindruck hat sich bestätigt. Sie war völlig zugrunde gerichtet und zugleich glücklich und gierig.«

»Wie meinen Sie das? Wie hat sich das geäußert?«

»Ich versuche, Ihnen mal ein Beispiel zu geben …«

Pernille Køng denkt einen Moment nach. Richtet den Blick auf das dunkle Fenster.

»Männer«, sagt sie dann. »Sie hatte Angst vor Männern, und trotzdem hat sie sie reihenweise verschlungen. Es kam vor, dass ich in meinem Zimmer saß und Claudia nebenan vor Angst schluchzen und zugleich vor Wollust stöhnen hörte, wenn sie mal wieder einen oder mehrere neue Männer mit nach Hause gebracht hatte. Sie hat sie geschlagen und zermürbt. Hat gesagt, sie sollen zur Hölle fahren, aber wenn sie dann gehen wollten, hat sie die armen Kerle zurück in ihr Zimmer gezerrt und sich vor die Tür gestellt, damit sie nicht weg konnten, bevor sie zu Ende gebracht hatten, weshalb sie da waren. Manchmal hat sie von ihren Männern Schläge bekommen, und dann saß sie mit aufgeplatzter Lippe am

Küchentisch, und ich habe ihr die Wunde gereinigt. Das war dramatisch, aber irgendwie schien sie es zu mögen. Oder sie hat es gebraucht.«

»Aber was Sie vorhin erzählt haben … also über Ihre erste Begegnung mit Claudia – das hat sich so angehört …«

»… als wären wir ein Paar gewesen?«, beendet Pernille Køng seinen Satz. »Waren wir nicht. Ich wollte das gern, aber es war unmöglich. Wie soll ich sagen … Claudia war dermaßen verwundet. Wie ein waidwundes Tier.«

»Wissen Sie, warum sie so war?«

»Sie wollte nicht darüber sprechen. Aber man kann sich leicht denken, dass sie wahrscheinlich missbraucht wurde. Claudia war nicht der Typ für eine Liebesbeziehung. Und trotzdem …«

»Trotzdem was?«

»Ich glaube, am Ende hatte sie doch eine.«

»Warum glauben Sie das?«

Pernille Køng baumelt mit den Beinen. »Weil sie immer öfter wegblieb und dann mehrere Tage am Stück nicht nach Hause kam.«

»Aber war das so verwunderlich? Sie hatte jede Menge Männer, wie Sie sagen. Sie könnte doch aus gewesen und immer mit irgendwem anders nach Hause gegangen sein, oder?«

Pernille Køng schüttelt den Kopf. »Nein. Claudia hat die Typen immer mit zu uns gebracht. Wie ich schon sagte: Sie hatte Angst vor Männern. Sie wäre nie mit irgendwem nach Hause gegangen. Sie hatte eine Todesangst davor, an einem unbekannten Ort mit einem Mann allein zu sein. Vor dem, was ihm dann einfallen konnte. Oder vielleicht auch vor dem, was ihr selbst einfiel, wenn sie ganz allein waren. Hier fühlte sie sich sicher, weil ich meistens im Nebenzimmer saß und alles mitbekam.«

»Hat sie Ihnen erzählt, dass sie Angst hatte?«

»Nein. Claudia hat überhaupt nichts erzählt. Aber warum sonst brachte sie die Männer immer hierher? Ein paar von ihnen haben sicher allein gewohnt, und man sollte doch meinen, sie hätten lieber ihre Ruhe gehabt, wenn sie … na ja, Sie wissen schon. Aber sie sind immer hierhergekommen. Und deshalb wusste ich, dass plötzlich irgendwas anders war, als sie nächtelang wegblieb. Sie selbst war auch anders. Sie hat keine Männer mehr mit nach Hause gebracht. Und sie hatte so ein Lächeln auf den Lippen, das ich noch nicht von ihr kannte. Das war nicht dieses manische, demonstrative Lächeln, das sie immer aufgesetzt hat, wenn sie mitbekam, dass jemand in ihre Richtung schaute. Manchmal saß sie einfach da und hat still vor sich hin gelächelt, obwohl sie wusste, dass niemand zu ihr hinsah. Auch ihr Kleidungsstil war auf einmal ganz anders.«

»Inwiefern?«

»Nicht mehr so knallig. Sie hat sich dezenter geschminkt. Und die künstlichen Nägel weggelassen.«

»Sind Sie Claudias Freund jemals begegnet?«

»Nein. Und sie hat auch nie von ihm erzählt.«

»Dann sind Sie sich also gar nicht sicher, ob er überhaupt existierte?«

»Doch, da bin ich mir sicher. Vollkommen sicher. Ich glaube, dass Claudia versucht hat, die Beziehung geheim zu halten.«

»Aber aus welchem Grund?«

»Damals dachte ich, sie hätte vielleicht eine Affäre mit einem verheirateten Mann, aber …«

»Aber?«

»Das wäre sicher nicht das erste Mal gewesen. Von den Männern, die sie in unsere Wohnung mitbrachte, waren bestimmt auch einige verheiratet oder lebten in einer festen Beziehung. Sie können nicht alle Singles gewesen sein.«

»Und was glauben Sie jetzt?«

»Ich weiß nicht. Vielleicht ist sie ja wirklich jemandem begegnet, in den sie sich verliebt hat, und wollte die Beziehung mit allen Mitteln schützen. Oder sie hat einfach jemanden kennengelernt, dem sie vertrauen konnte, und wollte dann lieber bei ihm zu Hause sein. Ich könnte es zumindest verstehen, wenn er keine Lust hatte, sich in ein Bett zu legen, in dem schon so viele Männer vor ihm gelegen hatten. In den zwei Jahren, die Claudia hier gewohnt hat, ist sie gut und gern mit dreihundert bis vierhundert Männern in der Kiste gewesen. Mit alten. Mit jungen. Mit sechzehnjährigen Jungs und mit Männern, die locker ihr Großvater hätten sein können.«

»Was genau ist passiert, als Claudia hier wieder auszog?«

»Sie ist einfach verschwunden. Von einem Tag auf den anderen. Ihre Kleider und Möbel hat sie alle zurückgelassen. Ich habe versucht, sie anzurufen, aber sie hatte ihre Nummer sperren lassen.«

»Was war mit ihrer Miete?«

»Sie hat immer bar bezahlt, hat mir das Geld einfach in die Hand gedrückt. Als sie dann nicht mehr auftauchte, bekam ich also keins mehr. Ich konnte mir die Wohnung allein nicht leisten und habe mir deshalb eine neue Mitbewohnerin gesucht. Sie war nicht ganz so interessant wie Claudia, aber dafür psychisch wesentlich stabiler. Es wäre allerdings auch schwierig gewesen, jemanden zu finden, der *weniger* stabil war.«

»Und was war mit Claudias Sachen?«

»Ich habe, wie gesagt, versucht, sie anzurufen, und ich habe mich auch bemüht, jemanden aus ihrer Familie zu finden, mit dem ich reden konnte. Aber die einzige Berchem, die ich im Telefonbuch gefunden habe, hat gesagt, sie würde Claudia nicht kennen.«

»War das zufällig eine Helena Berchem?«

»Das weiß ich nicht mehr. Das ist jetzt sieben Jahre her, also … Wer ist diese Helena Berchem?«

»Claudias Mutter. Was haben Sie mit Claudias Sachen gemacht?«

»Die Klamotten habe ich zur Altkleidersammlung gebracht, und ihre Möbel habe ich im Internet verkauft, um mir über den Erlös die entgangene Miete zurückzuholen.«

»Apropos Geld. Wie hat Claudia eigentlich ihr Geld verdient, als sie noch in der Stadt war?«

»Sie hat in einem Café unten am Fluss als Barkeeperin gearbeitet. Da hatte sie ihr Geld und sicher auch die meisten ihrer Männer her, würde ich meinen.«

»Gab es dort vielleicht jemanden, dem sie sich anvertraut hat? Jemanden, der mehr über ihren heimlichen Freund wissen könnte?«

»Das könnte sein. Aber ich bezweifle es. Vielleicht sollten Sie lieber mal mit dem Psychologen reden, bei dem sie in Behandlung war.«

Thomas richtet sich auf. »Sie war bei einem Psychologen?«

»Ja. Darüber haben wir auch nie besonders viel gesprochen. Sie hat es nur mal am Rande erwähnt.«

»Wissen Sie noch, wie der Psychologe hieß?«

Pernille Køng zögert.

»Nein«, antwortet sie dann. »Nein, das weiß ich nicht mehr. Aber wenn ich mich recht erinnere, hat sie gesagt, die Praxis sei irgendwo im Zentrum. Am Großen Markt, glaube ich.«

26

Vor über einem Jahr hat Thomas zum ersten Mal registriert, dass sich in seinem linken Schuh ein Loch befindet, und vor etwa vier Monaten hat er den Beschluss gefasst, sich ein neues Paar Schuhe zu kaufen. Doch bei Sonnenschein ist er geneigt, diesen Beschluss zu vergessen, und erst wenn er aus Versehen in eine Pfütze tritt, fällt ihm sein Vorhaben wieder ein. So wie jetzt, da er am Großen Markt, der verlassen und regennass vor dem Dom zu Aarhus liegt, von Haustür zu Haustür geht. Obwohl Samstag ist, sind kaum Menschen in der Stadt. Es ist spät am Tag, die Geschäfte haben schon geschlossen, doch zum Ausgehen ist es noch zu früh.

Ich sollte mir mal neue Schuhe kaufen, denkt Thomas, als das Wasser durch das Loch sickert und von seiner linken Socke aufgesogen wird. So als käme ihm dieser Gedanke zum ersten Mal. Kurz darauf ergreift ihn auch schon ein seltsam wehmütiges Gefühl, und er ist überzeugt davon, dass die Schuhe, die er gerade trägt, die besten sind, die er jemals hatte.

Wie soll ich nur ein neues Paar finden, das genauso gut sitzt?

Er besitzt immer nur ein einziges Paar Schuhe, das er dann unabhängig von Wetter und Jahreszeit Tag für Tag trägt. Dabei handelt es sich nun schon seit vielen Jahren um braune Lederschuhe stets wechselnder Marken, die mit der Zeit die Form seiner Füße annehmen wie eine zweite Haut. Anfangs ist er immer unzufrieden mit seinen neuen Schuhen. Er hat das Gefühl, dass sie scheuern, und sehnt sich nach seinen abgenutzten, alten Tretern, die er natürlich niemals hätte aussortieren dürfen. Doch nach und nach schwindet der Unmut und weicht einer Akzeptanz, die im Laufe der Zeit zur ganz großen Liebe heranwächst. Und wenn diese Liebesbeziehung gerade ihren glücklichen Höhepunkt erreicht hat, bekommen die Schuhe in der Regel irgendwo ein Loch. Und dann läuft er mit vor Nässe schmatzenden Socken herum, genau wie jetzt.

Vor einem blank geputzten Messingschild bleibt Thomas stehen.

Leon Bech
Zugelassener Diplompsychologe
Mitglied des Dänischen Psychologenverbands

Er klingelt, doch niemand öffnet ihm. Er geht ein paar Schritte zurück und schaut zu den Fenstern hinauf. Aber dort ist alles dunkel.

Es ist Samstag und noch dazu Samstagabend, denkt er. *Leon Bech sitzt jetzt sicher mit einem Glas Rotwein zu Hause vor dem Fernseher, so wie alle anderen normalen Menschen.*

Er stellt sich in der überdachten Einfahrt neben dem Hauseingang unter, holt sein Smartphone hervor und googelt Leon Bech. Als erster Link taucht die Webseite von Bechs Praxis auf. Thomas öffnet sie, doch unter den Kontaktinformationen findet er nur eine E-Mail-Adresse und die Praxisrufnummer. Keine Handynummer, wie er gehofft hat.

Er kehrt zurück zu den Suchergebnissen. Scrollt ein wenig hinunter. In der Liste finden sich Links zu ein paar von Leon Bechs Publikationen. Irgendwann in den 1990ern scheint er eine Art Selbsthilfebuch herausgegeben zu haben, und darüber hinaus hat er Artikel in verschiedenen Fachzeitschriften veröffentlicht. Einige davon liegen gesammelt in einer Datenbank vor. *Selbstverständnis durch Handeln* und *Die dritte Kraft – Eine Annäherung an Maslow* lauten die obersten Titel. Nur die Überschriften sind elektronisch verfügbar, sodass Thomas nicht sehen kann, wovon die Artikel im Einzelnen handeln. Doch er sieht, dass der älteste von 1972 ist. Leon Bech muss also ein älterer Herr sein, wenn er vor über vierzig Jahren bereits Artikel für wissenschaftliche Zeitschriften verfasst hat. Thomas scrollt weiter durch die Suchergebnisse. Eine Seite erwähnt Leon Bech als ehemaligen Psychologiedozenten an der Universität Aarhus. Eine andere zeigt ein Foto des jungen Leon Bech, der vor einer Versammlung von Tierschützern spricht.

Am Ende der ersten Trefferseite findet Thomas die private Adresse und Handynummer des Psychologen.

Er ruft sofort an.

»Bech«, hört er kurz darauf.

»Thomas Nyland von der Polizei Kopenhagen. Störe ich?«

»Das kommt darauf an, worum es geht.«

»Es geht um eine Frau, die möglicherweise bei Ihnen in Behandlung war. Claudia Berchem.«

Es vergeht eine Weile, bis Leon Bech antwortet. »Ich unterliege der Schweigepflicht. Das wissen Sie, oder?«

»Aber Sie können mir wohl wenigstens sagen, ob sie Ihre Patientin war oder nicht.«

»Keineswegs. Jeder hat das Recht, einen Psychologen aufzusuchen, ohne dass andere davon erfahren. Sie als Polizist sollten so etwas eigentlich wissen.«

»Ja«, seufzt Thomas. »Ja, selbstverständlich. Lassen Sie mich erklären … Claudia Berchem ist tot. Sie ist gestern Abend bei einem Verkehrsunfall ums Leben gekommen. Unmittelbar nach dem Unfall ist ihre Tochter spurlos verschwunden, und dasselbe gilt für einen Polizisten. Sie sind beide vom Unfallort verschwunden. Im Moment versuche ich herauszufinden, wer Claudia Berchem war und ob es in ihrer Vergangenheit irgendeinen Hinweis gibt, der das Verschwinden ihrer Tochter erklären könnte. Ich wäre Ihnen sehr verbunden, wenn Sie mir weiterhelfen würden. Falls sie bei Ihnen in Behandlung war, muss das vor etwa sieben, acht, neun Jahren gewesen sein.«

»Okay«, erwidert Leon Bech. »Hören Sie, ich bin seit gestern Abend bei Freunden und habe keine Nachrichten gesehen. Mir war nicht klar, dass die Frau tot ist. Aber ich fahre bald nach Hause. In meinem Arbeitszimmer habe ich eine ganze Reihe alter Akten mit Notizen aus meinen Sitzungen mit ehemaligen Patienten. Dieses Archiv umfasst mindestens die letzten zehn Jahre. Ich kann nachsehen, ob die Frau, nach der Sie suchen, Patientin bei mir war.«

»Wann fahren Sie nach Hause?«

»In einer halben Stunde.«

»Ich fürchte, ich muss Sie bitten, sofort nach Hause zu fahren. Claudia Berchems Tochter wurde bei dem Unfall schwer verletzt. Die Wahrscheinlichkeit, dass wir sie lebend wiederfinden, wird mit jeder Stunde geringer.«

»In Ordnung. Ich packe meine Sachen zusammen und mache mich sofort auf den Weg. Ich rufe Sie an, wenn ich meine Akten durchgesehen habe.«

27

Die Betonblöcke haben sich keinen Millimeter von der Stelle gerührt. Die einzigen sichtbaren Zeichen dafür, dass Martin Dahl während der letzten paar Stunden auf die Mauer eingeschlagen hat, sind kleine Risse in den Steinen und der graue Staub auf dem Fußboden.

Martin hat den Schreibtisch hingelegt und ein Tischbein abgeschraubt. Das Tischbein selbst ist aus Holz, vielleicht Palisander, doch am Ende sitzt eine Schraube aus Metall, und die hat er immer wieder gegen die Mauer gerammt und als Werkzeug benutzt, um den Mörtel aus den Fugen zu kratzen. Die Tür mit dem petrolblauen Griff hat er aus den Angeln gehoben und auf den Boden gelegt.

Ihm läuft der Schweiß über das Gesicht, die Brust und den Rücken.

All die Anstrengung. Seine Kräfte. Völlig vergeudet. Die Mauer lässt sich nicht mit einem Tischbein einreißen. Es war dumm von ihm, daran zu glauben.

Er wirft das Tischbein fort, und es rollt einmal quer durch den Raum, bevor es liegen bleibt. Dann setzt er sich auf die Pritsche. Vorsichtig, damit ihm der Bauch nicht zu sehr wehtut. Er legt die Hände vors Gesicht. Sie zittern. Die Arme und Beine ebenfalls. Der ganze Raum dreht sich. Der Boden scheint sich zu einer Seite hin abzusenken. Martin kneift die Augen zusammen, doch auch dadurch wird er das Gefühl nicht los, dass der Raum sich bewegt. Es wird sogar noch stärker.

Er beugt sich vor und übergibt sich auf den Boden. Spürt seinen Puls in den Schläfen. Übergibt sich noch einmal. Ein dicker, durchsichtiger Speichelfaden hängt ihm von der Unterlippe. Er wischt ihn mit der Hand weg. Legt sich auf die Pritsche. Sieht das weiße Gesicht mit den schwarzen Augen und dem breiten Mund an der Decke kreisen, im Takt mit dem Rest des Zimmers.

»Reiß dich zusammen«, murmelt er. »Reiß dich jetzt zusammen.«

Er krallt sich an der Matratze fest, als hätte er Angst hinunterzufallen.

Er hält mich für tot, denkt er. *Der Teufel. Der Dämon. Das Monster. Das Maskengesicht. Wer auch immer mich dort am Straßenrand niedergeschlagen hat, ist überzeugt davon, dass ich tot bin. Er hat mich in Plastikfolie gewickelt, damit ich auf dem Weg hierher keine Blutspur hinterlasse. Und dann hat er das Zimmer hier zugemauert, damit mich niemand findet.*

Er atmet tief. Langsam ein. Langsam aus.

Das Zimmer kommt wieder zur Ruhe. Seine Hände hören auf zu zittern. Und in dem Augenblick der Entspannung, die nun einsetzt, kommt ihm ein neuer Gedanke: *Das Mädchen muss noch leben. Wäre sie tot gewesen, dann hätte er sie hier bei mir gelassen. Dann hätte er auch ihre Leiche versteckt und uns beide eingemauert. Oder etwa nicht?*

Er setzt sich auf. Versucht, sich zu sammeln. Bevor er den

Schreibtisch hingelegt hat, hat er die Aufnahmegeräte und den alten Fernseher auf den Boden gestellt. Vielleicht funktionieren sie noch. Vielleicht steckt in einem der Geräte ja eine DVD oder eine alte Videokassette?

Vielleicht hat mir derjenige, der mich hier eingemauert hat, eine Nachricht hinterlassen?

So etwas kennt er aus Filmen. Irgendein Irrer sperrt Leute ein und stellt ihnen Aufgaben, die sie lösen müssen, um freigelassen zu werden. Schaffen sie es nicht, werden sie umgebracht. Die Aufgaben sind so gut wie unmöglich zu lösen, doch es besteht trotzdem immer eine geringe Chance, dass die Gefangenen sich retten können.

Er beugt sich vor, bis seine Hände den Fußboden berühren. Kriecht hinüber zum Fernseher. Schaltet ihn ein. Der Apparat gibt ein leises Klicken von sich. Ein Surren. Der Bildschirm ist immer noch schwarz, doch er hat offensichtlich Strom. Der Fernseher läuft.

Mit hektischen Fingern schaltet Martin auch die beiden Aufnahmegeräte ein. Er drückt auf *Eject*. Wartet mit angehaltenem Atem darauf, dass die Geräte entweder eine DVD oder ein Video ausspucken.

Doch nichts passiert.

Keine DVD. Kein Video. Keine Nachricht. Diese Hoffnung hat sich schnell zerschlagen.

Er legt sich neben den surrenden Geräten und dem schwarzen Bildschirm auf den Boden.

Hier gibt es keine Aufgabe, die ich lösen soll. Dies ist kein Test, sondern ein Grab. Es sitzt niemand auf der anderen Seite der Mauer und wartet ab, ob ich herauskomme oder nicht. Er ist sich bereits sicher, dass er mich nie mehr wiedersieht. Dass ich tot und verschwunden bin.

Martin lässt den Kopf auf dem kalten Betonboden ruhen. Versucht, an Lene zu denken. Doch jedes Mal, wenn er sie vor sich sieht, ist da nur die müde, wütende Mutter und Ehefrau. Er sieht, wie sie ihn und die Kinder anschreit. Oder noch schlimmer: wie sie auf dem Sofa sitzt und den Fernseher anstarrt, obwohl das Programm sie überhaupt nicht interessiert. Wie sie um nichts in der Welt mit Martin reden will. Wie sie mit irgendeinem Kollegen im Bett war und es ihm verheimlicht.

Martin will sie nicht so in Erinnerung behalten, aber er hat die andere Lene schon so lange nicht mehr gesehen – die Lene, in die er sich verliebt hat –, dass er ihr Bild nicht mehr heraufbeschwören kann.

Bei dem Gedanken daran, wie Lene ihn in Erinnerung behalten wird, kommt wieder Übelkeit in ihm hoch. Und wie Sofia und Maria ihn in Erinnerung behalten werden. Nicht als Gesicht, sondern nur als Rücken, der immer schon halb zur Tür hinaus ist. Und als dunkle Gestalt, die sich zu ihnen herunterbeugt, um ihnen einen Gutenachtkuss zu geben, auch wenn sie schon vor mehreren Stunden zu Bett gegangen sind.

Er krümmt sich zusammen.

Ein armseliger Mann, der wie ein armseliges Tier im Käfig verreckt. Nicht mit einem Knall, mit Gewimmer, denkt er, ohne sich daran zu erinnern, wo er diese Zeile schon einmal gehört hat.

Er schließt die Augen. Öffnet sie wieder. Hat plötzlich etwas entdeckt. Da. Dort hinten. In der hintersten Zimmerecke. Unter der niedrigen Pritsche versteckt.

Da liegt ein Video.

28

Als Thomas auf das eingezäunte Grundstück biegen will, auf dem sich Leon Bechs Haus befindet, steht ihm ein Auto im Weg. Die Straße ist schmal, und das Auto parkt so weit vom Bordstein entfernt, dass Thomas nicht daran vorbeikommt. Eine Frau will gerade auf der Fahrerseite aussteigen. Sie ist ungefähr Mitte sechzig, rundlich und hat langes, graues Haar, das zu einem Pferdeschwanz zusammengebunden ist. Als Thomas die Scheinwerfer aufblendet, schaut sie auf, lächelt entschuldigend und setzt sich wieder ans Steuer. Startet den Motor und fährt davon.

Thomas biegt in die erste Einfahrt ein und parkt vor einer niedrigen, schmalen Garage. Leon Bechs Haus ist ein Typenhaus aus den späten Sechzigerjahren. Gelbe Mauern, große Fenster und ringsherum ein geschlossener Garten.

Thomas steigt aus dem Wagen und klingelt. Die Tür stammt aus derselben Zeit wie das Haus. Eine dunkle Holztür mit einem schmalen, bleigefassten Fenster.

Es dauert einen Moment, bis sich dahinter etwas bewegt.

»Leon Bech?«, fragt Thomas, als die Tür aufgeht.

»Sie müssen Thomas Nyland sein«, rät Leon Bech.

Er ist ein großer Mann, bestimmt schon Anfang siebzig, aber von aufrechter Statur wie ein Zwanzigjähriger. Schlank und breitschultrig. Über seinem hellblauen Hemd trägt er einen violetten Feinstrickpullover. Seine dunkle Jeans sitzt eng und sieht ganz neu aus.

»Stimmt«, sagt Thomas.

Leon Bech tritt einen Schritt zur Seite. »Dann kommen Sie mal rein, und wir reden darüber.«

Thomas folgt dem Psychologen in den Flur. An der Wand zu ihrer Linken hängen ein paar schlichte gerahmte Radierungen weiblicher Akte. Darüber ist ein Foto von Leon Bech zu sehen. Er trägt Sportkleidung. Eine schwarze Hose und ein weißes T-Shirt mit der Zahl 109 auf dem Bauch. Sein Mund ist geöffnet, das weiße Haar klebt ihm am Kopf.

»Ich gebe gern ein bisschen an vor meinen Besuchern«, sagt er, als er merkt, dass Thomas' Blick an dem Foto hängen geblieben ist.

»Von wann ist das?«

»Von September. Das ist in Berlin.«

»Wie weit sind Sie gelaufen?«

»42,195 Kilometer.«

»Marathon?«

»Ja. Für Triathlon bin ich mittlerweile zu alt.«

Leon Bech bleibt einen Moment stehen und sonnt sich in Thomas' Erstaunen.

»Hier entlang«, sagt er dann und führt seinen Gast ins Wohnzimmer. Dort gehen die Fenster auf den Garten, der jetzt im Dunkeln liegt. Die ursprüngliche dunkle Holzdecke wurde entfernt, sodass der Raum nun bis unter den First reicht. Unter der hohen Decke stehen streng designte Holzmöbel aus den Sechzigern grüppchenweise auf bunten Orientteppichen. Leon Bech bietet Thomas einen Platz auf dem

Børge-Mogensen-Gittersofa an, doch Thomas lehnt ab. Seine Beine kribbeln vor Rastlosigkeit. Er könnte sowieso nicht länger als einen Augenblick sitzen bleiben.

»Wohnen Sie allein hier?«, fragt er.

»Ich habe nie geheiratet«, antwortet Leon Bech. »Ich war mein Leben lang mit meinem Beruf verheiratet. Als Polizist kennen Sie dieses Gefühl sicher, oder?«

Thomas nickt.

»Haben Sie Ihr Archiv durchgesehen?«, will er dann wissen. »War Claudia Berchem dabei?«

»Sie wissen, dass ich eigentlich nicht über meine Patienten sprechen darf, nicht wahr?«

»Dies ist eine Ausnahmesituation. Ich würde mich ja gern an die Vorschriften halten und Ihnen einen Gerichtsbeschluss vorlegen, aber wie ich schon am Telefon sagte, ich habe die Zeit gegen mich.«

»Ja, ich verstehe.«

Er kratzt sich im Nacken und presst die Lippen zusammen.

»Okay«, sagt er dann. »Die Sache ist die: Ich brauchte gar nicht erst meine Akten durchzusehen, um mich an Claudia Berchem zu erinnern.«

»Ach nein?«

»Nein. Wären Sie ihr mal begegnet, dann wüssten Sie, warum.«

»Ich glaube, ich habe eine gewisse Vorstellung davon, wie sie war«, brummt Thomas.

»Haben Sie mit ihrer Mutter gesprochen?«

»Ja. Und mit ihrer Mitbewohnerin.«

»Ach ja, von ihr hat Claudia auch erzählt. Es ist nur …«

Er hält inne. Holt Luft.

»Es fällt mir nicht leicht, das Vertrauen meiner Patienten zu brechen. Ich hoffe, das bleibt unter uns.«

»Was ich von Ihnen erfahre, werde ich zumindest mit meinen Kollegen teilen müssen. Aber ich verspreche Ihnen, dass ich keine Informationen über Claudia an die Presse weitergeben werde. Oder an Kollegen außerhalb der Ermittlungsgruppe, für die ich arbeite.«

»In Ordnung. Das wird mir wohl reichen müssen. Und wenn hinterher rauskommt, dass ich meine Schweigepflicht verletzt habe, muss ich eben den Kopf hinhalten.«

Er atmet noch einmal tief ein.

»Claudia ist … beziehungsweise war ein überaus bemerkenswerter Mensch«, fährt er fort. »An ein paar wenige Patienten kann ich mich noch Jahre, nachdem sie bei mir waren, erinnern. Und das, obwohl ich im Laufe meiner Karriere Hunderte, ja sogar Tausende Patienten hatte.«

»Was hat Claudia so bemerkenswert gemacht?«

»Sie war … extrem. Als sie das erste Mal zu mir in die Praxis kam, war sie gerade zu Hause ausgezogen. Siebzehn Jahre alt. Damals hat sie mit einem anderen Mädchen zusammengewohnt. Anfangs hatte ich den Eindruck, die beiden wären ein Liebespaar, aber ich habe schnell herausgefunden, dass solche Konzepte in Claudias Welt nicht existierten.«

»Welche Konzepte?«

»Feste Beziehungen. Partnerschaft. Freundschaft. Sie war nicht in der Lage, eine dauerhafte Beziehung einzugehen, egal ob auf freundschaftlicher oder auf romantischer Ebene.

Stattdessen hatte sie immer mehrere flüchtige Verhältnisse gleichzeitig. Sehr viele sogar, wie sich später zeigte.«

»Hat sie Ihnen erzählt, warum sie von zu Hause ausgezogen ist?«

»Ja. Sie wurde fast ihre ganze Kindheit über von ihrem Vater missbraucht. Die Mutter hat einfach zugesehen. Als der Vater tot war, hat sie Claudia rausgeworfen. Claudia hatte gehofft, das Verhältnis zu ihrer Mutter würde sich normalisieren, nachdem der Vater nicht mehr da war, doch das ging natürlich nicht.«

»Wieso ist das für Sie so natürlich?«

»Claudia war in dem Glauben aufgewachsen, ihr Vater wäre in der Beziehung zu ihrer Mutter der starke Part gewesen. Schließlich war er es, der sich an ihr vergriffen hat. Doch so, wie sie mir die Sache schilderte, war es ganz deutlich, dass die Mutter zu Hause die Fäden in der Hand hielt. Ich kann natürlich nichts beweisen, aber ich glaube, der Vater hat sich auf Betreiben seiner Frau an Claudia vergangen.«

»Warum hätte sie ihn zu so etwas treiben sollen?«

»Weil es ihr Weltbild bestätigte. Möglicherweise hat sie Claudia von Geburt an gehasst. Vielleicht infolge einer schweren Wochenbettdepression oder weil sie selbst als Kind missbraucht wurde. Ihr Mann war schwach, er war Alkoholiker, und Claudias Mutter hat Gnade über ihn ergehen lassen. Oder besser gesagt: Sie hat sich auf eine Beziehung mit ihm eingelassen, weil sie ihn manipulieren konnte. Er war wohlhabend, ja, und nach außen hin auch ein recht erfolgreicher Geschäftsmann. Aber zu Hause hatte Claudias Mutter die Kontrolle. Und diese Kontrolle brauchte sie, um den Kontrollverlust zu kompensieren, den sie als missbrauchtes Kind erfahren hatte. Nun sah sie aber, dass sich die Aufmerksamkeit ihres Mannes von ihr ab- und stattdessen der Tochter zuwandte. Er hatte eine Tochter bekommen, die er liebte, und diese Tochter war mit einem Mal zu einem Machtfaktor geworden, denn mit Geschrei und Bäuerchen und vollen Windeln diktierte von nun an sie die Zeiteinteilung der Familie. Claudias Mutter könnte das ganz natürliche kindliche Bedürfnis nach Aufmerksamkeit mit etwas anderem verwechselt haben. Möglicherweise hat sie sexuelle Motive hineingedeutet. Und dann könnte sie – bewusst oder unbewusst – dafür gesorgt haben, dass sich diese Fehldeutung bewahrheitete. Einfach nur, um einen Grund zu haben, ihr Kind zu hassen. Bitte verstehen Sie mich richtig: Sie hat Claudia immer schon gehasst. Sie brauchte nur noch einen Grund dafür.«

»Junge, Junge«, entfährt es Thomas. »Wie sicher sind Sie sich mit dieser Analyse?«

»Ziemlich sicher. Claudia war, wie gesagt, fast zwei Jahre lang bei mir in Behandlung. Nach einer solchen Kindheit war es wirklich kein Wunder, dass Claudia Schwierigkeiten hatte, normale Beziehungen einzugehen. Sie ist in dem Glauben aufgewachsen, sie tauge nur zu sexuellen Handlungen. Das war die einzige verschrobene Form von Liebe, die sie kannte. Deshalb wurde sie zu einer Art … ja, zu einer Art Sukkubus.«

»Ein was?«

»Ein Sukkubus. Das ist ein Dämon in Gestalt einer schönen Frau. Mittelalterlicher Aberglaube. Man ging davon aus, dass diese Dämonen sich nachts zu Männern ins Bett schleichen, um sich mit ihnen zu paaren. Sie stehlen ihren Samen und rauben ihnen gleichzeitig die Lebensenergie. Männer, die Besuch von einem Sukkubus hatten, wurden krank oder starben kurz darauf, glaubte man.«

»Aber warum sagen Sie, dass Claudia so ein Dämon war?«

Leon Bech lächelt. »So meine ich das ja gar nicht. Aber sie war mit Hunderten von Männern zusammen, und ich bin mir sicher, dass sie es letztlich auf deren Energie abgesehen hatte. Das war der Grund, warum sie sie mit zu sich nach Hause nahm. Sie wollte Aufmerksamkeit und Liebe von ihnen. Energie, um weiterleben zu können, ganz einfach. Denn in sich selbst hat sie diese Lebensenergie nicht gefunden. Doch mit der Zeit ist ihr natürlich klar geworden, dass das so nicht funktionierte. Sie konnte anderen Menschen keine Energie abzapfen.«

»Nein«, brummt Thomas. »Das ging nicht. Aber dieser Teil ihres Lebens war ja auch irgendwann vorbei. Ihre Mitbewohnerin hat erzählt, dass Claudia schließlich doch noch einen festen Freund gefunden hat. Kurz bevor sie aus der WG ausgezogen ist. Wissen Sie etwas über ihn?«

Leon Bech schüttelt den Kopf. »Leider nicht. Claudia ist ganz plötzlich nicht mehr zu den Sitzungen erschienen. Eines Tages habe ich zur vereinbarten Zeit auf sie gewartet, aber sie kam nicht. Daraufhin habe ich bei ihr angerufen und eine Nachricht auf der Mailbox hinterlassen. Doch sie hat nie zurückgerufen. Schließlich nahm ich an, dass sie ihre Nummer gewechselt hatte.«

»Sie haben gesagt, dass Claudia Berchem zwei Jahre lang

bei Ihnen in Behandlung war. Wie konnte sie sich die vielen Sitzungen überhaupt leisten?«

Leon Bech verstummt.

»Sie haben ihr die Kosten der Therapie erlassen, nicht wahr?«, bedrängt Thomas den Psychologen.

»Nicht von Anfang an. Aber mir war schnell klar, dass sie nicht die finanziellen Möglichkeiten hatte, die Behandlung unter normalen Bedingungen fortzuführen, und ich ...«

»Sie haben sich in sie verliebt.«

»Nein. Nicht verliebt. Ich bin Psychologe. Solche Gefühle ... kann ich mir in Bezug auf meine Patienten nicht erlauben. Aber ich brauchte sie. So wie Claudia Männer brauchte. Ich war abhängig davon, dass sie ein Mal pro Woche zu mir kam und über ihr Leben sprach.«

»Ihr Sexleben«, ergänzt Thomas.

»Nicht nur das. Nein, das ist viel zu banal. Wenn Sie ihr begegnet wären, dann ...« Er schnaubt. »Ich wäre Ihnen sehr verbunden, wenn Sie niemandem von meiner Vereinbarung mit Claudia erzählen würden. Ich verspreche Ihnen, dass an unserer Beziehung nichts Anstößiges war.«

»Wenn Sie es sagen«, murmelt Thomas. »Aber ich muss herausfinden, mit wem Claudia zusammengezogen ist, als sie die WG verlassen hat. Sie hatte viele Männer, wie Sie sagen, es gibt also jede Menge Kandidaten.«

»Nein, das haben Sie völlig missverstanden«, unterbricht Leon Bech ihn. »Claudia wäre nie noch einmal zu einem der Männer zurückgekehrt, die sie bereits erlegt hatte. Mit denen war sie fertig. Sie hatte ihnen die Energie abgezapft, die sie zu benötigen glaubte, und mehr konnten sie ihr nicht geben.

Wenn sie mit jemandem fest zusammen war, dann sicher mit keinem ihrer früheren Männer, das kann ich Ihnen garantieren.«

»In Ordnung. Dann halten wir das so fest. Aber ich muss Sie trotzdem auffordern, mir alle Ihre Unterlagen über Claudia Berchem zukommen zu lassen. Selbst wenn sie vorher nie mit ihrem Freund im Bett war, kann sie ihn trotzdem in irgendeinem Zusammenhang erwähnt haben. Oder Ihnen etwas anderes erzählt haben, was mich auf seine Spur bringen könnte. Im Augenblick bin ich froh über den kleinsten Hinweis, der uns möglicherweise weiterbringt.«

29

Das Regenwasser ergießt sich in ganzer Breite von der ausgefahrenen Markise des Cafés, und Thomas muss wohl oder übel durch diesen Wasservorhang schlüpfen, um unter den aufgespannten schwarzen Stoff zu gelangen. Der Name des Cafés steht in hübsch geschwungenen weißen Buchstaben auf den beschlagenen Fensterscheiben. Thomas wirft einen Blick hinein und stellt fest, dass fast sämtliche Tische besetzt sind. Er hat von Pernille Køng erfahren, wie das Café heißt, allerdings erst, als er sie noch einmal angerufen hat, denn als er bei ihr war, hatte er vergessen, sich danach zu erkundigen.

Er öffnet die Tür und tritt ein. Steht einen Moment da und tropft den Parkettboden nass, bevor er eine breite Treppe hinuntergeht, die zur Bar führt. Dort angekommen, winkt er den Barkeeper zu sich. Einen jungen Mann in weißem Hemd und schwarzer Weste mit einem schiefen Lächeln, zurückgegeltem Haar und einer unverkennbaren Ähnlichkeit mit dem jungen Alec Baldwin.

»Ja?«

Thomas will seine Polizeimarke aus der Hosentasche hervorholen, doch seine Hand bleibt in dem nassen Stoff stecken, und er muss mit aller Kraft ziehen, um sie wieder zu befreien. Sein Ellbogen schnellt mit voller Wucht nach hinten und trifft beinahe eine junge Frau am Kopf.

»Pass doch auf«, fährt sie ihn an, und er murmelt ein kaum hörbares »Entschuldigung«, bevor er sich wieder dem Barkeeper zuwendet. Er hält ihm die Marke hin.

»Ich habe ein paar Fragen zu einer ehemaligen Angestellten. Kann ich den Besitzer des Cafés sprechen?«

»Der ist gerade nicht da.«

»Wissen Sie, wann er kommt?«

Der Barkeeper schaut auf eine große Uhr, die über dem Eingang hängt. »In einer halben Stunde, glaube ich.«

»Gut. Dann warte ich so lange.«

Thomas setzt sich auf den nächsten Barhocker. Sinkt in sich zusammen und spürt, wie der nasse Stoff von Anorak und Hemd an seiner Haut festklebt.

»Wollen Sie etwas trinken, während Sie warten?«, fragt der Barkeeper.

»Ein Mineralwasser, bitte. Wie lange arbeiten Sie schon hier?«

Der Barkeeper holt eine kleine Flasche Mineralwasser unter dem Tresen hervor, öffnet sie und zieht ein Glas aus einer Halterung über der Bar.

»Geben Sie mir einfach die Flasche«, sagt Thomas. »Ich brauche kein Glas.«

»Zwei Jahre«, antwortet der Barkeeper und stellt Thomas die Flasche hin. »Ich arbeite hier schon, seit ich mit dem Studium angefangen habe.«

Er hängt das Glas wieder zurück in die Halterung.

»Arbeitet hier heute jemand, der den Job schon länger macht?«, fragt Thomas.

»Ja.«

»Vielleicht auch jemand, der vor acht, neun Jahren schon hier war?«

»Von den Kellnern ist jedenfalls keiner schon so lange hier. Da gibt es immer viel Fluktuation. Aber vielleicht jemand in der Küche. Ich kann ja mal fragen, wenn es wichtig ist?«

»Ja, ist es. Danke.«

Eine junge Frau, die sich neben Thomas an die Bar gestellt hat, winkt den Barkeeper zu sich, um zu bestellen. Thomas starrt auf seine Flasche Mineralwasser und versucht, sich so klein wie möglich zu machen. Allmählich wird ihm wieder warm. Er hat fast das Gefühl zu dampfen.

Der Barkeeper mixt der jungen Frau ein paar Drinks, was sie mit einem Knicks und einem Kichern quittiert, bevor sie die hohen Gläser nimmt und wieder abschwirrt. Danach stellt sich der junge Mann in die Ecke hinter der Bar, die am weitesten von Thomas entfernt ist, und starrt in die Luft.

»Entschuldigen Sie«, brummt Thomas ihm zu. »Sie wollten doch mal beim Küchenpersonal nachfragen.«

»Ach ja«, lacht er. »Warten Sie kurz.«

Er verschwindet nach hinten. Durch die Durchreiche zur Küche sieht Thomas ihn mit einem der Köche reden, und kurz darauf kommen die beiden zurück zur Bar.

Der Koch wischt sich die Hände an seiner weißen Schürze ab.

»Sie möchten mit jemandem reden, der seit acht, neun Jahren hier ist?«, sagt er.

»Genau. Sind Sie so jemand?«

»Ja. Ich arbeite hier jetzt seit fast neun Jahren. Sune.«

Er reicht Thomas die Hand.

»Thomas Nyland. Von der Polizei Kopenhagen.«

»Na, so was. Sind Sie dann nicht am falschen Ende des Landes?«

Der Koch setzt sich neben Thomas auf einen Barhocker.

»Ursprünglich komme ich sogar aus der Ecke hier. Aber ich war schon länger nicht mehr in Aarhus. Ich habe ein paar Fragen zu einem Mädchen, das vor ungefähr acht Jahren hier im Café gearbeitet hat. Claudia Berchem. Sagt Ihnen der Name etwas?«

Der Koch braucht überhaupt nicht zu antworten. An dem Lächeln auf seinen Lippen und seinem Blick, der mit einem Mal merkwürdig abwesend wirkt, erkennt Thomas sofort, dass ihm der Name nicht einfach nur irgendetwas sagt. Der Koch ist eine von Claudia Berchems unzähligen Eroberungen, und der Klang ihres Namens hat ihn gedanklich zurück in ihr Bett geführt.

»Sie kannten sie also?«, schiebt Thomas hinterher.

»Ja, ich kannte sie. Wir haben zusammen gearbeitet. Sie war hier Barkeeperin.«

»Sie haben aber nicht nur zusammen gearbeitet. Das sehe ich Ihnen an.«

Der Koch zuckt mit den Schultern und versucht, einen gelassenen Eindruck zu machen. »Möglich. Ich kann mich nicht so richtig daran erinnern. Im Laufe der Zeit hatte ich so viele Angebote, dass ich sie schon gar nicht mehr auseinanderhalten kann.«

Thomas wirft einen Blick auf die Hand des Kochs. Er trägt einen Ring, bei dem es sich gut um einen Ehering handeln könnte.

»Hören Sie«, sagt er dann. »Ich will hier keine alten Wunden aufreißen. Oder Ihnen wegen einer alten Flamme Probleme mit der Ehefrau verschaffen. Okay? Aber ich sehe Ihnen an, dass Sie sich sehr wohl daran erinnern können, was zwischen Ihnen und Claudia gelaufen ist.«

»Okay. Also meine Frau arbeitet auch im Café. Sie hat hier ungefähr gleichzeitig mit Claudia angefangen, und sie weiß nicht … also, sie hat mich sogar schon ein paarmal gefragt, ob ich was mit Claudia hatte, aber ich habe immer alles abgestritten, weil sie gesagt hat, eine Affäre mit jeder anderen könnte sie mir verzeihen – aber keine mit Claudia. Sie arbeitet heute nicht, deshalb können wir von mir aus darüber reden … aber diskret, ja?«

Deine Frau weiß doch sowieso, dass du was mit Claudia hattest, denkt Thomas. *Zumindest, wenn du sie genauso schlecht anlügst wie mich eben.*

»Ich bin hier, weil Claudia Berchem tot ist«, sagt er.

»Tot?«

Der Koch macht große Augen und richtet sich ein wenig auf. Doch dann zuckt er nur wieder mit den Schultern. »Na ja, überraschen tut's mich eigentlich nicht. Claudia war so eine, die sich vor ein Auto geworfen hätte, nur um herauszufinden, wie es sich anfühlt, über den Haufen gefahren zu werden.«

»Was genau meinen Sie damit?«

»Wie soll ich das erklären? Das ist so wie mit Koks. Am Anfang reicht ein kleines bisschen, damit man 'nen Kick bekommt, aber mit der Zeit braucht man immer mehr, um eine Wirkung zu spüren. Claudia ging es mit Gefühlen genauso. Sie mussten extrem sein, damit sie überhaupt etwas spürte.«

Er reibt sich mit der Hand über die Bartstoppeln.

»Ach scheiße, Claudia«, seufzt er.

»War sie möglicherweise mehr als nur ein One-Night-Stand für Sie?«, fragt Thomas.

»Nein. Oder doch. Also das heißt: Wir waren nur einmal zusammen im Bett, aber ich habe alles Mögliche versucht, um mehr daraus zu machen. Irgendwann …«

Er hält inne.

»Irgendwann?«, hakt Thomas nach.

»Ich will lieber nicht darüber sprechen.«

»Es bleibt unter uns. Wir sind einfach zwei Typen, die sich ein bisschen an der Bar unterhalten. Ich sag's nicht weiter.«

»Das ist es nicht«, sagt der Koch mit einem trockenen Lachen. »Es geht mir nur immer noch so verdammt nah, auch wenn es schon Jahre her ist. Aber okay, also ich habe, wie gesagt, versucht, sie zu halten. Ich wollte sie für mich allein haben, wollte fest mit ihr zusammen sein, und irgendwann hatte ich auch tatsächlich den Eindruck, es wäre mir gelungen. Sie hat mich eines Abends angerufen und gesagt, ich sollte nach der Arbeit zu ihr kommen. Sie würde in ihrer Wohnung auf mich warten und hätte eine Überraschung für mich. Ich sollte einfach reinkommen, die Tür wäre offen. Ich habe gedacht, ich hätte sie endlich dazu gekriegt, sich für mich zu entscheiden, deshalb war ich ziemlich gut drauf, als ich die Treppe zu ihrer Wohnung hochging. Aber als ich die Tür zu ihrem Zimmer öffnete, da … Ich sehe es immer noch vor mir. Es war der helle Wahnsinn.«

»War sie mit einem anderen Mann im Bett?«

Der Koch schnaubt. »Nein. Sie war mit *drei* anderen Männern im Bett. Einer davon war ein Freund von mir und Stammgast bei uns im Café. Sie hatte anscheinend die Schnauze voll davon, dass ich ihr die ganze Zeit hinterherrannte, und das war ihre Art, mir klarzumachen, dass ich mich fernhalten sollte. Die Typen hatten sie geschlagen. Windelweich … Sie lag einfach nur da und grinste mir mit blutigen Zähnen mitten ins Gesicht. Sie hatte so einen irren Blick. Und es hat gestunken. Sie hatte jede Menge Räucherstäbchen angezündet, sodass die Luft ganz schwer war vor lauter Vanille und Sex und Blut. Ich mache hier jeden beschissenen Tag Crème brûlée in der Küche, und jedes Mal erinnert mich der Geruch an diesen Abend. Dann sehe ich das Ganze wieder vor mir.«

»Wie haben Sie reagiert, als Sie das sahen?«

»Ich bin gegangen. Bin sozusagen geradewegs zu der Frau, mit der ich jetzt verheiratet bin, und habe sie gebumst. Als eine Art Rache. Um die Aggressionen loszuwerden. Ich habe sie so richtig durchgefickt, verstehen Sie …«

Er ballt die rechte Hand zur Faust.

»Ich habe mir alles von der Seele gefickt. Und sie ist schwanger geworden. Gleich beim ersten Mal. Schöne Art, eine Familie zu gründen, was?«

»Und hinterher? Ich meine, wie ist es in den folgenden Tagen mit Claudia weitergegangen?«

»Claudia? Sie ist am nächsten Nachmittag ganz normal zur Arbeit gekommen. Als wäre nichts gewesen. Und ich auch. Sie hatte die blauen Flecken in ihrem Gesicht mit Make-up überschminkt. So gut, dass ich fast bezweifelte, was ich am Abend vorher gesehen hatte. Nur wenn man direkt vor ihr stand und wusste, dass sie geschlagen worden war, waren die Male zu erkennen.«

Er schüttelt den Kopf und starrt mit glänzenden Augen vor sich hin.

»Das Verrückte ist, wenn sie hier gleich durch die Tür spazieren und mich fragen würde, ob ich mit ihr nach Brasilien auswandere, dann würde ich das glatt machen. Nach allem, was sie getan hat. Ich würde einfach alles hinter mir lassen. Meine Frau und mein Kind. Auf der Stelle.«

Er schnippt mit den Fingern.

Thomas trinkt einen Schluck von seinem Mineralwasser. Er hat plötzlich einen ganz trockenen Hals.

»Wissen Sie …«, setzt er an, ist sich aber nicht sicher, wie er seine nächste Frage formulieren soll. »Wissen Sie, ob es noch … andere hier im Café gab, die ein ähnliches Verhältnis zu Claudia hatten wie Sie?«

»Es gab andere wie mich. Das weiß ich ganz sicher. Sowohl Stammgäste als auch Mitarbeiter. Aber von denen ist niemand mehr hier. Außer Kaspar natürlich. Aber das ist eine andere Geschichte.«

»Wer ist Kaspar?«

»Ein Typ, der hier schon seit Ewigkeiten in der Küche arbeitet. Länger als ich. Aber er hatte ein etwas anderes Verhältnis zu ihr.«

»Also kein sexuelles?«

»Genau. Kaspar war der Mann, mit dem Claudia am allermeisten Zeit verbracht hat. Komisch, was? Er hat so was vom Glöckner von Notre-Dame. Die Geschichte kennen Sie, oder?«

»Ja«, sagt Thomas und denkt bei sich: *In Wahrheit ist das die Rolle, die ich mein Leben lang gespielt habe. Nicht die des gehemmten Bodyguards, sondern die des buckligen Quasimodo.*

»Ein eigenartiger, missgebildeter Typ, der niemandem richtig auffällt«, fährt der Koch fort. »Der in das hübsche Mädchen verliebt ist. Heimlich natürlich, denn er weiß, dass er sie niemals bekommt. Er ist ihr Helfer und ihr bester Freund. Die Schulter, an der sie sich ausheulen kann.«

»Meinen Sie mit ›missgebildet‹, dass er …«

»Nein, Kaspar ist nicht körperlich missgebildet wie dieser Glöckner. Er sieht ganz normal aus. Aber er ist zurückgeblieben oder so was.«

»Was meinen Sie mit ›zurückgeblieben‹?«

»Nein, nicht zurückgeblieben. Eher autistisch, irgendwie. Verschlossen. Komplett in seiner eigenen Welt. Sagt so gut wie nichts.«

Emma, denkt Thomas. *So hat Mogens Lund Emma beschrieben.*

»Und er arbeitet hier immer noch? Kann ich mit ihm reden?«

»Im Augenblick hat er frei.«

»Wissen Sie, wo er wohnt?«

»Nein, aber ich kann es herausfinden. Das müsste in der Personalakte im Büro stehen.«

Der Koch steht auf und verschwindet durch die Küchentür. Kurz darauf kommt er mit der Adresse auf einem kleinen Zettel zurück. Thomas nimmt sie entgegen. »Vielen Dank und … mein Beileid. Wegen Claudia, meine ich.«

»Vielleicht ist es besser so«, sagt der Koch. »Jetzt brauche ich wenigstens nicht mehr darüber nachzudenken, was wäre, wenn sie auf einmal ankäme und mich zurückhaben wollte. Jetzt kann ich mich auf meine Familie konzentrieren.«

Thomas winkt den Barkeeper zu sich, um zu bezahlen. Er bittet den jungen Kerl mit dem zurückgekämmten Haar, dem Besitzer auszurichten, dass er hier war und immer noch gern mit ihm reden würde. Dann verlässt er das Café und geht am Flussufer entlang, vorbei an den vielen anderen, fast identisch aussehenden Cafés mit schwarzen Markisen und großen Fensterfronten. Er durchquert das Szeneviertel Latinerkvarter mit seinen schmalen, kopfsteingepflasterten Straßen zwischen den niedrigen, schiefen Häusern, um zu Kaspar Jensens Wohnung in der Borggade zu gelangen. Sie befindet sich in der vorletzten Etage.

Thomas klingelt.

Wartet.

Doch niemand macht auf.

So wie der Koch Kaspar beschrieben hat, könnte es gut zu ihm passen, dass er nicht einfach den Hörer der Gegensprechanlage abhebt, nur weil jemand die Frechheit besitzt, bei ihm zu klingeln.

Mit so was kenne ich mich ja aus.

Thomas drückt noch einmal auf die Klingel. Ein Schweigen aus der Gegensprechanlage muss nicht unbedingt bedeuten, dass niemand zu Hause ist, sagt er sich. Das heißt nur, dass es etwas mehr Energie erfordert, die Person in der Wohnung zum Reden zu bringen. Genau wie damals, als er Nataljas Hilfe benötigte.

Er zieht den Bund mit den Dietrichen aus der Tasche und hat die Tür in weniger als zehn Sekunden geöffnet. Stapft die Treppe hinauf bis in die richtige Etage. Klopft an. Immer noch keine Antwort.

Vielleicht ist er ja tatsächlich nicht zu Hause.

Thomas geht in die Hocke und öffnet den Briefschlitz, um einen Blick in die Wohnung zu werfen. Auf der anderen Seite der Tür ist es vollkommen dunkel. Es brennt keine Lampe. Und nicht mal das Licht der Straßenlaternen scheint es bis hier oben hin zu schaffen.

Er holt seine Taschenlampe hervor und leuchtet durch den schmalen Schlitz. Das Licht fällt auf eine Winterjacke, die im Flur hängt. Auf ein Paar Sneakers, die willkürlich auf dem Boden herumliegen. Der Lichtkegel wandert weiter über die Wand zu einer halb angelehnten Tür. Aus dem Spalt ragt eine Hand hervor. In dem bläulichen Licht sieht sie schwarz glänzend aus, aber Thomas weiß, dass sie in Wirklichkeit rot ist.

Er rappelt sich auf. Nimmt zwei Schritte Anlauf, zielt und tritt mit dem rechten Fuß zu. Seine Schuhsohle trifft oberhalb des Schlosses auf die Wohnungstür, sodass es im Türrahmen kracht und die Tür ein wenig nachgibt. Noch einmal. Zwei Schritte Anlauf. Ein Tritt nach vorn. Der Fuß kommt genau auf derselben Stelle auf wie zuvor, und dieses Mal zersplittert der Türrahmen um das Schloss herum. Die Tür schwingt auf und knallt gegen die Wand.

Thomas stolpert in die Wohnung. Die beiden Tritte gegen die Tür haben in seinem Knie solche Schmerzen hervorgerufen, dass er das Bein nicht belasten kann. Er humpelt durch den Flur. Hinüber zu der angelehnten Tür, die zum Badezimmer führt. Dort liegt ein junger Mann. Bis auf eine Maske vor dem Gesicht ist er vollkommen nackt. Eine kreideweiße Maske mit zwei großen, schwarzen Augen und einem breiten Mund voller kleiner, spitzer Zähne. Der Hals unterhalb der Maske ist aufgeschlitzt. Vom rechten Ohrläppchen bis etwa zur Mitte des Halses erstreckt sich eine tiefe Wunde, deren Ränder an der breitesten Stelle mehr als zwei Zentimeter auseinanderklaffen. An einer Hand trägt der junge Mann einen Handschuh. Der Stoff ist so schwarz wie die Augen der Maske. An allen fünf Fingerspitzen sitzen etwa drei Zentimeter lange, spitze Fingernägel, die aus irgendeinem Metall gefertigt sind. Längliche Dreiecke. Wie Cuttermesserspitzen.

Einer dieser langen Fingernägel ist ganz und gar rot vor Blut.

30

Der Bildschirm flimmert. Martin schlägt einmal mit der flachen Hand auf den Fernseher. Dann beruhigt sich das Bild. Es hat einen Grünstich. Ist unscharf. Der Film wurde mit einer Infrarotkamera aufgenommen. Aus ein und derselben Perspektive. Von oben.

Das Video zeigt den niedrigen Raum nebenan mit den nackten Wänden. In der Mitte steht das emaillierte Töpfchen mit dem Blumenmuster.

Martins Herz schlägt schneller. Sämtliche Muskeln in seinem Körper spannen sich an. Vor Aufregung. Er hat das Gefühl, kurz vor einer großen Enthüllung zu stehen. Doch dann macht sich Enttäuschung in ihm breit.

Das hier ist keine Mitteilung an mich. Das ist ein Video, das irgendwer hiergelassen hat. Oder vergessen. Mit mir hat das nichts zu tun.

Er war auf eine persönliche Videobotschaft gefasst. Ein Rätsel, das er lösen muss, um in Freiheit zu gelangen. Irgendetwas, was ihn weiterbringen würde. Etwas, was ihn aus diesem Gefängnis befreien könnte.

Er will den Fernseher gerade wieder ausschalten, als er oben links auf dem Bildschirm eine Bewegung wahrnimmt.

Ein Kind, sagen ihm seine Augen. Doch er weigert sich, es zu glauben.

Das kann doch nicht …

Das Kind dreht das Gesicht zur Kamera. Die Augen leuchten wie die einer Katze. Das Haar ist lang und sieht auf der Aufnahme weiß aus. Es ist nicht zu erkennen, ob es sich um einen Jungen oder ein Mädchen handelt. Aber wenn es ein Mädchen ist, ist es dann vielleicht die Kleine, die er auf dem Rücksitz im Unfallwagen gefunden hat?

Das Bild ist zu unscharf, als dass er das Gesicht deutlich erkennen könnte. Das Kind ist zu weit weg von der Kamera.

Martin geht auf die Knie und legt beide Hände auf den Fernseher. Starrt wie gebannt auf die kleine, verschwommene Gestalt.

Jetzt beugt sich das Kind vor. Kommt auf alle viere. Macht einen Buckel und beginnt, an der Wand entlangzukrabbeln. Erreicht die Ecke. Krabbelt die nächste Wand entlang. Kommt der Kamera immer näher. Bald ist das Gesicht ganz deutlich zu sehen.

Das ist sie nicht.

Martin ist sich ganz sicher. Das Kind auf dem Video ist nicht das Mädchen, das er retten wollte, bevor er in diesem Raum hier gelandet ist.

Aber wer ist es dann?

Das Kind ist wieder in einer Ecke angelangt. Es folgt der nächsten Wand wie ein Löwe, der sein begrenztes Revier im Zoo abschreitet. Immer wieder dieselbe Route. Ein paarmal krabbelt das Kind die Wände entlang, bevor es sich wieder hinsetzt. Dieses Mal mitten im Raum. Mit langem, krummem Rücken sitzt es da und streckt die Beine von sich.

Wie alt ist es wohl?, denkt Martin. *Vier Jahre? Fünf Jahre?*

Er war noch nie besonders gut darin, das Alter von Kindern zu schätzen, und die schlechte Bildqualität macht es nicht gerade leichter.

Das Kind hat nun irgendetwas in die Finger bekommen, was auf dem Boden lag. Dreht und wendet es in den Händen. Drückt es zusammen und zieht es auseinander. Nimmt es in den Mund und beißt darauf herum.

Martin kneift die Augen zusammen, um zu erkennen, was es ist.

Eine Actionfigur.

Martins Hände rutschen vom Fernseher. Allmählich tun ihm die Knie weh, deshalb setzt er sich auf den Boden. Hält den Blick auf den Bildschirm gerichtet.

Es vergeht eine ganze Weile, in der nichts passiert. Dann legt das Kind die Actionfigur zurück auf den Boden. Krabbelt wieder die Wände entlang, wie um sein Revier zu umkreisen. Rollt sich in einer Ecke zusammen. Schließt die Augen. Martin meint zu sehen, dass die Atmung des Kindes tiefer wird. Es schläft.

»Es«, denkt er. Ihm gefällt es nicht, dass er das Kind in Gedanken als »es« bezeichnet. Als wäre es ein Tier.

Ein Junge, beschließt er. Um das Kind auf dem Video von dem Mädchen im Auto zu unterscheiden. *Ich werde mir vorstellen, es sei ein …*

Er kann den Gedanken nicht zu Ende denken. Plötzlich wird es um das Kind herum hell. Der grünliche Bildschirm wird explosionsartig weiß, und auch die Perspektive wechselt. Nun filmt die andere Kamera im Raum. Das Bild ist jetzt gestochen scharf, und die Farben sind ganz natürlich. Der

Junge wird ruckartig wach und fährt hoch. Kauert sich in der hintersten Ecke des Raumes zusammen. Er scheint zu schreien, aber die Aufnahme ist ohne Ton. Er schaut zur Metalltür. Jemand muss sie geöffnet haben, doch durch die Kameraperspektive ist nicht zu sehen, wer.

Der Junge hält sich die Hände vors Gesicht. Jetzt sieht Martin eine Bewegung am unteren Rand des Bildschirms. Eine große Gestalt. Ein Erwachsener. Ein Mann? Eine Frau? Das ist nicht zu erkennen.

Die Gestalt kriecht über den Boden, und Martin kann nur ihren Rücken sehen. Sie trägt ein eng anliegendes Oberteil oder einen Anzug. Schlägt nach dem Kind, ohne es zu treffen. Martin meint, an den Fingerspitzen der Handschuhe, die die Gestalt trägt, etwas aufblitzen zu sehen.

Nägel. Lange, glänzende Fingernägel. Wie die, die mir den Bauch aufgeschlitzt haben? Daher die fünf langen Wunden?

Jetzt dreht die Gestalt sich um, und die Kamera fängt für einen kurzen Moment das Gesicht ein. Ein weißes Gesicht mit zwei schwarzen Augen und einem Mund voller scharfer Zähne.

Bei diesem Anblick zuckt Martin unwillkürlich vom Bildschirm zurück.

Die schwarz gekleidete Gestalt schüttelt heftig den Kopf. Schlägt noch einmal nach dem Jungen. Wieder, ohne ihn auch nur annähernd zu treffen.

Diese Person will ihn nur einschüchtern, denkt Martin. *Nicht verletzen.*

Langsam, ganz langsam zieht sich die Gestalt durch das Loch in der Wand zurück.

Die Metalltür wird geschlossen.

Das Licht geht aus.

Die Kameraperspektive wechselt. Die Aufnahme hat wieder diesen Grünstich.

Mit angezogenen Beinen drückt sich der Junge in die Ecke. Einige Minuten lang sitzt er so da.

Doch dann kommt er wieder auf alle viere, genau wie vorher, und beginnt erneut, die Wände des Raumes entlangzukrabbeln.

31

Thomas geht rückwärts aus dem Badezimmer, knöpft das Pistolenhalfter am Gürtel auf und zieht seine Heckler & Koch USP Compact 9 mm. Legt die Taschenlampe auf den Lauf der Pistole und hält beides mit ausgestrecktem Arm vor sich. Lässt den Finger seitlich auf der Pistole und nicht auf dem Abzug ruhen, um nicht aus Versehen zu schießen. Die Muskeln in seinem Arm sind so angespannt, dass sie zittern, und eine einzige falsche Bewegung wäre genug, um den Abzug versehentlich durchzudrücken.

Er geht nach rechts in eine lange, schmale Küche. Hier brennt kein Licht, und vor dem Fenster hängt ein Verdunkelungsrollo. Hinter dem Kühlschrank ist eine Tür halb zu sehen. Das muss die Tür zur Hintertreppe sein. Thomas macht langsam drei Schritte auf sie zu. Er weiß, dass er gerade einen Tatort kontaminiert. Mit jedem Schritt erschwert er den Kriminaltechnikern die Arbeit. Er verteilt Haare und Hautschuppen und hinterlässt Fußspuren, die von den Technikern später mühsam aussortiert werden müssen, wenn sie herausfinden sollen, was in den Minuten vor Kaspar Jensens Tod in der Wohnung vor sich gegangen ist.

Thomas öffnet die Tür hinter dem Kühlschrank, obwohl er ganz genau weiß, dass er nichts anrühren darf. Die Tür ist nicht abgeschlossen, und genau wie er vermutet hat, führt sie zur Hintertreppe. Er schließt sie wieder. Dreht sich um und geht zurück in den Flur. Weiter ins Wohnzimmer. Auch hier sind vor allen Fenstern Verdunkelungsrollos heruntergelassen. Nicht ein einziger schmaler Lichtstrahl fällt in den Raum. Doch abgesehen von der Dunkelheit, sieht es hier aus wie im Wohnzimmer jedes beliebigen anderen jungen Mannes: ein Flachbildschirm auf einem niedrigen Fernsehtisch, zwei große Lautsprecher in den hinteren beiden Ecken des Raumes, ein großes Ledersofa und ein Esstisch mit vier Stühlen.

In der Verlängerung des Wohnzimmers befindet sich ein weiterer Raum. Die Schiebetür ins Nebenzimmer steht offen, und Thomas geht vorsichtig näher heran. Verdunkelte Fenster. Genau wie in den anderen Zimmern. An der einen Wand steht ein großer Kleiderschrank und an der anderen ein Einzelbett. Auf einem Regal über dem Bett stehen kleine Plastikfiguren in einer langen, gleichmäßigen Reihe. Irgendwelche Actionfiguren. Kleine Männer mit großen Waffen und verbissenen Gesichtern.

In einem Spiegel neben dem Regal sieht Thomas eine Gestalt. Eine Person, die zwischen Kleiderschrank und Wand steht. Er hält den Atem an, dreht sich auf den Absätzen um und richtet die Taschenlampe und die Pistole genau auf die Gestalt.

Atmet langsam wieder aus und spürt, wie die Muskeln in seinen Armen sich entspannen.

Das ist kein Mensch.

Er geht näher heran.

Eine Puppe.

Eine enorme Stoffpuppe in Menschengröße. Mit groben Gesichtszügen. Augen, Nase und Mund sehen aus, als wären sie einfach auf den Stoff gemalt. Als Haar dienen lange, helle Wollfäden.

Die Puppe ist in der dunklen Ecke ein wenig in sich zusammengesackt, sodass Thomas sie nicht richtig betrachten kann, doch er will sie nicht berühren, bevor die Techniker ihre Arbeit getan haben.

Warum hat Kaspar Jensen eine große Puppe in seinem Schlafzimmer stehen?

Er lässt die Pistole sinken. Holt sein Handy hervor, ruft die Polizei Ostjütland an und bittet um Verstärkung.

»Ich habe einen jungen Mann im Badezimmer gefunden«, erklärt er kurz. »Er ist tot. Sieht aus wie Selbstmord.«

Dann geht er näher an die Puppe heran. Leuchtet ihr mitten in das grobe Gesicht. Wie vermutet, ist es einfach nur aufgemalt. Nicht besonders liebevoll.

Er lässt das Ding in der Ecke stehen, geht aus der Wohnung und setzt sich auf die Treppe, um auf die Kollegen von der Polizei Ostjütland zu warten. Während er wartet, ruft Meilby an.

»Ich glaube, ich habe Claudia Berchems Freund gefunden«, sagt Thomas, als die Stimme seines Chefs im Hörer erklingt. »Er heißt Kaspar Jensen.«

»Warten Sie, Nyland. Møller steht gerade neben mir. Ich schalte Sie laut, dann kann sie mithören.«

Zunächst hört Thomas, wie Meilby an seinem Handy herumfummelt, und dann, aus etwas größerer Entfernung, die Schimpfsalve, die er auf den kleinen Apparat loslässt, weil er es nicht hinbekommt, die Lautsprecherfunktion zu aktivieren.

Dann übernimmt Rikke Møller.

»Hallo Nyland«, sagt sie. »Jetzt ist auf Lautsprecher gestellt.«

»Gut. Ich habe Meilby gerade erzählt, dass ich vielleicht Claudias Freund gefunden habe. Den Mann, vor dem sie geflüchtet ist, falls wir immer noch mit dieser Theorie arbeiten.«

»Wo haben Sie ihn gefunden?«

Jetzt spricht Meilby.

»In einer Wohnung in Aarhus. Er ist tot.«

»Tot? Was ist mit ihm passiert?«

»Sein Hals ist aufgeschlitzt. Vom Ohr bis zum Adamsapfel. Sieht so aus, als hätte er es selbst gemacht. Ich habe auch das Monster gefunden, von dem Claudias Nachbarin geredet hat.«

»Was soll das heißen?«

»Kaspar Jensen trägt eine Art Maske, die zu der Beschreibung des Monsters passt. Er trägt auch Handschuhe, die oben an den Fingern scharfe Metallspitzen haben. Wie Nägel oder Krallen aus Metall. Damit scheint er sich den Hals aufgeschlitzt zu haben.«

Meilby ist einen Augenblick still. So als müsste er die neuen Informationen erst einmal sacken lassen.

»Was ist mit Martin Dahl?«, will Rikke Møller wissen. »Und Emma?«

»Die sind nicht hier. Und es sieht auch nicht so aus, als hätten Claudia und Emma hier jemals gewohnt. Das Bett im Schlafzimmer ist gerade mal groß genug für einen, und es gibt auch keinerlei Anzeichen dafür, dass ein Kind in der Wohnung gelebt hat.«

»Und du bist sicher, dass der, den du gefunden hast, Claudias Freund ist?«

Thomas reibt sich die Stirn. »Nein. Bin ich nicht. Ich weiß nur, dass dieser Mann hier ein besonderes Verhältnis zu Claudia hatte. Vielleicht haben sie bis vor einem Monat noch irgendwo anders zusammengewohnt, und als Claudia sich mit Emma davongemacht hat, ist er hier allein eingezogen. Beziehungsweise fast allein.«

»Was meinen Sie damit?«

»In seinem Schlafzimmer steht eine etwas eigenartige Figur. Eine gigantische Puppe.«

»Eine Gummipuppe?«

»Nein. Eher so eine Art Stoffpuppe in Übergröße. Ich hätte ihr fast eine Kugel in die Birne geschossen.«

Thomas hört, wie die Haustür im Erdgeschoss aufgeht, und wenig später Schritte im Treppenhaus. Ein Mann und eine Frau reden miteinander.

»Ich glaube, die Verstärkung ist da«, sagt er ins Handy. »Wir müssen später weiterreden.«

Er will den Anruf gerade beenden, als er noch einmal Meilbys Stimme durch den Hörer schnarren hört: »Møller macht sich sofort auf den Weg zu Ihnen. Das klingt, als könnten Sie Hilfe gebrauchen.«

Sonntag 01:30 Uhr

32

»Er existiert nicht.«

Thomas hat Rikke Møller gerade erst die Tür zu seinem Zimmer im Hotel Royal mitten in Aarhus aufgemacht, als er mit dieser Nachricht herausplatzt. Bei diesem Willkommensgruß bleibt sie unvermittelt in der Tür stehen. Ihr Mund steht offen, sie bringt die geplanten Begrüßungsworte nicht mehr hervor.

»Wie bitte?«, fragt sie stattdessen. Kommt herein und drückt die Tür mit dem Fuß hinter sich zu. Das Zimmer ist groß. Ungefähr doppelt so groß wie ein normales Standardzimmer. Dunkelrote Wände und schwere Möbel aus dunklem Holz. Wie ein Herrenzimmer aus dem neunzehnten Jahrhundert. An den Wänden hängen Gemälde in Goldrahmen. Die Motive sind dramatisch und im Stil des Goldenen Zeitalters von Dänemark gehalten: brennende Höfe und Ritter mit wildem Gesichtsausdruck, die ihr Schwert zum bleigrauen Himmel erheben. Unter einem der Bilder steht ein orientalisch anmutendes Möbel: ein Elefant aus Steingut, auf dessen Rücken und Rüssel eine gläserne Tischplatte ruht. Als Thomas dieses Zimmer betrat, war sein erster Gedanke, dass Sherlock Holmes sich hier sicher sehr wohlgefühlt hätte – wenn der Flachbildschirm in der Ecke nicht gewesen wäre.

»Kaspar Jensen existiert nicht«, wiederholt er. »Oder er

dürfte eigentlich nicht existieren. Seine Geburt wurde nie registriert. Er hat keine Personennummer. Er hat keinen Arzt und war auch nie irgendwo im Krankenhaus.«

Rikke Møller setzt sich auf die Bettkante. »Was ist mit seinem Handy?«

»Ein Handy mit Prepaidkarte. Ich habe die Listen der ein- und ausgehenden Anrufe gerade überflogen. Insgesamt fünfundzwanzig Telefonate innerhalb von sechs Monaten. Die meisten mit dem Café, in dem er gearbeitet hat.«

»Also nicht gerade der beliebteste Junge der Schule«, murmelt Rikke Møller. »Und sein Gehalt? Auf welches Konto ging das?«

»Darauf habe ich die örtlichen Kollegen angesetzt. Sie sollen es so schnell wie möglich herausfinden und können sich jeden Augenblick melden.«

Er stockt, als ihm auffällt, dass er die Stimme erhoben hat und im Hotelzimmer auf und ab geht, die Hände auf dem Rücken verschränkt wie ein verrückter Detektiv.

»Das ist exakt Emmas Geschichte«, brummt er dann. Deutlich leiser. Er greift nach einem Stapel Unterlagen, die auf dem Schreibtisch mitten im Zimmer liegen.

»Diese ganzen Berichte von den vorläufigen Vernehmungen von Kaspar Jensens Nachbarn und Kollegen«, sagt er. »Die Beamten vor Ort sind den ganzen Abend unterwegs gewesen, und sie sind immer noch zugange, auch wenn es mit Sicherheit zunehmend schwieriger wird, aus den Leuten, die um diese Zeit noch wach sind, etwas Vernünftiges herauszubekommen.«

»Solltest du nicht eigentlich im Präsidium sein?«, fragt Rikke Møller.

»Doch, aber ich brauchte mal ein bisschen Ruhe. Zum Nachdenken. Hier gibt es einen Haufen Dinge, die nicht richtig zusammenpassen. Wenn Dahl jetzt hier wäre …«

Er hält inne. Stöhnt laut.

»Verdammt«, zischt er und wirft die Berichte neben Rikke Møller aufs Bett.

Sie nimmt die Unterlagen in die Hand. »Erzähl mir doch mal, was in diesen Berichten hier steht. Dann hast du was zu tun, während wir auf den Anruf von der Polizei Ostjütland warten.«

»Ja«, sagt er. »Ja, natürlich. Die wichtigste Vernehmung war wohl die von Ulrik Juul. Er ist der Besitzer des Cafés, in dem Kaspar Jensen und Claudia Berchem gearbeitet haben. Ihm zufolge ist Kaspar Jensen vor zehn Jahren einfach eines Tages im Café aufgetaucht und hat nach einem Job gefragt. Nach irgendeinem, ganz egal. Ulrik hat ihn damals auf etwa achtzehn geschätzt, aber er konnte es nicht mit Sicherheit sagen. Er hat Kaspar Jensen als schüchternen, stotternden Jungen beschrieben, der sein Gegenüber nie oberhalb der Schienbeine angeschaut hat. Ulrik Juul war zwar gerade auf der Suche nach neuen Barkeepern, aber er hat gleich gesehen, dass Kaspar Jensen dafür nicht infrage kam. Trotzdem war ihm der Junge irgendwie sympathisch, und obwohl er eigentlich überhaupt keinen Job für ihn hatte, hat er ihn in der Küche arbeiten lassen.«

»Als was?«

»Als Küchenhilfe. So einer, der Kartoffeln schält und Zwiebeln schneidet und so was.«

»Was ist mit Kaspar Jensens Kollegen? Was sagen die über ihn?«

»Sie beschreiben ihn genauso. Schüchtern, sehr zurückhaltend, autistisch, verschlossen. Und diejenigen, die gleichzeitig mit Claudia Berchem im Café gearbeitet haben, sagen, dass Kaspar und Claudia ein vertrautes Verhältnis zueinander hatten.«

»Ein sexuelles?«

»Das weiß ich nicht. Zumindest war es wohl nicht offensichtlich sexuell. Im Gegensatz zu allen anderen Verhältnissen, die Claudia hatte.«

»Und bevor Kaspar Jensen im Café aufgetaucht ist? Was hat er da gemacht?«

Thomas zuckt mit den Schultern. »Das ist es ja gerade. Bisher haben wir noch niemanden gefunden, der ihn von früher kennt oder weiß, wo er aufgewachsen ist.«

»Irgendwelche Verwandten?«

»Nein. Und wenn man sich die Aussagen seiner Kollegen und seines Chefs ansieht, dann weiß eigentlich niemand so genau, wer er eigentlich war. Niemand konnte uns einen Hinweis zu seiner Familie geben. Niemand hat ihn jemals in seiner Wohnung besucht. Die meisten von ihnen haben fast täglich mit ihm gesprochen, und vor allem beim Küchenpersonal war er sehr beliebt, aber wenn man sie nach Einzelheiten zu seinem Leben fragt, müssen alle passen. Im Grunde weiß niemand etwas über ihn.«

»Genau wie bei Claudia, bevor wir angefangen haben nachzubohren«, sagt Rikke Møller.

»Ja.«

»Die gut aussehende, wilde Claudia wird also Barkeeperin in einem Szenecafé, trifft den stillen, in sich gekehrten und völlig vergangenheitslosen Kaspar Jensen, und aus den beiden wird ein Paar«, fährt Rikke Møller fort. »Kaspar Jensen taucht wie aus dem Nichts auf, und als Claudia ihm begegnet, zieht er sie mit ins Nichts. Sie verschwindet, und sieben Jahre lang hört niemand mehr etwas von ihr.«

»Aber nur sie verschwindet«, fügt Thomas hinzu. »Kaspar macht seinen Job im Café weiter, als wäre nichts passiert.«

»Vielleicht ist ja auch gar nichts passiert.«

»Vielleicht«, murmelt Thomas. »Wäre es überhaupt denkbar, dass Kaspar und Claudia die ganzen sieben Jahre über zusammen waren? Oder dass sie zumindest zusammengewohnt und ein Kind miteinander bekommen haben, ohne dass irgendwer etwas davon mitbekommen hat? Ohne dass man es Kaspar im Café angemerkt hätte? Ohne dass er irgendwem davon erzählt hat?«

»Was sagen denn seine Nachbarn? Wenn irgendwo im Haus ein Säugling wohnt, bekommen das die Nachbarn doch als Erste mit. Echtes Babygeschrei dringt durch sämtliche Wände und Böden.«

»Keiner seiner Nachbarn hat etwas von einer Freundin oder einem Kind erzählt. Keiner hat etwas gehört.«

»Du hast ja auch selbst gesagt, dass die Wohnung nicht danach aussah.«

»Und der Mietvertrag zeigt, dass Kaspar Jensen seit zehn Jahren in genau dieser Wohnung gewohnt hat. Also seit er im Café aufgetaucht ist und nach Arbeit gefragt hat. Meinen Gedanken, dass er irgendwo anders mit Claudia und Emma zusammengewohnt hat und erst vor einem Monat in die Wohnung eingezogen ist, können wir somit vergessen.«

»Aber dann waren sie vielleicht gar kein Paar. Oder zumindest haben sie nicht zusammengewohnt. An der Beziehung wundert mich im Übrigen noch etwas anderes: Hätte Claudia Berchem sich wirklich zu einem blassen, schwächlichen, schüchternen kleinen Jungen hingezogen gefühlt? Einem Jungen, der anderen Leuten kaum in die Augen schauen konnte?«

»Einem Jungen, den sie manipulieren konnte«, erwidert Thomas.

Ihm kommt Leon Bechs Beschreibung von Helena Berchem in den Sinn. Hat Claudia womöglich ihre Mutter imitiert? Hat sie sich einen schwachen Mann gesucht, um Emma das Gleiche anzutun, was sie selbst erlebt hat? Hat sie die Ungeheuerlichkeiten, die ihre Kindheit prägten, wiederholt, weil ihre Erfahrung besagte, dass es so nun mal läuft?

Missbrauchte missbrauchen selbst. Opfer werden zu Tätern. Eine Kette, die nur schwer zu durchbrechen ist.

Er schüttelt den Gedanken ab. Selbst wenn es so war, bringt sie das im Moment nicht weiter. Es bringt sie nicht zu Dahl und Emma.

In seinem Nacken knackt es laut, als er den Kopf erst so weit wie möglich nach links und dann nach rechts beugt. Er schaut aus dem Fenster. In den Hof hinter dem Hotel. Dahl und Emma sind jetzt seit siebenundzwanzig Stunden verschwunden, und Thomas kommt es so vor, als wären sie nie weiter weg gewesen. Selbst in den ersten Stunden der Ermittlungen, als der Fall noch völlig offen war, hatte er das Gefühl, ihnen näher zu sein. Da bestand noch die Hoffnung, dass sich der Fall schnell aufklären ließe. Da gab es den Glauben daran, dass die Lösung gleich hinter der nächsten Ecke zu finden wäre. Doch jetzt hat Thomas bereits einen ganzen Tag und eine ganze Nacht lang in Claudias und Emmas Leben nach Antworten gesucht, und er weiß immer noch nicht, wo sein Kollege und das Mädchen sein könnten. Wenn Kaspar Jensen tatsächlich derjenige war, der Claudia und Emma gefolgt ist, dann ist die Wahrheit über Emmas und Dahls Schicksal nun in Form einer Blutlache auf dem Badezimmerboden seiner Wohnung vergossen, und die Chance, die beiden zu finden, war nie geringer.

»Wann melden die sich denn endlich mit neuen Infos?«, denkt er laut und sieht hinüber zu seinem Handy auf dem Schreibtisch, als wären seine Worte eine Art magischer Losung, die seinen Wunsch in Erfüllung gehen lässt.

Doch das Handy liegt einfach nur da. Still und mit schwarzem Bildschirm.

»Was ist hiermit?«, fragt Rikke Møller.

Thomas wendet sich zu ihr um. Sie hat eine Aufnahme der großen Stoffpuppe in Kaspar Jensens Schlafzimmer hervorgezogen und hält sie hoch. Für das Foto haben die Kriminaltechniker das Licht im Schlafzimmer eingeschaltet, damit die einzelnen Merkmale der Puppe deutlicher zu erkennen sind. Die Puppe ist nackt, hat allerdings keine Geschlechtsorgane. Die beiden Beine sind einfach direkt am Bauch festgenäht. Sie hat nur eine Brust, und zwar auf der linken Seite, genau dort, wo bei einer erwachsenen Frau die Brust wäre. Die rechte Brust fehlt. Stattdessen befindet sich an der entsprechenden Stelle eine kreisrunde Vertiefung aus schwarzem Plastik. Ein Zylinder, der in der Puppe steckt und dessen

Rand rundherum am Stoff festgeklebt ist. Die Tiefe des Zylinders ist nicht genau zu erkennen, aber Thomas nimmt an, dass er ungefähr die Größe einer Bierdose hat.

»Was glaubst du, was das ist?«, fragt Rikke Møller und zeigt auf die runde Öffnung.

»Keine Ahnung«, murmelt Thomas, ohne den Blick von dem Foto abzuwenden.

»Und du bist sicher, dass das kein Sexspielzeug ist? Ich meine, ich sehe ja, dass es keine normale aufblasbare Gummipuppe oder eine dieser Real Dolls ist, die wie Pornomodels aussehen, aber Kaspar Jensen hatte vielleicht … etwas andere Vorlieben. Die Puppe ist schließlich komplett nackt.«

»Aber sie hat keine Geschlechtsteile. Genau genommen, hat sie überhaupt keine Körperöffnungen, bis auf diesen schwarzen Zylinder neben der Brust. Also nichts, was in Richtung Sex und Penetration geht.«

Rikke Møller betrachtet das Foto noch einmal. »Es könnte auch eine Art Voodoopuppe sein. Oder ein Kuscheltier für Erwachsene. Oder ein Kunstobjekt.«

Thomas' Handy fängt an zu summen. Er springt auf.

»Thomas Nyland«, brummt er in den Hörer.

»Lars Iversen, Polizei Ostjütland. Ich sollte die Konten des Toten untersuchen.«

»Was haben Sie herausgefunden?«

»Es gibt ein Konto bei der Nordea-Bank, von dem er seine Miete bezahlt hat und auf das auch sein Gehalt einging. Aber das Konto lief nicht auf seinen Namen.«

»Auf wen dann?«

»Auf eine Frau. Sie heißt Rosa Mayer.«

»Haben Sie mit ihr gesprochen?«

»Nein. Ich habe bei ihr angerufen, aber sie ist nicht ans Telefon gegangen.«

»Ausgezeichnet. Ich fahre hin und rede mit ihr. Wo wohnt sie?«

»In Silkeborg. Das liegt etwas weiter im Landesinneren. Ungefähr eine Dreiviertelstunde …«

»Danke«, unterbricht Thomas den Kollegen. »Ich weiß, wo Silkeborg liegt. Wie lautet ihre Adresse?«

33

Vor Rosa Mayers Patriziervilla steht bereits eine örtliche Streife, als Thomas und Rikke Møller dort ankommen. Und unmittelbar nach den beiden Partnern aus Seeland treffen noch zwei Ermittler vom Polizeipräsidium in Aarhus ein. Es wird sich gegenseitig die Hand geschüttelt, als die sechs in der Auffahrt zusammentreffen, und Thomas schnappt die Namen der beiden Polizisten aus Aarhus auf: Haluk Soydan und Anne-Sophie Skovby.

»Haben Sie da oben schon geklingelt?«, fragt Thomas die beiden örtlichen Beamten.

»Noch nicht. Wir wollten erst noch auf Sie warten.«

Thomas wendet sich dem Haus zu, das ein Stück abseits der Straße und etwas höher liegt. Die einstöckige Villa leuchtet weiß wie ein Gespenst in der Nacht. Die beiden großen Sprossenfenster sehen aus wie Augen.

Der Anblick erinnert Thomas an Kaspar Jensens dämonische Maske. »Okay«, sagt er, wendet den Blick vom Haus ab und klatscht in die Hände. »Wollen wir mal sehen, ob wir sie aus dem Bett bekommen?«

Als geschlossener Trupp gehen sie die Treppe zur Haustür hinauf, und Thomas klingelt. Tritt einen Schritt zurück und schaut hinauf zum Fenster im ersten Stock, um zu sehen, ob dort das Licht angeht.

Es bleibt dunkel.

Er klingelt noch einmal. Klopft an die Tür und spürt, wie sich ihm der Magen zuschnürt und nervös knurrt. Sich auf die Begegnung mit einer weiteren Leiche gefasst macht.

»Am besten verteilen wir uns ums Haus und schauen durch die Fenster«, sagt er. »Nur um sicherzugehen, dass sie nicht im Wohnzimmer liegt und gerade verblutet.«

Die Gruppe löst sich auf und verschwindet im dunklen Garten. Thomas bleibt als Einziger zurück. Er drückt die Türklinke hinunter, nur um festzustellen, dass die Tür abgeschlossen ist.

»Nichts«, hört er Rikke Møller sagen, die als Erste zu ihm zurückkehrt.

Thomas betätigt die Türklinke noch einmal. Betrachtet das Türschloss. Ein Standardschloss.

»Falls jemand fragt, war die Tür schon offen, okay?«, sagt er zu Rikke Møller und greift nach dem Bund mit den Dietrichen in seiner Innentasche.

Sie lächelt schief. »Natürlich.«

Kurz darauf gleitet die Haustür auf.

»Hallo?«, ruft Thomas in den Flur.

Der Klang seiner Stimme versammelt den Rest der Truppe wieder auf der Treppe.

»Die Tür war offen«, hört Thomas Rikke Møller den anderen erklären.

»Hallo? Ist jemand zu Hause?«, ruft er noch einmal. Geht weiter in den Flur hinein. Dreht sich zu den Kollegen vor dem Haus um. »Wir sehen uns mal hier drinnen um.«

Soydan und Skovby folgen ihm zögernd, während die Beamten aus Silkeborg draußen warten. Thomas ist sich voll und ganz bewusst, dass er keinen rechtmäßigen Grund hat, sich Zugang zu Rosa Mayers Haus zu verschaffen, und er weiß, dass die Techniker in unter einer Sekunde herausgefunden haben werden, dass die Tür mit einem Dietrich geöffnet wurde. Doch darüber muss er sich später Gedanken machen. Im Moment geht es einzig und allein darum, Dahl und Emma zu finden.

»Sie untersuchen das Erdgeschoss«, sagt er zu Soydan, bevor er sich Rikke Møller und Anne-Sophie Skovby zuwendet. »Und Sie beide gehen in den Keller.«

Er selbst geht die Treppe zum ersten Stock hinauf. Wenn Rosa Mayer zu Hause ist und noch lebt, dann liegt sie sicher oben im Schlafzimmer und schläft.

Die alten Treppenstufen erzeugen mindestens ebenso laute Geräusche wie seine Knie, und zu dem Knirschen in seinen Gelenken gesellt sich nun auch ein stechender Schmerz, der ihn bei jedem Schritt durchfährt. Er hätte Kaspar Jensens Wohnungstür nicht eintreten sollen. Das war dumm von ihm. Er hätte sie in Nullkommanichts mit einem Dietrich öffnen können, aber daran hat er nicht gedacht. Er hat einfach instinktiv reagiert und rohe Gewalt angewandt, genau wie früher in seiner Jugend. Die vielen Jahre als Klassenriese haben ihn gelehrt, sich in brenzligen Situationen auf seine Muskelkraft und sein Gewicht zu verlassen. Diesen Impuls zu unterdrücken ist ihm fast unmöglich.

»Rosa?«, sagt er in die Dunkelheit, als er den Flur im ersten Stock erreicht hat. Leise. Falls sie schläft, will er sie nicht erschrecken.

Hinter einer geöffneten Tür zu seiner Linken liegt das Badezimmer. Ein großer, quadratischer Raum mit weißen Wandfliesen und Terrazzofußboden. Aus dem Duschkopf über der Badewanne tropft Wasser. Rechts von ihm führt eine angelehnte Tür in ein Büro. Er schiebt die Tür mit dem Handrücken auf und schaut hinein: Bücher in alten Buchenholzregalen. Ein Schreibtischstuhl, dessen loser Sitz leicht nach links geneigt ist. Ein großer höhenverstellbarer Tisch. An der Wand über dem Tisch hängt ein einzelnes Foto von Kaspar Jensen. Darauf ist er als älterer Teenager zu sehen. Mit kurz geschnittenem blondem Haar und Knollennase. Seine bleiche Haut ist mit Pickeln übersät. Wenn Kaspar Jensen in dem Kaff, aus dem Thomas kommt, Claudia Berchem auf einem Abschlussball zum Tanz aufgefordert hätte, dann hätte ihm wohl niemand eine Chance eingeräumt.

Thomas dreht sich um. Verlässt das Büro wieder und geht ins Schlafzimmer. Mit langsamen, vorsichtigen Bewegungen. Das Bett ist leer. Ordentlich mit einer Tagesdecke zugedeckt, deren Enden zwischen der Matratze und dem Buchenholzrahmen festgesteckt sind.

Vom Schlafzimmer führt eine weitere Tür in einen angrenzenden Raum. Thomas geht hinein. Der Raum ist leer, die Wände sind vollkommen kahl. Er geht über die Holzdielen zum Fenster. Gleich über der Fensterscheibe ist ein Rollo am Fensterrahmen angebracht. Thomas zieht leicht daran.

Ein Verdunkelungsrollo.

Kaspar Jensens altes Zimmer? Hat er hier gewohnt? Und steht das Zimmer leer, seit er hier ausgezogen ist?

Jetzt hört er Schritte auf der Treppe. Er geht zurück ins

Schlafzimmer und schaut in den Flur. Rikke Møller ist die Treppe heraufgekommen.

»Hier oben ist sie nicht«, sagt er.

»Im Keller ist sie auch nicht. Aber dafür haben wir etwas anderes gefunden.«

Er folgt ihr hinunter ins Erdgeschoss. Geht durch die Küche, um zur Kellertreppe zu gelangen. Sie ist steil und so schmal, dass für Thomas kaum Platz darauf ist. Die Luft im Keller ist feucht. Eine einzelne nackte Energiesparlampe in einer Fassung an einer der Wände verbreitet ein bleiches, grünliches Licht im Raum.

»Es ist da drinnen«, sagt Rikke Møller und deutet mit dem Kopf auf eine Tür, die zu einer kleinen Rumpelkammer führt. »Schau mal rein. Für uns beide ist da nicht genug Platz.«

Thomas lehnt sich durch den Türrahmen in die Kammer. An den Wänden befinden sich Regale, in denen Kartons mit altem Spielzeug, Marmeladengläser und Konservendosen stehen. Auf dem Boden sind mehrere Plastikkisten aufeinandergestapelt, und hinter den Kisten, halb unter einer alten Wolldecke versteckt, ragt eine bizarre Figur hervor. Thomas rückt die Kisten ein wenig zur Seite, um besser sehen zu können. Nimmt auch die Decke weg.

Die Figur besteht aus Metalldrähten und Maschendraht. Sie hat die Form eines menschlichen Körpers mit Armen, Brust, Bauch und Beinen. Als Kopf dient ein ovales Stück Maschendraht, an dem ein Blatt Papier befestigt ist. Augen, Nase und Mund sind auf das Papier gezeichnet. Mit exakt den gleichen Strichen, wie sie auch im Gesicht der Stoffpuppe in Kaspar Jensens Wohnung zu sehen waren.

Thomas betrachtet den Brustkorb der Figur. Wie erwartet, befindet sich ein offener Zylinder aus schwarzem Plastik genau an der Stelle, wo bei einer erwachsenen Frau die rechte Brust wäre.

Er holt sein Handy hervor und macht ein Foto von der Figur.

»Was sagst du dazu?«, fragt Rikke Møller.

Thomas zieht den Kopf aus der Kammer zurück.

»Wir fahnden jetzt nach Rosa Mayer«, sagt er. »Und ruf mal die örtlichen Beamten rein. Die beiden uniformierten Jungs aus Silkeborg. Sie sollen das Haus gründlich nach Hinweisen durchsuchen, wo Rosa Mayer sich im Moment aufhalten könnte.«

Auf dem Weg zurück zum Auto zieht Thomas das rechte Bein nach, doch er versucht, sich nichts anmerken zu lassen.

»Du fährst«, sagt er zu Rikke Møller und wirft ihr den Schlüssel übers Autodach zu.

Als sie losfahren, dreht er sich demonstrativ zum Fenster. Er braucht jetzt Ruhe. Muss nachdenken.

Rikke Møller schaltet das Radio ein, und Thomas schaltet es wieder aus. Ohne ein Wort. Sie versteht sofort. Dann richtet er den Blick wieder auf die schwarze Fensterscheibe.

Totale Dunkelheit. Wie in dem Video mit Emma. Ihr leises Summen. Sie ist ganz in ihrer eigenen Welt. In der Dunkelheit existiert niemand außer ihr. Aber sie hat keine Angst. Sie fühlt sich … sicher. Sicher im Dunkeln. Erst wenn das Licht eingeschaltet wird, bekommt sie Angst. Wie Kaspar Jensen, der sich mit Verdunkelungsrollos gegen das Tageslicht abgeschirmt hat.

Und dann schwirrt Thomas das Mogli-Syndrom plötzlich wieder durchs Hirn. Zuerst als Bild des kleinen Mogli, so wie Disney ihn gezeichnet hat. Dann löst sich das Gesicht mit den großen Augen und dem breiten Lächeln in lauter kleine Punkte auf, die sich zu einer neuen Gestalt zusammenfügen: dem Smoothie trinkenden, breitschultrigen Anthropologen Jacob Wied. Thomas ruft sich seine Beschreibung der wilden Kinder ins Gedächtnis, die unter Tieren aufgewachsen sind. Oder in totaler Isolation. In einem abgeschlossenen Raum oder einem dunklen Keller.

Kaspar Jensen ist vor zehn Jahren wie aus dem Nichts aufgetaucht. Zumindest fast. Er hat keine Personennummer. Seine Geburt wurde nie registriert. Der einzige Hinweis auf sein Leben vor seiner Zeit im Café ist ein Foto im Haus einer Frau in Silkeborg. Und ein Konto, das auf ihren Namen läuft.

»Hör mal«, sagt Thomas zu Rikke Møller.

»Aha, er kann also sprechen«, brummt sie irritiert.

Thomas hört darüber hinweg.

»Wir brauchen Hilfe«, sagt er. »Ich glaube, es liegt eigentlich alles direkt vor unserer Nase: die Verdunkelungsrollos, die Angst vor Tageslicht, die merkwürdige Puppe und die komische Drahtfigur in dem Haus. Claudia Berchems unzählige Männer. Das steht alles irgendwie im Zusammenhang miteinander. Wir kennen die einzelnen Tatsachen, aber wir sehen die Verbindung nicht. Wir brauchen Leute, die sich mit dem auskennen, was in unseren Köpfen vor sich geht.«

»Du willst also, dass Ida Rasmussen sich die Sache noch mal anschaut?«

»Ich will, dass sie herkommt. Und Jacob Wied auch.«

»Was ist mit dem Psychologen von Claudia Berchem?«

»Leon Bech? Nein. Er ist zu sehr persönlich involviert. Ich glaube, er war bis über beide Ohren in Claudia verliebt. Es ist besser, wenn andere den Fall ganz neutral betrachten. Ohne dass dabei Gefühle mit im Spiel sind.«

34

Martin Dahl schlägt die Augen auf. Er hat geschlafen. Sein Körper muss einfach kapituliert haben. Seine Arme sind schwer. Sie lassen sich nicht bewegen. Einen Moment hat er das Gefühl, wieder in Plastikfolie eingewickelt zu sein, doch als er an sich hinunterschaut, sieht er nur seine Kleidung. Das zerrissene Hemd. Die verdreckte, blutige Hose.

Er liegt auf dem nackten Boden. Vor ihm flimmern lauter weiße und schwarze Punkte über den Bildschirm. Die Videoaufnahme ist zu Ende, und er erinnert sich nicht daran, ob er sie ganz gesehen hat oder ob er vorher eingeschlafen ist. Selbst wenn ihn die Bilder des kleinen Jungen in dem dunklen, niedrigen Raum mit einem Grauen erfüllt haben, das sich nur mit der Angst um seine eigenen Kinder vergleichen lässt, haben sie ihm trotzdem auch das Gefühl gegeben, hinter der zugemauerten Tür nicht vollkommen allein zu sein. Jetzt, da der Junge vom Flimmern auf dem Bildschirm abgelöst wurde, packt Martin wieder die Einsamkeit.

Die Welt um ihn herum verschwimmt. Sein Augenlicht schwindet und kehrt wieder, als würde jemand in seinem Schädel einen Schalter betätigen. Sein Gehörsinn verlässt ihn. Das Geräusch seiner Füße, die über den Betonboden schaben, scheint plötzlich aus kilometerweiter Entfernung zu ihm vorzudringen.

Fühlt es sich so an zu sterben? Die Gliedmaßen erlahmen, und die Organe versagen nach und nach, weil sie nicht mehr durchblutet werden. Gehörsinn und Sehvermögen werden schwächer und schwinden schließlich ganz.

Wenn er jetzt wirklich sterben muss, will er wenigstens nicht allein sterben.

Mühsam hebt er den Arm ein wenig vom Boden. Führt ihn zum Videogerät. Drückt auf Wiedergabe.

Nichts passiert. Das Gerät gibt ein Knurren von sich, doch auf dem Bildschirm erscheint kein Bild. Ihm kommt der Gedanke, dass er zurückspulen muss, um die Aufnahme noch einmal zu sehen. Er findet die richtige Taste. Hört, wie das Band zurückgespult wird.

Aus dem Gerät ertönt ein Klicken. Ein summendes Geräusch. Und dann kommt wieder das grünliche Bild des kahlen Raumes. Der Junge ganz hinten in der Ecke. Er krabbelt näher, sodass sein Gesicht zu sehen ist.

Doch nun erblickt Martin darin nicht mehr das Gesicht des Jungen. Er sieht Sofias Gesicht.

Er blinzelt, und auf einmal sitzt Marias Kopf auf dem krabbelnden Körper. Lenes. Sein eigener. Das weiße Gesicht mit den schwarzen Augen.

Schwarz, denkt er benommen. Er friert, und zugleich ist ihm warm. Er sieht einen schwarzen Sportwagen vor seinem inneren Auge. Einen Ferrari. Am Steuer sitzt Don Johnson und winkt ihm zu. Don Johnson in einem weißen Anzug. Martin muss lächeln. Don Johnson ist gekommen, um ihm gewissermaßen auf dem Sterbebett einen Besuch abzustatten. Don Johnson, der Grund, warum Martin zur Polizei wollte.

Das hat er nie jemandem erzählt. Weder seinen Freunden noch seinen Kollegen. Nicht einmal seiner Frau. Den kleinen, schwarzen Sportwagen auf dem Fensterbrett zu Hause in Valby hat sie akzeptiert, doch sie weiß nicht, warum er dort steht. Sie weiß nicht, dass dieser Wagen den letzten Rest von Martins Jungentraum symbolisiert, das einzige maskuline Element in einer sonst durch und durch pastellfarbenen Welt.

Martin war zwölf Jahre alt, als die Serie *Miami Vice* mit den Polizisten Crockett und Tubbs zum ersten Mal im dänischen Fernsehen ausgestrahlt wurde, und von der ersten Folge an wusste er, dass er einmal genauso wie Don Johnson werden wollte. Oder, besser gesagt, wie Don Johnsons Figur James »Sonny« Crockett. Crockett stand für Martins wildeste Träume: Er sah gut aus, kämpfte gegen die bösen Drogenbarone in Florida, hatte ein Krokodil als Haustier und fuhr einen offenen, schwarzen Ferrari. In Wirklichkeit war es wahrscheinlich nur eine umgebaute Corvette, doch das war nicht zu sehen. Und natürlich übte er auch eine gewisse Anziehungskraft auf die weiblichen Wesen aus, für die Martin sich allmählich zu interessieren begann. Damals konnte er kaum sagen, was er cooler fand: Crocketts Wirkung auf Frauen oder das Krokodil, das sein Boot bewachte. Martin hatte auch eine Spielzeugpistole, die Crocketts Browning BDA zum Verwechseln ähnlich sah. Einer ganz besonderen Pistole, bei der es sich in Wirklichkeit um eine deutsche SIG Sauer P220 handelte, die aber von dem Waffenproduzenten Browning in die USA importiert worden war.

Zu seiner Konfirmation zwei Jahre später trug Martin einen weißen Anzug und ein rosarotes T-Shirt, genau wie Sonny Crockett. Das Rosa verlieh seiner sowieso schon blassen Haut einen rötlichen Schimmer, der ihn wie ein Schwein aussehen ließ. Seine Mutter hatte unzählige Male versucht, ihm dieses Outfit auszureden, weil sie dabei nicht wie ihr Sohn an Pistolen, Verfolgungsjagden und Polizeimarken dachte, sondern an Grasflecken an den Knien und Colaflecken auf dem weißen Jackett. Aber sie hatte ja auch keine Ahnung, dass das nicht nur eine Modelaune war, sondern der Beginn eines ganzen Lebens in Sonny Crocketts Fußspuren.

Martin hat oft darüber nachgedacht, in welchem Alter er diesen Traum wohl aufgegeben hat. Und in welchem Alter er damit anfing, sich über diese unerreichbaren Träume lustig zu machen und den Kopf darüber zu schütteln, dass er sie jemals für realistisch gehalten hatte.

Ein Ferrari? Mit einem Polizistengehalt? Ha!

Als Frauenheld kann er sich auch nicht gerade bezeichnen. Es gab immer nur Lene. Sie war die Erste und Einzige.

Und jetzt sieh dir an, was daraus geworden ist. Sieh dir an, wie das alles den Bach runtergegangen ist.

Er hat sich abgemüht, um auf der Karriereleiter emporzuklettern. Hat viel mehr gearbeitet, als von ihm verlangt wurde. Hat darauf gehofft, dass er vielleicht irgendwann mal die Chance bekäme zu beweisen, was in ihm steckt. Dann hätte er sein schlechtes Gewissen seiner Familie gegenüber wenigstens damit beruhigen können, dass er als Entschädigung für die vielen Stunden, die er nicht zu Hause war, klare, berufliche Erfolge vorzuweisen hatte. Doch als er die Gelegenheit hatte, ein für alle Mal sein Können unter Beweis zu stellen, war er einfach nicht gut genug. Er hat die Leitung der Ermittlungsgruppe übernommen, als Nyland nach dem Gemetzel im Uniklinikum im März beurlaubt wurde. Und er hat wie immer Tag und Nacht geschuftet, um den Mann zu finden, der Nyland niedergestochen, mehrere andere Menschen getötet und ein junges Mädchen entführt hatte. Er hat unzählige Vernehmungen veranlasst. Hat mit allen und jedem gesprochen, der auch nur im Entferntesten etwas mit der Sache zu tun haben konnte. Und trotzdem war es letztlich Nyland, der sich quasi vom Krankenbett aus einmischte und den Fall im Handumdrehen aufklärte. Mit einer Leichtigkeit, die Martins Anstrengungen als völlig überflüssig dastehen ließen. Das Ganze war die reinste Zeitverschwendung gewesen.

Martin atmet aus. Lässt die Luft ganz langsam durch den Mund entweichen. Er hat das Gefühl, dass er vielleicht nicht mehr die Kraft hat, noch einmal einzuatmen, und versucht deshalb, die ihm verbleibende Zeit in die Länge zu ziehen. Will den unausweichlichen Moment, in dem ihm klar wird, dass das Leben vorbei ist, so weit wie möglich hinauszögern.

Er weiß nicht genau, woran er gerade stirbt. Ob er aus den tiefen Wunden im Bauch zu viel Blut verloren hat oder ob er auch innere Blutungen hat. Mit Sicherheit weiß er nur, dass seine Kräfte zunehmend schwinden. Dass er nicht mehr viel Zeit hat.

Stunden? Minuten? Sekunden?

Lene, denkt er. *Sofia, Maria und Lene.*

Er würde alles dafür geben, jetzt bei ihnen zu sein, statt seine letzten Momente mit einem namenlosen, gestörten Kind auf einem Fernsehbildschirm zu verbringen.

35

Thomas hat feuchte Handflächen, als er den Blick hebt und ihn über die Versammlung im Konferenzraum des Polizeipräsidiums von Aarhus schweifen lässt. Er sitzt am Kopfende des Tisches. Nicht freiwillig, sondern nur, weil das der einzige freie Platz war, als er in den Raum kam. Auf der rechten Seite des Tisches, direkt am Fenster, sitzen Rikke Møller, Ida Rasmussen und Jacob Wied. Ihnen gegenüber haben Haluk Soydan und Anne-Sophie Skovby Platz genommen.

»Danke, dass Sie gekommen sind«, brummt Thomas. »Vor allem Sie beide, Ida und Jacob. Wie Sie wissen, suchen wir momentan nach Emma Berchem und Martin Dahl …«

Er hält inne. Seine Stimme bebt ein wenig, doch er hofft, dass es niemandem auffällt. Er hasst es, vor größeren Versammlungen zu reden, und aus Thomas' Sicht ist alles über vier Personen eine größere Versammlung. Vor seiner eigenen Ermittlungsgruppe kann er mit der aufkommenden Nervosität mittlerweile umgehen. In ihrer Gegenwart muss er seine Unsicherheit wohl oder übel im Griff haben, da alles andere seine Autorität infrage stellen würde. Sobald jedoch unbekannte Augenpaare auf ihn gerichtet sind, ist nichts mehr zu machen. Dann kann sein Körper die innere Sprinkleranlage mit dem kalten Schweiß im Bruchteil einer Sekunde voll aufdrehen.

Er schaut auf den Tisch, wo er ein paar Fotos, die die Techniker in Kaspar Jensens Wohnung gemacht haben, zu einem kleinen Stapel aufgeschichtet hat.

»Würdest du die bitte mal rumgeben?«, sagt er und reicht die Fotos Rikke Møller.

Sie sieht den Stapel durch und gibt ihn dann weiter an Ida Rasmussen.

»Wie Sie ja schon alle wissen, haben wir heute Abend in einer Wohnung hier in Aarhus die Leiche eines jungen Mannes gefunden. Kaspar Jensen. Die Fotos stammen aus seiner Wohnung, und ein paar davon zeigen auch seine Leiche. Die schlimmsten habe ich bereits aussortiert, aber der Rest kann immer noch starke Reaktionen hervorrufen.«

Ida Rasmussen verzieht angewidert das Gesicht, als sie eine Nahaufnahme von Kaspar Jensens aufgeschlitztem Hals aus dem Stapel zieht, und Rikke Møller wirft Thomas einen vorwurfsvollen Blick zu.

»Tut mir leid«, murmelt er. »Ich dachte, das wäre aussortiert.«

»Schon gut«, presst Ida Rasmussen mit erstickter Stimme hervor und legt das Bild zuunterst in den Stapel.

»Entscheidend sind eigentlich nicht seine Wunden oder die Art und Weise, wie er umgekommen ist. Wichtig ist vor allem die Maske, die er trägt«, fährt Thomas fort. »Darüber werden wir gleich sprechen. Aber zuerst möchte ich Ihnen ein paar Hintergrundinformationen geben.«

Er räuspert sich.

»Kaspar Jensen war ein Bekannter von Claudia Berchem, also der Frau, die bei dem Verkehrsunfall gestern Abend ums

Leben gekommen ist. Von 2003 bis 2005 haben die beiden zusammen in einem Café hier in Aarhus gearbeitet. Claudia hatte in dieser Zeit diverse Männerbekanntschaften, aber die Kollegen im Café sagen, dass die Beziehung zu Kaspar Jensen etwas Besonderes war. Wir ...«

»Etwas Besonderes?«, unterbricht Ida Rasmussen. »Was heißt das?«

»Kaspar Jensen war der einzige Mann, zu dem sie über einen längeren Zeitraum Kontakt hatte. Alle anderen hat sie nur benutzt und anschließend fallen lassen wie heiße Kartoffeln. Wir gehen im Moment davon aus, dass Claudia und Kaspar ein romantisches Verhältnis hatten und dass Kaspar vielleicht der Vater von Claudias Tochter Emma war. Doch bisher haben wir für diese Theorie keine handfesten Beweise. Wir glauben, dass Claudia auf der Flucht vor Kaspar Jensen war, als sie unter falschem Namen nach Lolland zog, dass er sie aber aufgespürt hat und hinter ihr her war, als sie gegen den Baum gefahren ist. Claudias und Emmas Nachbarin hat uns beschrieben, dass sie am Freitagabend vor ihrem Fenster eine Person gesehen hat, die genau so eine Maske trug, wie wir sie auch an Kaspar Jensens Leiche gefunden haben.«

Er macht eine Pause, um sich zu vergewissern, dass ihm alle folgen können. Jacob Wied hat gerade den Stapel Fotos in der Hand und studiert sie mit leicht schräg gelegtem Kopf.

»Martin Dahl kam zufällig am Unfallort vorbei«, fährt Thomas fort. »Er hat versucht, lebensrettende Sofortmaßnahmen bei Emma durchzuführen, doch währenddessen ist, so die Theorie, Kaspar Jensen aufgetaucht. Er hat Martin Dahl vermutlich überfallen und ihn und Emma mitgenommen. Was er mit ihnen gemacht hat und wo er sie versteckt hat, können wir nicht sagen. Aber wir wissen, dass er sich heute Abend in seiner Wohnung aufgehalten und aller Wahrscheinlichkeit nach Selbstmord begangen hat. Vielleicht, weil er wusste, dass wir ihm auf den Fersen waren, oder weil ihm das, was er getan hat, ein schlechtes Gewissen bereitete.«

»Er hat sich also selbst die Kehle aufgeschlitzt?«, fragt Ida Rasmussen. »Ist das überhaupt möglich?«

»Das kommt darauf an, in welchem Zustand er sich befand«, antwortet Rikke Møller. »Unter Einfluss von Alkohol oder Drogen ist so etwas leichter.«

»Stand er denn unter Drogeneinfluss?«

»Wir warten noch auf den toxikologischen Bericht. Aber ich sollte vielleicht erwähnen, dass Kaspar Jensens Hals nur zur Hälfte aufgeschlitzt war. Vom rechten Ohr bis zum Adamsapfel. Er hat sich die rechte Halsschlagader aufgeschnitten und ist möglicherweise mittendrin in Ohnmacht gefallen. Doch ganz egal, was genau sich zugetragen hat, wir haben immer noch vor allem ein Ziel: Wir wollen Emma Berchem finden. Und wir wollen Martin Dahl finden. Wenn wir davon ausgehen, dass Kaspar Jensen die beiden aus dem Weg geräumt hat, müssen wir uns in ihn hineinversetzen. Wir müssen ihn kennenlernen. Wir müssen herausfinden, was er gedacht hat, als er plötzlich mit Emma und Martin Dahl auf einer dunklen Landstraße stand und ein Versteck für sie finden … oder ihre Leichen beseitigen musste.«

»Hatte Kaspar Jensen ein Auto?«, meldet sich Jacob Wied zu Wort.

»Wieso fragen Sie?«

»Wenn er das Mädchen und Ihren Kollegen mitten auf einer Landstraße aufgegabelt hat, dann muss er doch mit dem Auto dort hingefahren sein, oder?«

»Kaspar Jensen hatte kein Auto«, sagt Thomas. »Aber Rosa Mayer hat eins. Die Frau, auf deren Namen auch das Girokonto läuft, auf das Kaspar Jensens Lohn überwiesen wurde. Es ist ein alter Peugeot. Ein Kombi.«

Jacob Wied hält ein Foto aus Kaspar Jensens Wohnung hoch.

»Was ist das hier?«, fragt er und zeigt das Bild am Tisch herum.

»Das ist eine Puppe«, sagt Thomas.

»Eine Puppe?«

»Ja. Die habe ich in Kaspar Jensens Wohnung gefunden. Sie ist aus Stoff genäht, wie eine ganz normale Stoffpuppe eben. Nur dass sie ein Meter achtzig groß ist.«

»Eine Stoffpuppe von der Größe eines erwachsenen Mannes?«, sagt Ida Rasmussen.

»Ja. Ist irgendjemandem von Ihnen so eine Puppe schon einmal begegnet?«

Alle Versammelten wenden sich der Kinderpsychologin und dem Anthropologen zu, und Thomas spürt, wie sofort ein Teil des Drucks von ihm abfällt.

Ida Rasmussen und Jacob Wied sehen einander an.

»Nein«, sagt Jacob Wied dann. »Ich habe ja schon viele merkwürdige Sachen gesehen, aber diese Variante hier ist mir auch neu.«

»Und Sie, Ida?«, fragt Thomas.

»Ich auch nicht.«

»Welchen unmittelbaren Eindruck haben Sie davon?«

Keiner der beiden sagt etwas.

Thomas zieht sein Handy aus der Tasche. Holt das Foto von der Maschendrahtfigur aus Rosa Mayers Keller aufs Display und reicht das Handy dann weiter an Ida Rasmussen und Jacob Wied.

»Was ist hiermit?«, fragt er.

Sie schütteln beide den Kopf.

»Die Figuren haben das gleiche Gesicht«, sagt Ida Rasmussen. »Sie wurden vielleicht von derselben Person angefertigt. Und sie haben beide diesen schwarzen Ring oder Zylinder im Brustkorb.«

»Können Sie uns nicht noch ein bisschen mehr über Kaspar Jensen erzählen?«, bittet Jacob Wied. »Abgesehen davon, dass er kein eigenes Auto hatte und möglicherweise mit Claudia Berchem zusammen war.«

»Doch, ja. Wie Sie ebenfalls auf den Fotos sehen können, sind vor allen Fenstern in seiner Wohnung Verdunkelungsrollos angebracht. Die gleiche Sorte Rollo haben wir auch in einem Zimmer in Rosa Mayers Haus gefunden. Wir glauben, dass er vielleicht bei ihr aufgewachsen ist oder zumindest als Jugendlicher dort gewohnt hat.«

»Aber das ist nicht sicher?«

»Nein. Kaspar Jensens erste offiziell gemeldete Adresse ist die Wohnung in Aarhus. Seine Geburt wurde nirgendwo registriert, und ihm wurde nie eine Personennummer zugeteilt – oder zumindest nicht unter dem Namen Kaspar Jensen. Bis auf Rosa Mayer haben wir bisher niemanden gefunden, der etwas mit ihm zu tun hatte, bevor er vor zehn Jahren plötzlich in dem Café in Aarhus aufgetaucht ist und nach Arbeit gefragt hat.«

»Dann überlegen Sie also, ob dieser junge Mann möglicherweise ein wildes Kind war?«, sagt Jacob Wied und blickt in die Runde. »Das ist ja wohl der Grund, warum ich hier bin.«

Rikke Møller nickt, aber Thomas gibt die Frage an den Anthropologen zurück. »Was glauben Sie selbst?«

»Das kommt darauf an … Was wissen Sie sonst noch über ihn? Er hat in einem Café gearbeitet, sagten Sie?«

»Ja. Vor zehn Jahren ist er dort aufgekreuzt und hat nach einem Job gefragt.«

»Wie alt war er zu diesem Zeitpunkt?«

»Ungefähr achtzehn.«

»Und da verfügte er über eine wohlentwickelte Sprache?«

»Äh, ja, zumindest konnte er sich nach einer Stelle erkundigen. Warum?«

»Weil es Jahre dauern kann, bis Kinder, die in Isolation aufgewachsen sind, ein einigermaßen funktionierendes Sprachsystem entwickelt haben. Man geht sogar davon aus, dass es eine obere Grenze dafür gibt, wie spät man überhaupt sprechen lernen kann. Darüber haben wir doch neulich schon gesprochen, oder?«

»Ja.«

»Nur um es Ihnen anderen kurz zu erklären: Sprechen zu lernen ist so gut wie unmöglich, wenn man bis zu einem bestimmten Alter in völliger Isolation gelebt hat. Aber dieser junge Mann hier konnte sich offenbar so weit verständlich machen, dass er nach einem Arbeitsplatz fragen konnte.«

»Dann meinen Sie also, dass er nicht in Isolation aufgewachsen sein kann? Sie haben mir doch von einem Mädchen erzählt, das in England eingesperrt war. Sie hat sprechen gelernt, weil ihre Mutter ihr durch einen Lüftungsschacht Schlaflieder vorgesungen hat.«

»Isabella. Sie hat ein paar Wörter gelernt, ja. Und nein, ich meine nicht, dass er nicht isoliert gewesen sein kann. Aber genau wie Isabella hat er seine Sprache von irgendwem übernommen. Wir können nicht einfach von Natur aus alle irgendwann sprechen, so wie wir krabbeln und essen können. Jemand muss es ihm beigebracht haben. Vielleicht die Frau, die Sie erwähnt haben.«

»Rosa Mayer?«

»Ja, genau. Wenn sein Girokonto auf ihren Namen lief und er vielleicht ihr Auto fuhr, dann könnte sie auch diejenige sein, die ihn eingesperrt und ihm das Sprechen beigebracht hat.«

»Die Kollegen im Café haben Kaspar Jensen auch als sehr verschlossen beschrieben«, sagt Thomas. »Fast schon autistisch. Sie haben Züge an ihm beobachtet, die Emma ebenfalls aufweist.«

Er spricht mit Absicht in der Gegenwartsform von Emma Berchem, auch wenn ihm klar ist, dass die Wahrscheinlichkeit, sie lebendig zu finden, mittlerweile sehr gering ist. Vor allem, wenn sich die Annahme bestätigt, dass Kaspar Jensen sie aus dem Weg geschafft hat. Sollte sie tatsächlich seine Tochter sein und noch leben, warum hatte er sie dann nicht bei sich in der Wohnung?

»Ist Ihnen in der Wohnung noch etwas anderes aufgefallen? Außer, dass sie abgedunkelt war?«, fragt Ida Rasmussen.

»Nein«, murmelt Thomas. »Oder doch: Auf einem Regal über dem Bett stand eine Sammlung Actionfiguren. So kleine Spielzeugfiguren aus Plastik.«

»Einige dieser Kinder werden zu Sammlern«, wirft Jacob Wied ein. »Das ist ein natürlicher Instinkt, der bei wilden Kindern zu beobachten ist. Und auch in Fällen von … sagen wir mal … *normaler* grober Misshandlung. Ich habe Ihnen doch von Genie erzählt, oder? Dem Mädchen aus Kalifornien, das von seinem Vater eingesperrt wurde?«

»Ja, haben Sie.«

»Sie hat ja, wie gesagt, Gegenstände gesammelt, mit denen sie spielen konnte. Die Spielzeugfiguren haben Kaspar Jensen vielleicht ein Gefühl von Sicherheit vermittelt.«

Dem hat niemand im Raum etwas hinzuzufügen, und am Tisch macht sich Schweigen breit.

»Was ist mit der Puppe?«, fragt Thomas, um das Gespräch wieder anzukurbeln. »Ist das eine Voodoopuppe? Eine Art Sexspielzeug? So etwas wie ein Kuscheltier?«

»Sie hat keine Löcher«, bemerkt Anne-Sophie Skovby.

Alle Blicke richten sich auf sie.

»Na, eine Sexpuppe kann es ja wohl nicht sein, wenn man ihn nirgendwo reinstecken kann, oder?«, sagt sie.

»Zumindest ist es keine herkömmliche Sexpuppe«, meint Ida Rasmussen. Sie hat ein Foto von der Puppe in der Hand. Deutet mit ihrem schlanken Zeigefinger darauf. »Was ist das hier? Dieser schwarze Kreis auf der rechten Brust? Sowohl die Puppe als auch die Maschendrahtfigur haben das.«

»Das wissen wir nicht«, antwortet Thomas. »Das ist irgendeine Vertiefung. Sie ist etwa vier Zentimeter tief und aus festem, schwarzem Plastik. Warum?«

»Ich muss gerade daran denken, was Jacob über das Gefühl von Sicherheit gesagt hat. Wenn die Actionfiguren Kaspar Jensen Sicherheit vermitteln konnten, dann war das mit der Puppe hier vielleicht so ähnlich. Das ist ein Frauenkörper, allerdings ohne Geschlechtsorgane. Das heißt, etwas explizit Sexuelles war nicht damit verbunden. Die Puppe sieht sogar irgendwie abstoßend aus. Hässlich. Das Gesicht ist einfach aufgemalt, und zwar nicht besonders sorgfältig. Der einzige Körperteil, der wirklich hervorsticht, ist der Brustkorb.«

Sie umkreist die Brustpartie mit dem Finger.

»Und wenn die Brüste nicht mit etwas Sexuellem verbunden sind, könnten sie mit etwas Mütterlichem verbunden sein. Mit dem Stillen. Welchen Durchmesser hat die schwarze Vertiefung?«

»Etwa fünf Zentimeter«, antwortet Thomas. »Warum?«

»Weil sie sich genau dort befindet, wo normalerweise die rechte Brust sitzt. Ich glaube, das ist so eine Art Becherhalter. Oder genauer gesagt: ein Fläschchenhalter.«

Es wird gemurmelt, und Ida Rasmussen sieht in die Runde, um herauszufinden, wie die anderen ihre Idee aufnehmen.

»Vielleicht kann diese Puppe hier stillen«, sagt sie dann. »Kaspar Jensen könnte an ihrer Brust getrunken haben.«

36

Die Nahaufnahme der schwarzen Plastikvertiefung im Brustkorb der Puppe macht die Runde um den Tisch.

»Die meisten Menschen empfinden eine mehr oder weniger ausgeprägte Sehnsucht danach, wieder Kind zu sein«, sagt Ida Rasmussen. »Bei einigen äußert sich dies in anormalem Verhalten. Es gibt zum Beispiel Menschen, die gern Windeln tragen und gewickelt werden, und es gibt Männer, die Prostituierten hohe Summen zahlen, um von ihnen noch einmal wie ein Baby behandelt zu werden. Vielen von uns bereitet die emotionale Bindung an unsere Mutter Probleme.«

»Aber kann Kaspar Jensen die Puppe nicht auch einfach von seinen Freunden bekommen haben?«, schlägt Haluk Soydan vor. »Sie sagen selbst, dass er ein verschlossener Typ war. Er hatte es sicher nicht leicht bei Frauen, und seine Freunde haben sich vielleicht einen Spaß daraus gemacht, ihm diese Puppe zu schenken.«

»Das könnte sein«, erwidert Ida Rasmussen. »Mit Kaspar Jensens Freunden habe ich ja nicht gesprochen, aber das haben Sie sicher?«

»Wir untersuchen das«, sagt Thomas. »Aber ich bezweifle, dass die Puppe ein Geschenk von seinen Freunden war. Nichts deutet darauf hin, dass Kaspar Jensen so etwas wie Freunde hatte. Das Personal im Café mochte ihn zwar, aber besonders gut kannte man ihn dort nicht, und seine gesellschaftlichen Kontakte – wenn man in seinem Fall überhaupt von etwas Derartigem sprechen kann – haben sich auf die Leute im Café beschränkt.«

»Und das würde auch nicht die Vertiefung im Brustbereich erklären«, ergänzt Rikke Møller.

Haluk Soydan hebt beschwichtigend die Hände. »Ist ja schon gut. Ich versuche nur, ein bisschen kritisch zu sein. Sie müssen doch zugeben, dass diese Geschichte hier ziemlich bizarr ist.«

»Ja«, brummt Thomas. »Und Ihre Kritik weiß ich sehr zu schätzen. Ich wollte Ihre Frage auch nicht einfach vom Tisch fegen, als ich gesagt habe, dass wir das untersuchen werden. Ich habe es so gemeint. Das muss untersucht werden. Aber wenn wir mal für einen Moment davon ausgehen, dass er sich von der Puppe stillen ließ, was sagt uns das über ihn?«

»Das Naheliegende«, antwortet Ida Rasmussen knapp.

»Und was ist das Naheliegende?«

»Dass ihm in seiner Kindheit die Nähe einer liebevollen Mutter gefehlt hat. An der Brust der Puppe zu trinken kann ihm ein Gefühl von Sicherheit gegeben haben.«

»Ödipuskomplex?«, fragt Haluk Soydan.

»Nein«, sagt Ida Rasmussen. »Beim Ödipuskomplex geht es zwar um eine Art sexuelle Stimulierung durchs Stillen, aber das ist trotzdem etwas völlig anderes. Es geht dabei vor allem darum, dass der Säugling beim Stillen eine Stimulierung erfährt und infolgedessen eine starke emotionale Bindung an die Mutter entwickelt. Als kleiner Junge wird er dann versuchen, seinen Vater zu verdrängen, um selbst mehr

Zeit mit der Mutter zu haben, und es entwickeln sich ein unterbewusstes sexuelles Hingezogensein zur Mutter und ein Hass auf den Vater, weil es dem Kind nicht gelingt, den größeren und stärkeren Konkurrenten zu beseitigen. Später, wenn der Junge versteht, dass er seine Mutter nicht haben kann, sucht er stattdessen nach einer Frau, die ihn an sie erinnert.«

»Und das ist nicht das, wovon wir hier reden?«, entgegnet Haluk Soydan.

»Nein. Wie gesagt, scheint es hier eher um die entweder völlige oder partielle Abwesenheit einer Mutter zu gehen.«

»Was ist mit der Maschendrahtfigur?«, fragt Thomas.

»Das könnte ein früherer Entwurf für die Puppe sein«, sagt Ida Rasmussen. »Eine Art Prototyp, den er wieder verworfen hat.«

»Aber warum steht sie dann bei Rosa Mayer im Keller? Wenn Kaspar Jensen dort aufgewachsen ist, dann hatte er doch eine Mutter. Ganz egal, ob sie nun seine biologische Mutter ist oder nicht.«

»Dazu kann ich erst etwas sagen, wenn ich mit ihr gesprochen habe.«

Thomas fährt sich mit der Hand über die Bartstoppeln.

»Okay«, sagt er dann. »Ist unser Szenario denn überhaupt realistisch? Claudia fängt in einem Café in Aarhus an. Sie ist gerade erst in die Stadt gekommen, nachdem ihre Mutter sie zu Hause rausgeworfen hat. Als Kind wurde sie vernachlässigt und missbraucht. Sie ist sexuell überaus aggressiv und hat während ihrer Zeit in Aarhus Hunderte von Männern. Gleichzeitig lernt sie in diesen Jahren Kaspar Jensen im Café kennen. Einen in sich gekehrten jungen Mann, der in der Küche arbeitet. Ohne Freunde. Ohne Vergangenheit. Schüchtern und mit autistischen Zügen.«

»Ein ungleiches Paar«, sagt Haluk Soydan.

»Keineswegs«, wirft Ida Rasmussen ein. »Sie übersehen das Offensichtliche.«

»Und das wäre?«

»Na, was Thomas gerade eben gesagt hat: Sie wurden beide von ihrer Mutter vernachlässigt. Diese grundlegende Enttäuschung konnten sie einander sicher ansehen. Man könnte auch sagen, sie haben im jeweils anderen eine Art Seelenverwandten gefunden, auch wenn sie, oberflächlich betrachtet, nicht sonderlich viel gemeinsam hatten. Sie dachten beide, dass sie mit ihren Erfahrungen ganz allein dastünden. Dass kein anderer sie jemals verstehen könnte. Und dann treffen sie plötzlich doch jemanden, der nicht nur behauptet, das Erlebte nachvollziehen zu können, sondern der genau das Gleiche durchgemacht hat.«

»Könnte die Begegnung zwischen Kaspar und Claudia dazu geführt haben, dass Claudia sich vollkommen zurückgezogen hat? Sieben Jahre lang hat niemand mehr etwas von ihr gehört oder gesehen. Und dann taucht sie plötzlich am anderen Ende des Landes mit einer sechsjährigen Tochter wieder auf.«

Ida Rasmussen zögert. »Für Claudias Verschwinden kann es viele Gründe gegeben haben. Zunächst einmal konnte sie sicher kaum noch in Aarhus auf die Straße gehen, ohne einem der Männer zu begegnen, mit denen sie zusammen gewesen war. Besonders groß ist die Stadt ja nicht. Und angenommen, sie hatte auf einmal den brennenden Wunsch, ihr Leben zu ändern, dann könnte ein totaler Rückzug eine Möglichkeit für sie gewesen sein, das umzusetzen. Vor allem, nachdem sie Mutter geworden war. Vielleicht wollte sie Emma auch verstecken, weil sie befürchtete, man könnte ihr das Sorgerecht entziehen. Kaspar und Claudia wären sicher von den Behörden überwacht worden, wenn bekannt geworden wäre, dass sie Eltern geworden waren. Zwei traumatisierte, psychisch labile Menschen, die zusammen ein Kind haben? Da hätten sämtliche Alarmglocken geläutet.«

»Mm-hm«, brummt Thomas. »Aber eine Sache passt nicht ins Bild.«

»Und welche?«

»Es gibt keinen Hinweis darauf, dass Kaspar Jensen und Claudia Berchem zusammengewohnt haben. Kaspar hatte seine Wohnung schon seit zehn Jahren, und von den Nachbarn kann sich niemand daran erinnern, dass jemals eine Frau und ein Kind bei ihm gewohnt hätten.«

»Tja«, sagt Ida Rasmussen. »Als Paar braucht man ja nicht unbedingt zusammenzuwohnen. Man kann auch ein gemeinsames Kind haben, ohne sich eine Wohnung zu teilen. Es ist sogar eher unwahrscheinlich, dass Kaspar und Claudia in der Lage waren, eine ganz normale Partnerschaft zu führen und ganz normale Eltern zu sein. Bedenken Sie nur, welchen Hintergrund die beiden hatten. Wie gestört sie waren.«

»Natürlich. Aber man sollte doch meinen, dass Kaspar Jensen zumindest ab und zu mal Besuch von Claudia und Emma hatte.«

»Nicht, wenn Claudia sich von Aarhus und ihrem alten Bekanntenkreis fernhalten wollte. Vielleicht war Kaspar Jensen ja bei ihr zu Besuch, wenn sie sich treffen wollten.«

»Das sehe ich genauso«, sagt Jacob Wied. »Wenn wir davon ausgehen, dass Kaspar Jensen in den ersten Jahren seines Lebens vielleicht überhaupt keinen Kontakt zu Erwachsenen hatte, dann war es ihm sicher unmöglich, eine normale Beziehung einzugehen. Selbst wenn er seine Seelenverwandte getroffen hatte.«

37

Die Empfangsdame im Hotel Royal nimmt den Zimmerschlüssel von der Schlüsselwand hinter dem Rezeptionstresen und reicht ihn Thomas. Über ihr hängt ein Gemälde einer bunt gemischten Gruppe von Menschen. Junge. Alte. Frauen. Männer. Einer von ihnen kommt Thomas bekannt vor. Ein ehemaliger Bürgermeister. Und er nimmt an, dass die anderen ebenfalls irgendwelche wichtigen Positionen innehaben, auch wenn er sie nicht kennt.

Er nimmt den Aufzug hinauf in die vierte Etage, wo sich sein Zimmer befindet. Hat große Lust, sich auf den Stuhl fallen zu lassen, der in einer Ecke des Aufzugs steht, hält sich aber aufrecht. Er weiß nicht, ob er wieder hochkommen würde, wenn er erst einmal sitzt.

Auf dem Flur im vierten Stock begegnet er Jacob Wied, der gerade aus einem der Zimmer kommt.

»Ach, hat man Sie auch hier einquartiert?«, sagt der Anthropologe. »Ich bin gerade auf dem Weg nach draußen, um zu sehen, ob ich noch einen Happen zu essen bekomme. Hier in der Nähe soll es irgendwo eine Schawarma-Bude geben, die nachts offen hat. Wollen Sie mitkommen?«

Thomas winkt ab, und Jacob Wied klopft ihm im Vorbeigehen auf die Schulter. Wenig später hört Thomas ihn die Treppe zum Eingangsbereich hinunterlaufen.

Natürlich nimmt er die Treppe, denkt Thomas, als er die Tür zu seinem Zimmer aufschließt, aus dem ihm ein säuerlicher Schweißgeruch entgegenschlägt. Diesen Geruch hat er selbst im Zimmer hinterlassen, aber trotzdem ist er davon angewidert. Der Mief erinnert ihn an den Gestank zu Hause auf dem Bauernhof. Den Gestank nach Schweinestall.

Ihm wird ganz anders, als er daran denkt, dass er während seiner Besuche bei Pernille Køng und Leon Bech sicher auch schon so gerochen hat. Und während er den Fall hier auf dem Zimmer mit Rikke Møller und im Präsidium mit seinen Kollegen diskutiert hat.

Was die wohl über mich gedacht haben?

Er zieht sich aus, geht ins Badezimmer und stellt sich unter die Dusche. Erst als er wieder zum Bett zurückkommt, fällt ihm ein, dass er überhaupt nichts zum Wechseln dabeihat. Er wird wohl oder übel die alte Unterhose und das verschwitzte T-Shirt noch einmal anziehen müssen.

Er denkt an Jacob Wied. Der Anthropologe ist im gleichen Alter wie Thomas, doch das sieht man ihm nicht an. Er ist durchtrainiert und hat einen breiten Brustkorb. Er strotzt nur so von Energie. Aber nicht von dieser rastlosen, Schlaf raubenden Art von Energie, die Thomas' Körper beherrscht. Statt aus regelmäßigen Adrenalinstößen, Angst und Schokocroissants bezieht Jacob Wied seine Energie aus Brokkoli und Krafttraining.

Eigentlich müssten sie sich viel ähnlicher sein. Genau wie Thomas taucht Jacob Wied Tag für Tag in die große Jauchegrube des menschlichen Gemüts ein, und beide begegnen ihren Klienten erst, nachdem die Katastrophe eingetreten ist.

Wenn der Schaden bereits angerichtet ist. Doch im Gegensatz zu Thomas, der mehr und mehr einem der Opfer gleicht, hinter denen er aufzuräumen versucht – blass und aufgedunsen wie eine Leiche, die zu lange in einem feuchten, warmen Raum gelegen hat –, erinnert Jacob Wied an einen Fitnesstrainer. Einen Gewinner. Eine Art menschlichen Mistkäfer, der zwar im Dreck lebt und sein Dasein zum größten Teil in einem Erdloch verbringt, der aber trotzdem zu den schönsten Exemplaren seiner Art gehört.

Wie macht er das nur?

Möglicherweise hat es damit zu tun, dass Jacob Wied die Nase zwischendurch auch mal aus dem Dung steckt, während Thomas sich immer tiefer hineinzugraben scheint. Sieben Monate nach dem Mord an Adam Zahle wacht er immer noch jeden Morgen mit dem Gefühl auf, im Blut seines Kollegen gelegen zu haben. Und er hofft immer noch darauf, dass Natalja ihm eines Tages seine Fehler verzeiht und ihn wieder in ihre Wohnung lässt. Aber warum eigentlich? Damals im März hat Natalja ihm nur notgedrungen die Tür geöffnet, und nichts von dem, was sie gesagt oder getan hat, gab jemals Grund zu der Annahme, dass er ihr näherkommen könnte. Genau wie Claudia Berchem war sie wie ein verwundetes Tier, und als Thomas ihr begegnete, war sie gewissermaßen gerade erst angeschossen worden. Sie war scheu. Außerstande, anderen zu vertrauen. Außerstande, sich an jemanden zu binden.

Nach Abschluss des Falls hat Thomas sich noch weiter mit Nataljas Fachgebiet, dem slawischen Volksglauben, beschäftigt. Zunächst in dem Versuch, die Grausamkeiten zu verstehen, die ihr am letzten Ermittlungstag widerfahren waren. Doch später auch, um Natalja besser zu verstehen. Ihre Faszination angesichts des alten Aberglaubens. In irgendeinem Buch – er weiß nicht mehr, in welchem – ist er auf den Ausdruck Zalozhnye gestoßen. Damit wurden im slawischen Volksglauben Menschen bezeichnet, die vor ihrer Zeit starben. Leute, die ermordet wurden oder durch einen Unfall umkamen. Diese Menschen wurden nicht in geweihter Erde begraben, sondern einfach in ein Loch geworfen. Mit Zweigen und Steinen zugedeckt. Es hieß, sie seien dazu verdammt, als Wiedergänger auf der Erde zu wandeln, bis zu dem Zeitpunkt, der für ihren natürlichen Tod vorgesehen war.

Ein Teil dieser Welt, aber außerstande, mit ihr in Kontakt zu treten.

So ist Natalja. So war auch Claudia Berchem. Und er selbst ist auf dem besten Wege, ebenfalls so zu enden.

Er hat Kopfweh. Hämmernde Schmerzen, die ihn jeden Herzschlag im Kopf spüren lassen. Er nimmt sich eine Flasche Mineralwasser aus der Minibar. Öffnet den Schraubverschluss und trinkt. Verschluckt sich fast, als es plötzlich an der Tür klopft.

Hustend öffnet er sie.

Im Flur steht Ida Rasmussen.

»Ist alles okay?«, fragt sie.

Er nickt. Noch ganz rot im Gesicht von seinem Hustenanfall.

»Ist was passiert?«, bringt er hervor.

»Nein. Ich habe mich unten an der Rezeption nach Ihrer Zimmernummer erkundigt. Eigentlich suche ich Jacob. Ich habe bei ihm angeklopft, aber er war nicht da, deshalb dachte ich, er wäre vielleicht bei Ihnen. Wissen Sie, wo er ist?«

»Ich habe ihn vorhin kurz getroffen. Er war auf dem Weg nach draußen, um sich etwas zu essen zu besorgen. Kann ich Ihnen vielleicht irgendwie weiterhelfen?«

»Möglicherweise. Mir ist ein Gedanke gekommen, den ich mit ihm besprechen wollte.«

»Vielleicht können Sie ihn ja auch mit mir besprechen. Hat es etwas mit dem Fall zu tun?«

Er tritt einen Schritt zur Seite, und sie kommt ins Zimmer.

»Setzen Sie sich«, sagt er.

»Nein danke, ich stehe lieber. Und ja, ich glaube, es hat etwas mit dem Fall zu tun. Die beiden Puppen. Die Stoffpuppe und diese andere Figur, die Sie in Rosa Mayers Keller gefunden haben.«

»Was ist damit?«

»Sagt Ihnen der Name Harlow etwas? Harry Harlow?«

»Ich glaube nicht«, antwortet Thomas. Sein pochender Kopf macht es ihm schwer, einen klaren Gedanken zu fassen. Jedes Mal, wenn er den Puls im Schädel spürt, suchen seine Gedanken Zuflucht im hintersten Winkel seines Gehirns.

»Harry Frederick Harlow war ein amerikanischer Psychologe«, erklärt sie. »Er ist durch seine Versuche mit Rhesusaffen berühmt geworden. Berühmt und berüchtigt.«

»Rhesusaffen? Was ist das?«

»Man nennt sie auch Makaken. Den Hindus sind sie heilig, aber in diesem Teil der Welt werden sie für medizinische und psychologische Versuche verwendet, weil sie so viel Ähnlichkeit mit uns Menschen haben. Harlow hat in seinen Versuchen neugeborene Äffchen von ihren Artgenossen getrennt. Einige waren vollkommen isoliert. Das heißt, sie konnten die anderen Rhesusaffen weder sehen, hören noch berühren. Andere wurden nur teilweise isoliert, sie konnten ihre Artgenossen sehen und hören, hatten aber keinen Körperkontakt zu ihnen.«

»Sie meinen also …«

»Moment. Sie müssen zuerst die ganze Geschichte hören. Ich bin mir keineswegs sicher. Das ist nur ein Gedanke, okay?«

»Okay.«

»Gut. Alle isolierten Affen haben ein anormales Verhalten an den Tag gelegt. Sie gingen immerzu im Kreis in ihren Käfigen und starrten apathisch in die Luft. Oder sie kauerten sich in einer Ecke zusammen und saßen stundenlang nur regungslos da. Sie haben sich auch selbst verletzt. Als sie aus den Isolationskäfigen herausgelassen wurden, hat Harlow versucht, sie wieder in ein normal funktionierendes Affenrudel zu integrieren. Er fand heraus, dass selbst Affen, die nur während der ersten sechs Monate ihres Lebens vollkommen isoliert gewesen waren, große Probleme damit hatten, sich in der Gruppe zurechtzufinden. Und zwar richtig große Probleme. Einige dieser Affen konnten nicht fressen und verhungerten. Sie konnten sich auch nicht paaren. Harlow hat bei manchen nachgeholfen, sodass sie trotzdem Junge bekamen, mit dem Resultat, dass eins der gestörten Muttertiere ihrem Jungen die Füße und Finger abbiss und ein anderes ihrem Jungen den Kopf einschlug.«

»Grotesk.«

»Wie ich schon sagte: Er war sehr gründlich. Aber jetzt komme ich zu dem Teil seiner Versuche, an den mich die Stoffpuppe und die Maschendrahtfigur erinnert haben: Harlow hat nämlich auch eine Versuchsreihe durchgeführt, bei der zwei sogenannte ›Ersatzmütter‹ mit in den Isolationskäfig kamen.«

»Ersatzmütter?«

»Ja. Ein Muttertier aus Draht und eins, das mit weichem Stoff umkleidet war.«

Sie macht eine kurze Pause, als wollte sie damit die Parallele zu den beiden gefundenen Figuren unterstreichen.

»Manchmal wurden beide Ersatzmütter in ein und demselben Käfig platziert«, fährt sie dann fort. »Die künstlichen Mütter hatten die gleiche Größe und Körperform wie echte, ausgewachsene Affen, und es war Harlow möglich, an beiden Figuren eine Milchflasche zu befestigen, sodass das isolierte Jungtier daran saugen konnte wie an einer echten Affenmutter.«

Thomas wird auf einmal schwindelig. Und ganz warm.

»Ich verstehe, worauf Sie hinauswollen«, sagt er. »Rosa Mayer hat Kaspar Jensen in dem Zimmer in ihrer Villa isoliert. Hinter einem Verdunkelungsrollo. Deshalb ist ihm auch nie jemand begegnet, bevor er plötzlich in dem Café hier in Aarhus aufgetaucht ist. Harry Harlows Versuche könnten sie inspiriert haben. Aber wozu das alles?«

Er setzt sich aufs Bett.

»Welche Idee steckte hinter Harlows Versuchen?«, fragt er.

»Harlow hat die Versuche durchgeführt, um mehr über die menschliche Natur zu erfahren. Rhesusaffen und Menschen sind sich, wie gesagt, sehr ähnlich, deshalb dachte er, man könnte das Verhalten der neugeborenen Äffchen direkt auf den Menschen übertragen. Und seine Versuche haben unter anderem gezeigt, dass die Jungen sich fast immer für die weiche Ersatzmutter statt für die harte entschieden. Auch in den Fällen, wo nur an der Drahtfigur eine Milchflasche befestigt war. Die Jungen wollten in erster Linie Sicherheit – nicht Nahrung. Als die Affen so groß waren, dass sie keine Milchflasche mehr brauchten, hat Harlow die Ersatzmutter jeweils drei Tage am Stück aus dem Isolationskäfig entfernt und folgende Feststellung gemacht: Sobald die künstliche Mutter wieder im Käfig war, hingen die jungen Affen nur noch an ihr, statt herumzulaufen und den Raum zu erforschen, wie es normale Affen in ihrem Alter getan hätten. Sicherheit ist, mit anderen Worten, auch wichtiger als die Lust, die eigene Umwelt zu erkunden.«

»Das klingt völlig verrückt. Ich meine, es dürfte doch wohl niemanden überraschen, dass Kinder Sicherheit suchen und dass sie ihre Mutter vermissen, wenn man sie ihnen wegnimmt, oder?«

»Für Sie und mich klingt das verrückt, ja. Aber diese Versuche wurden in den 1940ern und 1950ern durchgeführt. Zu dieser Zeit war die vorherrschende Meinung, dass Eltern nicht zu viel Körperkontakt zu ihren neugeborenen Kindern haben sollten. Das Wichtigste war, sie zu füttern. Körperlicher Kontakt war sekundär. Man ging sogar davon aus, dass man dem Kind schaden könnte, wenn man es auf den Schoß nahm und ihm zu viel Nähe gab. Harlow hat gezeigt, dass das Gegenteil der Fall war. Oder zumindest hat er versucht, das zu zeigen.«

»Wieso meinen Sie, er hat es nur versucht?«

»Seine Forschung wurde kritisiert. Und zwar nicht nur von Tierschützern, die auf die Versuche aufmerksam wurden. Es gab auch Kritik vonseiten seiner Kollegen. Für Rhesusaffen in freier Wildbahn ist es beispielsweise eine Frage von Leben und Tod, ob sie sich an ihre Mutter klammern können, weil sie ansonsten zurückgelassen werden oder vom Baum stürzen und dabei sterben könnten. Für uns Menschen dagegen spielt so etwas keine Rolle. Deshalb ist es für Rhesusaffen viel natürlicher, Kontakt zu suchen und sich an die Ersatzmutter zu klammern, als für Menschen.«

Sie sieht Thomas prüfend an, als wollte sie herausfinden, was er von ihren Ausführungen hält.

»Also, wir wissen ja noch nicht, ob die beiden Puppen etwas mit Harlows Versuchen zu tun haben«, fährt sie fort. »Aber wenn es hier einen Zusammenhang gibt, dann ... fällt zumindest auf, dass die Puppen nicht wie Affen aussehen, sondern ...«

»... wie Menschen«, murmelt Thomas. Ida Rasmussens Worte haben von seinem Körper Besitz ergriffen wie ein Virus. Sie berauben ihn sämtlicher Energie. Lassen es in seinen Ohren rauschen.

»Sie können sich im Internet Videos von Harlows Versuchen anschauen, wenn Sie wollen.«

Sie zieht ihr Handy aus der Hosentasche. Hebt die Sperre auf und reicht es Thomas. Der Browser ist schon geöffnet, die Videos sind zum Abspielen bereit.

»Ich habe sie mir vorhin auf meinem Zimmer noch einmal angesehen. Um ganz sicher zu sein.«

Thomas startet das oberste Video in der Liste. Einen Film in Schwarz-Weiß, der Harry Harlow als wohlfrisierten, Kittel tragenden Mann mit Geheimratsecken zeigt. Unter dem Kittel sind der Kragen eines weißen Hemdes und ein Schlips zu erahnen. Harlow sieht genauso aus, wie man sich einen Wissenschaftler aus den Fünfzigerjahren vorstellen würde. Mit einer Stimme, die Thomas an einen Propagandafilm aus dem Zweiten Weltkrieg oder eine Waschmittelreklame aus derselben Zeit erinnert, legt er die Ergebnisse seiner Versuchsreihe mit der weichen und der harten Ersatzmutter dar.

Thomas schaut sich das Video bis zum Schluss an.

»Es gibt noch eins, das Sie sehen müssen«, sagt Ida Rasmussen. Sie setzt sich neben ihm aufs Bett. Scrollt durch die Liste, bis sie den Film findet, nach dem sie sucht. Er scheint in Verlängerung des ersten gedreht worden zu sein. Als wären die beiden Videos damals in ein und derselben Fernsehsendung zu sehen gewesen.

»Hier haben wir ein friedliches, ganz entspanntes Affenbaby«, hört Thomas Harlow erzählen, und die Kamera zoomt ein junges Äffchen heran, das in einem Käfig sitzt. Im Hintergrund ist die weiche Ersatzmutter zu erkennen. »Nun wollen wir mal sehen, wie es in Bezug auf die Mutter reagiert, wenn wir es erschrecken.«

Harlow schiebt einen geschlossenen Kasten neben den Käfig, öffnet den Kasten an einer Seite, und im nächsten Moment rollt ein kleiner, lärmender Roboter auf den Affen zu. Ein Roboter, der wie ein Monster aus einem alten B-Movie aussieht: blinkende Lichter, ein viereckiger Kopf, der vor und zurück wippt, und ein Mund voller scharfer Zähne, der sich drohend öffnet und wieder schließt. Unterhalb des Kopfes fahren mechanische Arme wild durch die Luft. Wie außer Kontrolle geratene Schneebesen. Panisch ergreift der kleine Affe die Flucht und krallt sich an die Figur, die er für seine Mutter hält. Sobald sich das Tier bei der Puppe in Sicherheit fühlt, verschwindet seine Panik, und es beginnt, seinen Angreifer anzuschreien. Es will sich wehren.

Ida Rasmussen hält das Video an.

Die Puppe, denkt Thomas. *Die Mutterfigur. Der Maschendraht. Das Monster. Die Dunkelheit. Emma und Kaspar, die beide Anzeichen von Isolation in früher Kindheit an den Tag gelegt haben. Die wilden Kinder … und die Maske.*

Die Maske könnte Rosa Mayers Umsetzung von Harry Harlows diabolischem Roboter gewesen sein. Eine teufelsgleiche Gestalt. Ein Dämon, der den Zweck hatte, ein isoliertes Kind zu Tode zu erschrecken. Wenn Kaspar Jensen in Isolation aufgewachsen ist, muss er diesen Dämon als Furcht einflößende Übermacht wahrgenommen haben. Als eine Art höheres Wesen, das jederzeit in sein Zimmer eindringen und ihn töten konnte. Vielleicht hat er die Maske deshalb selbst aufgesetzt, als er hinter Claudia und Emma her war. Um etwas von ihrer Kraft, ihrer Allmacht auf sich zu übertragen.

Mit der Maske vor dem Gesicht konnte er Taten vollbringen, die einem schwächlichen, schüchternen jungen Mann ansonsten unmöglich gewesen wären.

Thomas steht vom Bett auf. »Rosa Mayer hält Kaspar Jensen also in seiner Kindheit isoliert. Aus irgendeinem Grund lässt sie sich von Harry Harlows Versuchen inspirieren. Die Puppen sind ihre Ersatzmütter, die Maske ist ihr Roboter.

Und erst als Erwachsener erlangt Kaspar seine Freiheit. Er zieht in eine eigene Wohnung und sucht sich einen Job. Wir können davon ausgehen, dass er nicht ausgerissen ist, denn sonst wäre sein Gehalt nicht auf Rosa Mayers Konto überwiesen worden. Dieses Konto hat sie eingerichtet, um die Wahrheit über Kaspar zu vertuschen. Nämlich, dass seine Geburt nie registriert wurde. Dass die Behörden nichts von seiner Existenz wussten. Kaspar kann ein einigermaßen normales Leben führen, mit Job und eigener Wohnung, ohne dass sein Geheimnis ans Tageslicht kommt. Aber warum lässt sie ihn überhaupt frei? Es wäre doch viel einfacher gewesen, ihn weiter in Gefangenschaft zu halten. Oder ihn umzubringen.«

»Sie wollte sehen, wie er in einer Gruppe funktioniert«, sagt Ida Rasmussen.

Thomas starrt sie an. »Wie meinen Sie das?«

»Harlow hat die Affen ja aus dem Isolationskäfig gelassen, um zu beobachten, wie sie unter ihren Artgenossen zurechtkommen. Rosa Mayer könnte etwas Ähnliches versucht haben.«

Sie schüttelt den Kopf über ihre eigene Bemerkung. »Nein, vergessen Sie das.«

»Warum? Das ergibt doch Sinn.«

»Aber es ist reine Spekulation. Für nichts davon gibt es Belege.«

»Wir haben die beiden Puppen. Und wir wissen, dass Kaspar Jensen sich wie ein wildes Kind verhalten hat. Ein isoliertes Kind. Überlegen Sie doch mal: Wenn Rosa Mayer ein Experiment mit Kaspar Jensen durchgeführt hat, das an Harlows Versuche mit den Affen erinnert, warum hätte sie dann den letzten und wichtigsten Teil des Experiments auslassen sollen? Sie wollte sehen, wie Kaspar in der wirklichen Welt zurechtkommt.«

Ida Rasmussen schüttelt immer noch den Kopf.

»Erklären Sie mir, warum Sie nicht daran glauben«, sagt Thomas.

»Weil das wahnsinnig ist.«

»Sie sind Psychologin. Wahnsinniges sollte Ihnen doch vertraut sein.«

»Missbrauch, ja. Psychische Gewalt. Physische Gewalt. Vernachlässigung. Alkohol. Selbstverletzungen. Selbstmordversuche. Ich habe schon viel gesehen. Aber nie … etwas Derartiges.«

»Sie beobachtet ihn«, sagt Thomas, ohne noch weiter auf Ida Rasmussens Einwand einzugehen. »Rosa Mayer beobachtet Kaspar. Sie behält ihn genau im Auge, als er Claudia kennenlernt. Und so, wie Harlow den isolierten Affen geholfen hat, sich zu paaren, sorgt sie dafür, dass Kaspar und Claudia ein Kind miteinander bekommen, damit sie beobachten kann, wie Kaspar …«

»Wie hätte sie das bewerkstelligen sollen?«, unterbricht Ida Rasmussen ihn.

»Tja«, sagt Thomas. »Wie hat Harry Harlow es denn gemacht?«

»Er hat ein sogenanntes ›Befruchtungsgestell‹ erfunden. Soll ich Ihnen genauer erklären, wie es funktionierte?«

Thomas hebt abwehrend beide Hände. »Nein, nein, um Gottes willen. Rosa Mayers Methoden müssen avancierter gewesen sein. Oder vielleicht haben Kaspar und Claudia sich auch einfach zueinander hingezogen gefühlt. Rosa Mayer setzt also ihre Beobachtungen fort, weil sie sehen will, wie Kaspar sich als Vater verhält …«

»Ob er seiner Tochter die Finger abbeißt?«, fragt Ida Rasmussen angewidert.

»… aber irgendwann hat Claudia genug von Kaspar und lässt ihn sitzen. Kaspar will sie wiederhaben und verfolgt sie, und auf der Flucht vor ihm fährt sie gegen einen Baum«, schließt Thomas das Szenario ab.

Er geht an Ida Rasmussen vorbei zur Minibar und holt eine weitere Flasche Mineralwasser heraus. Reicht sie ihr.

»Ich brauche etwas Stärkeres«, sagt sie.

Er wirft einen Blick in den kleinen Kühlschrank. »Whisky, Wodka, Gin …«

»Geben Sie mir einfach die erstbeste Flasche«, unterbricht sie ihn.

Er gibt ihr ein kleines Fläschchen Whisky, das sie aufschraubt und in einem Zug leert. Als sie die Flasche vom Mund absetzt, sagt Thomas: »Was haben Sie denn plötzlich gegen die Harlow-Theorie? Sie haben doch selbst damit angefangen.«

»Und ich bereue es auch schon.«

Sie stellt das Fläschchen auf den Schreibtisch.

»Genau deshalb hätte ich lieber zuerst mit Jacob darüber gesprochen. Dann hätte er mir sagen können, wie wahnsinnig diese Idee ist, und mich davon abhalten können, zu Ihnen ins Zimmer zu marschieren und meinen guten Ruf aufs Spiel zu setzen.«

Thomas öffnet sein Mineralwasser und führt die Flasche zum Mund.

»Ich bin schon wahnsinnigeren Ideen begegnet«, erwidert er, nachdem er die Flasche zur Hälfte leer getrunken hat. »Und ganz egal, ob die Verbindung zu Harlow richtig oder falsch ist: Wir haben Grund genug, nach Rosa Mayer zu fahnden. Sie hat uns einiges zu erklären.«

38

Thomas hört ein Knattern, das sich von hinten seinem Wagen nähert. Es wird lauter und lauter. Dann fährt ein Moped mit zwei Jugendlichen an ihm vorbei. Dem Fahrer scheint mehr an dem Moped als an seinem Kopf gelegen zu sein, denn sein Helm baumelt vorn am Lenker. Das Mädchen hinter ihm trägt einen Fahrradhelm. Vor dreiundzwanzig Jahren hätte Thomas selbst der Mopedfahrer sein können. Auf dem Weg durch ein ausgestorbenes Villenviertel, mit einem Mädchen hinter sich, das er, wie versprochen, nach irgendeiner Party nach Hause brachte. Einem Mädchen, das er durch sein galantes Verhalten zu beeindrucken hoffte, woraus jedoch nie mehr als ein Kuss auf die Wange vor ihrer Haustür wurde. Auf eine Art beruhigt es ihn, dass nach wie vor junge Männer ohne Helm auf frisierten Mopeds herumdüsen. Ja, es ist unglaublich dämlich, aber zugleich ein Bild für die Unveränderlichkeit der Welt. Für die Fünfzehnjährigen gilt heutzutage offenbar immer noch, dass die Frisur wichtiger ist als das eigene Leben. Kommt man mit platt gedrückten Haaren auf eine Party, dann stirbt man sowieso vor Scham.

Thomas lässt das Seitenfenster ein wenig herunter. Jetzt, da das Moped verschwunden ist, hört er tiefes Gelächter und Popmusik aus den Achtzigern durch die Straße hallen. Pärchen mittleren Alters. Angeheitert vom Rotwein. Sind die Teenager aus dem Haus, tanzen die Eltern auf dem Tisch.

Thomas überkommt ein Anflug von Sehnsucht bei dem Klang all dieser Normalität. Dieses ganz normalen Lebens, in dem er nie seinen Platz gefunden hat. Das sehnsüchtige Gefühl ergreift ihn, obwohl er sich nicht einmal sicher ist, ob er sich tatsächlich so ein Leben wünscht. Würde er sich in einer Vorstadtvilla mit doppeltem Carport, amerikanischem Kühlschrank und einem Fünfzig-Zoll-Flachbildschirm an der Wand überhaupt zurechtfinden? Und wenn das wirklich sein Wunsch ist, warum lässt er dann nicht den Gedanken an Natalja fallen? Warum gibt er sie nicht auf? Ein Leben mit Natalja würde unter keinen Umständen Samstagabende mit anderen Pärchen und Rotwein beinhalten.

Hinter Leon Bechs Fenstern brennt Licht, doch es gibt keinerlei Anzeichen von Besuch. Thomas hat vorher angerufen, um sich zu vergewissern, dass Claudia Berchems ehemaliger Psychologe noch auf war. Das war er nicht, doch er war bereit, für Thomas noch einmal aus dem Bett zu kommen.

»Was Neues?«, fragt Leon Bech, als er Thomas die Tür öffnet.

»Ja und nein.«

Thomas geht an ihm vorbei in den langen, schmalen Flur. Passiert das Foto des Psychologen vom Berlin-Marathon aus dem letzten Jahr und betritt das Wohnzimmer.

»Ich habe noch ein paar ergänzende Fragen zu Claudia.«

»Ja, natürlich. Fragen Sie nur.«

Leon Bechs graues Haar ist zerzaust, und die Falten seines Kopfkissens haben rötliche Streifen auf seiner Wange hinterlassen. Seine Augen sind geschwollen. Er sieht viel älter und erschöpfter aus als bei Thomas' erstem Besuch. Die Nachricht von Claudia Berchem scheint ihn um den Schlaf gebracht zu haben.

»Kaffee?«, fragt er.

Thomas winkt ab.

»Im Fall Emma gibt es neue Informationen. Ich kann nicht alle Einzelheiten mit Ihnen besprechen, aber ich glaube, wir haben Emmas Vater gefunden. Den Mann, mit dem Claudia seit ihrem Verschwinden zusammen war.«

»Wer ist es?«

»Ein junger Mann aus dem Café, in dem Claudia gearbeitet hat.«

»Hat er das Verhältnis bestätigt?«

»Nein. Er ist tot.«

Leon Bech verstummt.

»W… Wie ist er gestorben?«, fragt er dann.

»Es sieht nach Selbstmord aus. Wir haben die Theorie, dass Claudia von ihm wegwollte und er sie verfolgt hat. Auf der Flucht vor ihm ist Claudia mit dem Auto vom Weg abgekommen, und nach dem Unfall hat er Emma und meinen Kollegen an einen Ort gebracht, den wir noch nicht gefunden haben. Oder aber er hat die beiden getötet und die Leichen verschwinden lassen. Im Moment glauben und hoffen wir, dass Ersteres zutrifft.«

»Was für ein Mensch war er? Ich meine, wenn Claudia ihre Lebensweise so radikal geändert hat … Mich würde wirklich interessieren, was für ein Mann sie dazu bewegen konnte.«

Leon Bech sieht beinahe ängstlich aus und hat mehr Ähnlichkeit mit einem verschmähten Ehemann, der wissen will, wer der Liebhaber seiner Frau ist, als mit einem Psychologen, der ein professionelles Interesse an seiner Patientin hat. Thomas hatte recht. Leon Bech war verliebt in Claudia Berchem.

»Ich kann leider nicht ins Detail gehen. Wie gesagt.«

»Natürlich nicht. Entschuldigen Sie die Frage.«

Leon Bech kratzt sich am Bart.

»Was wollten Sie von mir wissen?«, sagt er dann und setzt wieder seine professionelle Maske auf.

»Es geht um Claudias Mutter. Oder nein, das ist eigentlich nicht ganz richtig. Ich muss die Frage anders formulieren: Was hat es mit Claudia gemacht, dass sie eine Mutter wie Helena Berchem hatte?«

»Haben Sie etwas Bestimmtes im Sinn?«

»Wenn nun beispielsweise eine andere Frau in ihr Leben getreten wäre. Eine starke Frau, die andere manipuliert hat, genau wie Claudias Mutter, wie hätte Claudia auf sie reagiert?«

»Ich bin mir nicht sicher, worauf Sie hinauswollen.«

Thomas schnaubt. »Okay. Hier kommt die Geschichte: In dem Café in Aarhus trifft Claudia einen jungen Mann und kommt mit ihm zusammen. Wir glauben, dass dieser junge Mann in seiner Kindheit unter massiver Vernachlässigung zu leiden hatte, und zwar durch die Frau, bei der er aufgewachsen ist. Einer unserer psychologischen Berater meint, dass Claudia und der junge Mann sich möglicherweise zueinander hingezogen fühlten, weil sie beide früher misshandelt wurden.«

»Das klingt nicht unwahrscheinlich. Seit Sie bei mir geklingelt haben, habe ich viel darüber nachgedacht, wer hinter Claudias Verschwinden gesteckt haben könnte. Eine Art Supermann, der schöner, stärker und verständnisvoller war als die Männer, denen sie im Café in die Arme gelaufen ist. Aber so zu denken ist natürlich völlig falsch. Claudia hat nach keinem Supermann gesucht. Sie hat nach einem Seelenverwandten gesucht.« Er seufzt. »So viel zu meiner psychologischen Einsicht.«

Thomas muss an den Sukkubus denken. Diesen weiblichen Dämon, der Männern die Lebensenergie aussaugt. Vielleicht ist an diesem Vergleich ja doch etwas dran. Claudia hat mehr oder weniger unbeabsichtigt eine Spur der Verwüstung unter den Männer hinterlassen.

»Wir glauben, dass die Frau, bei der Claudias Freund aufgewachsen ist, auch später noch eine große Rolle in seinem Leben gespielt hat. Dass sie ihn kontrolliert hat. Das Geld, das er im Café verdiente, ging beispielsweise auf ein Konto, das auf ihren Namen lief. Und wenn Claudia ihre Schwiegertochter war, hat sie sicher auch in Claudias Leben eine dominante Rolle gespielt. Was meinen Sie, wie Claudia darauf reagiert hat?«

»Wie eine Heroinsüchtige, der man einen Schuss anbietet«, sagt Leon Bech.

»Wie meinen Sie das?«

»Claudia wurde von ihrer Mutter zu Hause rausgeworfen und hat am Anfang noch versucht, den Kontakt zu ihr aufrechtzuerhalten. Die Liebe ihrer Mutter stand ganz oben auf ihrer Wunschliste, doch sie war unerreichbar. Die Mutter hasste sie. Das hatte sie immer schon getan. Wenn nun plötzlich eine andere starke, ihre Mitmenschen manipulierende Frau auf der Bildfläche erschien und ihr Aufmerksamkeit schenkte, dann hat Claudia die sicher aufgesaugt wie ein Schwamm. Ich würde sogar sagen, dass Claudias Suche nach Angenommensein durch eine starke Mutterfigur ein mindestens ebenso wichtiger Faktor für den Bestand ihrer Beziehung zu dem jungen Mann war wie die Kindheitserfahrungen, die die beiden teilten.«

»Eine starke Frau hätte Claudia also nicht schreiend davonlaufen lassen?«

»Nein. Ganz im Gegenteil.«

»Gut. Das beantwortet meine Frage.«

»War das alles?«

»Ja, das war alles.«

Leon Bech sieht zutiefst enttäuscht aus, als er Thomas wieder zur Tür bringt.

»Ich hoffe wirklich, dass Sie Emma und Ihren Kollegen finden«, sagt er, als sie in der Tür stehen, und fügt schließlich hinzu: »Bevor Sie gehen …«

»Ja?«

»Sie könnten mir einen Gefallen tun … Es ist mir ein bisschen peinlich, Sie darum zu bitten, aber …«

»Aber was?«

»Sehen Sie den Müllsack, der vor dem Schuppen da vorn steht?«

Thomas sieht hinüber zu dem Schuppen am Ende der Auffahrt, an dem ein durchsichtiger Plastiksack lehnt.

»In der Auffahrt meines Nachbarn steht ein Anhänger mit

Gartenabfällen. Mein Nachbar ist gerade verreist, aber sein Sohn kommt morgen früh … also in drei, vier Stunden … und fährt mit dem Anhänger zum Wertstoffhof. Mein Nachbar meinte, ich könnte einfach ein paar Säcke mit auf den Anhänger werfen, falls ich was loszuwerden hätte. Und das habe ich auch, aber ich habe den Sack etwas zu voll gemacht. Er ist so schwer, dass ich ihn nicht mehr hochbekomme.«

Thomas lächelt. »Zu schwer für einen durchtrainierten Athleten wie Sie?«

»Ich bin Läufer, kein Gewichtheber«, erwidert Leon Bech und lächelt zurück.

»Okay«, sagt Thomas. »Ich hatte schon Angst, Sie würden mich um einen Gefallen bitten, der etwas mit dem Fall zu tun hat.«

»Nein, ich habe Sie schon um mehr als genug gebeten. Vielen Dank für Ihre Hilfe.«

»Kein Problem.«

Thomas hebt den Müllsack an. Darin befindet sich lauter alter Plunder. Eine Lampe. Ein paar Ordner. Eine zerbrochene Keramikschale. Der Sack ist so schwer, dass Thomas mit beiden Händen zupacken muss, um ihn sich über die Schulter zu werfen.

Leon Bech winkt ihm zu, als Thomas an der Haustür vorbeigeht.

»Danke«, sagt der Psychologe noch einmal, bevor er sich zurückzieht und im Haus verschwindet.

Thomas bringt den Müllsack zu dem Anhänger, der hinter einer hohen Hecke auf der benachbarten Auffahrt steht. Reibt sich die Hände, als er zu seinem Wagen zurückgeht.

Setzt sich hinein und gibt Rosa Mayers Adresse ins Navigationssystem ein.

39

Als Thomas eine Dreiviertelstunde später in Silkeborg ankommt, parkt der Streifenwagen immer noch am Bürgersteig vor Rosa Mayers weiß getünchter Villa. Er findet die beiden Polizisten in dem kleinen Büro in der oberen Etage des Hauses. Sie haben die Architektenlampe über dem Schreibtisch eingeschaltet, und einer der Männer blättert im Sitzen einen dicken Ordner durch, der lauter alte Lohnabrechnungen zu enthalten scheint. Der andere steht mit einem Notizbuch in der Hand vor den Regalen.

Thomas bleibt in der Tür stehen. Lehnt sich an den Türrahmen.

»Haben Sie etwas gefunden?«, fragt er.

»Lohnabrechnungen«, sagt der Beamte am Schreibtisch. »Kontoauszüge. Die Auflassungsurkunde für das Haus. Briefe von der Bank. Den Fahrzeugbrief des alten Peugeots, den sie fährt. Alles fein säuberlich abgeheftet.«

»Haben Sie ein Foto von ihr gefunden, damit wir wissen, wie sie aussieht?«

»Noch nicht. Wir haben kein einziges Fotoalbum gefunden.«

»Was ist mit einem Ausweis? Pass? Einer EC-Karte?«

»Nichts davon.«

»Irgendetwas, woraus hervorgeht, wo sie gerade sein könnte?«

»Leider nein.«

»Hmm«, brummt Thomas. Betritt den Raum und schaut dem Beamten über die Schulter. »Hat sie einen Kalender? Oder ein Adressbuch? Wissen wir, wer ihre Freunde sind und wo sie wohnen?«

»Wir haben einen Kalender gefunden, in dem ein paar einzelne Nummern notiert sind. Die Tage sehen alle ziemlich gleich aus.«

Der zweite Beamte nimmt den Kalender aus einem der Regalfächer und reicht ihn Thomas. Der blättert ein wenig darin:

Montag: *7–15 arbeiten*
Dienstag: *16–22 arbeiten*
Mittwoch: *16–22 arbeiten*
Donnerstag: *16–22 arbeiten*
Freitag: *frei*
Samstag: *16–22 arbeiten*
Sonntag: *8–16 arbeiten*

Der Beamte hatte recht. An so gut wie allen Tagen hat Rosa ihre Arbeitszeiten eingetragen. An den Mittwochabenden, an denen sie nicht arbeitet, hat sie ›Sport‹ notiert, und an jedem zweiten Dienstag steht ›VHS‹.

»Sie macht einen Kurs in Weidenflechten«, sagt der Polizist.

»Woher wissen Sie das?«

»Ich rate nur. Sie hat jede Menge Anleitungen zum Weidenflechten von verschiedenen Internetseiten ausgedruckt.«

Sport und Weidenflechten. Sie könnte kaum durchschnitt-

licher sein. Aber was hatte ich auch erwartet? Wöchentliche Kurse in Isolationshaltung von Kindern? Gebrauchsanweisungen für Kindesmisshandlung?

»Sie arbeitet relativ viel«, sagt Thomas. »Woher stammen die Lohnabrechnungen?«

»Von einem Lebensmittelgeschäft hier in Silkeborg.«

»Sie arbeitet in einem Supermarkt?«

»Es ist eher so eine Art Minimarkt. Eine Mischung aus kleinem Supermarkt und Kiosk. Kein Teil einer Kette. Er heißt *Jonnas Einkaufsladen*.«

Thomas notiert sich die Adresse, die rechts oben auf den Lohnabrechnungen steht.

»Wem gehört der Laden?«

»Jonna Wulff Nygaard. Ich habe mir die Internetseite angesehen.«

»Haben wir eine Adresse und Telefonnummer von ihr?«

»Nein. Aber die sollten unschwer herauszufinden sein.«

Thomas zückt sein Handy und sucht im Internet nach Jonna Wulff Nygaard. Als Treffer erscheint nur eine einzige Adresse in Dänemark. Im Dörfchen Lemming nördlich von Silkeborg. Thomas geht in den Flur und wählt die dazugehörige Nummer. Wirft einen flüchtigen Blick auf seine Armbanduhr, während er darauf wartet, dass jemand an den Apparat geht. Es ist fast fünf Uhr morgens. Doch die Uhrzeit spielt für Thomas längst keine Rolle mehr. Das Einzige, was ihm die Uhr anzeigt, ist die Anzahl von Stunden, die Emma und Dahl mittlerweile verschwunden sind.

»Hallo?« Die Stimme am anderen Ende klingt weit entfernt. Noch ganz verschlafen. Ein Mann.

»Polizei Kopenhagen, mein Name ist Thomas Nyland. Ich würde gern mit Jonna Wulff Nygaard sprechen.«

»Wissen Sie eigentlich, wie spät es ist?«

»Dies ist ein Notfall. Geben Sie sie mir bitte.«

Thomas hört eine Frauenstimme im Hintergrund.

»Ich kann hören, dass sie da ist«, sagt Thomas. »Geben Sie ihr das Telefon, damit ich mit ihr reden kann.«

»Äh«, kommt es von dem schlaftrunkenen Mann.

»Gibt es ein Problem?«, fragt Thomas.

»Tja. Die Frau, die Sie da hören, ist nicht Jonna.«

Ich habe Jonna Wulff Nygaards Mann im Bett mit seiner Geliebten erwischt.

»Wo ist sie?«, will Thomas wissen. »Ich muss umgehend mit ihr sprechen.«

»Sie ist bei ihrer Mutter. Sie passt auf ihre Mutter auf. Sie ist krank. Also die Mutter. Ihre Mutter ist krank.«

»Hat sie eine Handynummer, unter der ich sie erreichen kann?«

Der Mann gibt Thomas die Nummer durch, und dieser beendet das Gespräch, ohne sich zu verabschieden. Wählt Jonna Wulff Nygaards Handynummer und hofft, dass das Telefon nicht ausgeschaltet ist.

Er hat Glück.

»Ole, bist du das?«, erklingt eine Stimme am anderen Ende.

»Nein. Mein Name ist Thomas Nyland. Ich bin Ermittlungsleiter bei der Polizei Kopenhagen und rufe wegen Rosa Mayer an.«

»Rosa? Ist ihr etwas zugestoßen?«

»Sie ist verschwunden.«

»Verschwunden? Wie meinen Sie das?«

»Sie ist nicht aufzufinden, und ich muss wissen, wo sie ist. Vielleicht können Sie mir helfen.«

»Warum müssen Sie wissen, wo sie ist?«

»Sie könnte in Gefahr sein«, behauptet Thomas einfach. Es würde zu lange dauern, Jonna Wulff Nygaard zu erklären, wie sich die Sache in Wirklichkeit verhält. »Wann haben Sie sie zuletzt gesehen?«

»Heute Abend. Bei mir zu Hause.«

»Ihr Mann meinte, Sie seien bei Ihrer Mutter.«

»Mein Freund. Wir sind nicht verheiratet. Aber es stimmt, ich bin im Augenblick bei meiner Mutter. Ich schlafe fast jede Nacht hier, damit sie nicht allein ist. Sie ist krank.«

»Ja, das sagte Ihr Freund. Aber wie konnten Sie Rosa Mayer dann heute Abend bei sich zu Hause sehen?«

»Ich bin erst gegen dreiundzwanzig Uhr hierhergefahren. Rosa kam vorbei, als ich gerade zur Tür hinauswollte.«

»Was wollte sie?«

»Den Schlüssel zum Laden. Sie sagte, sie hätte ihr Portemonnaie verloren, und wollte nachsehen, ob es vielleicht im Hinterzimmer lag.«

»Und dazu musste sie sich Ihren Schlüssel abholen? Hat sie denn nicht selbst einen Schlüssel zum Laden?«

»Nein. Vor ein paar Jahren hatte ich einen Angestellten, der mitten in der Nacht mit seinem Schlüssel in den Laden eingedrungen ist, den Kasseninhalt aus dem Geldschrank im Büro gestohlen und anschließend noch ein paar Fenster eingeschlagen hat, um es wie einen normalen Einbruch aussehen zu lassen. Seitdem bekommt keiner meiner Angestellten mehr einen Schlüssel mit nach Hause. Wenn sie abgeschlossen haben, werfen sie den Schlüssel in einen kleinen Briefkasten an der Rückseite des Ladens.«

»Und was ist, wenn die Angestellten den Laden aufschließen müssen? Dann müssen sie doch einen Schlüssel mit nach Hause bekommen, oder?«

»Ich schließe fast immer selbst auf.«

»Dann haben Sie also einen Ladenschlüssel bei sich zu Hause?«

»Ja. Ich habe Rosa gesagt, sie sollte meinen Schlüssel einfach mitnehmen, sobald sie im Büro war, um nach ihrem Portemonnaie zu sehen. Ich habe sowieso noch einen zweiten.«

»Sie vertrauen ihr also?«

»Sie arbeitet jetzt seit fünfzehn Jahren für mich. Eigentlich hätte ich überhaupt kein Problem damit, ihr einen Ladenschlüssel zu überlassen. Aber ich kann schlecht Ausnahmeregeln für sie einführen.«

»Und es hat Sie nicht gewundert, dass sie so spät am Abend nach ihrem Portemonnaie suchen wollte? Sie hätte doch auch bis morgen früh warten können, wenn der Laden wieder offen ist.«

»Nein, darüber habe ich nicht nachgedacht. Ich war gerade auf dem Sprung … und hatte andere Dinge im Kopf. Und ich vertraue Rosa, wie gesagt.«

»Welchen Eindruck hat sie auf Sie gemacht, als sie um den Schlüssel gebeten hat?«

»Sie war ganz normal. Vielleicht etwas müde.«

»Hat sie irgendetwas gesagt, was Ihnen seltsam vorkam?«

»Nein. Ich glaube nicht. Nur dass sie normalerweise nichts vergisst. Sie ist sehr ordentlich. Meine beste Mitarbeiterin.«

Sie schweigt einen Moment.

»Sie ist verschwunden, sagen Sie?«, fragt sie dann, als hätte sie die Nachricht jetzt erst verstanden.

»Ja.«

»Dann muss ihr etwas zugestoßen sein. Sie würde nie einfach so verschwinden. Sie würde eher sterben, als zu spät zur Arbeit zu kommen. Sie ist überaus …«

»… ordentlich, ja. Sie sagten es bereits. Sind Sie jemals ihrem Sohn begegnet?«

»Ihrem Sohn?«

»Ja. Kaspar. Ein blonder Junge. Er muss jetzt etwa achtundzwanzig Jahre alt sein.«

Jonna Wulff Nygaard lacht. »Rosa hat keine Kinder.«

»Sind Sie sich da sicher?«

»Aber natürlich. Ich kenne sie seit fünfzehn Jahren. Wir reden so gut wie jeden Tag miteinander.«

»Waren Sie jemals bei ihr zu Hause?«

Schweigen.

»Nein, das …«, erwidert sie dann. Zögerlich.

»Obwohl Rosa den Schlüssel zu Ihrem Laden hat und jetzt verschwunden ist, haben Sie nicht den Verdacht, dass sie sich möglicherweise mit dem Kasseninhalt davongemacht hat wie Ihr früherer Angestellter?«

»Bis jetzt nicht.«

»Also hören Sie«, sagt Thomas. »Ich fahre jetzt zu Ihrem Laden und sehe mich dort mal um. Falls Rosa Sie anruft, geben Sie mir bitte Bescheid. Das ist sehr wichtig. Okay?«

»Okay.«

Und dann ruf mal deinen Mann an und hör nach, was er so treibt. Thomas sagt nichts, auch wenn er nicht übel Lust dazu hätte. Untreue ist nicht sein Problem, es sei denn, sie endet damit, dass jemandem die Eier abgeschnitten werden. Und im Moment gibt es andere und wichtigere Dinge, an die er denken muss.

Sonntag
05:30 Uhr

40

Jonnas Einkaufsladen ist zwischen einer Bank, einer Pizzeria und einem Sonnenstudio in ein langes, anonymes Gebäude mit flachem Dach und großen Fenstern gezwängt. Vor dem Laden befindet sich ein kleiner Parkplatz. Er ist leer. Die Fenster des Minimarkts sind dunkel.

Thomas fährt dicht an den Laden heran und sieht, dass von innen eine Kette vor die Tür gelegt ist. Die Kette ist mit einem soliden Vorhängeschloss gesichert. Er lehnt sich hinter dem Steuer vor, um zu sehen, ob er im Laden irgendwen entdeckt, doch da ist niemand.

Dann fährt er um das Gebäude herum und kommt zum Hintereingang des Ladens. Neben einem Stapel Europaletten stehen zwei große Müllcontainer. Ein paar Meter weiter befindet sich ein umzäunter Bereich mit leeren Flaschen und aufeinandergestapelten alten Milchkästen. Rosa Mayers dunkelroter Peugeot 405 Kombi parkt neben den Kästen.

Thomas stellt seinen VW Passat dahinter ab, sodass Rosa Mayer nicht mit dem Auto wegkann, falls sie auf die Idee kommen sollte zu fliehen.

Er steigt aus. Sieht sich um. Der Regen kribbelt ihm im Gesicht. Die Tropfen sind klein und leicht, aber eiskalt.

Die beiden Fenster der hinteren Räumlichkeiten sind vergittert. Durch eins kann Thomas einen Blick in den Personalraum werfen: eine kleine Teeküche, ein Tisch und vier, fünf Stühle. Eine Pinnwand mit Dienstplänen und verschiedenen kleinen Fotos und Postkarten, die die Angestellten dort aufgehängt haben müssen. Das Licht ist ausgeschaltet. Thomas macht ein paar Schritte zur Seite.

Das zweite Fenster ist so weit oben, dass er nicht hineinschauen kann. Er nimmt an, dass sich dahinter das Büro befindet. Wo der Geldschrank steht. Wo er Rosa Mayer vermutet. Auch dort brennt kein Licht. Gibt es keinerlei Lebenszeichen.

Trotzdem ist er sich sicher, dass Rosa hierhergekommen ist, um das Geld aus dem Geldschrank zu stehlen. Geld, mit dem sie fliehen will. Möglicherweise ins Ausland. Im Haus war ihr Pass ja nicht aufzufinden, es könnte also sein, dass sie ihn bei sich trägt.

Sie muss gewusst haben, dass die Polizei ihr früher oder später auf die Spur kommen würde. Dass man anfangs vielleicht noch davon ausgehen würde, Kaspar Jensen habe auf eigene Faust gehandelt, aber schon nach kurzer Zeit den Rest herausfinden würde. Kaspar Jensens Ermordung oder Selbstmord hat ihr lediglich ein paar Stunden Vorsprung verschafft, und Thomas ist überzeugt davon, dass sie in diesen Stunden versucht, aus Dänemark und so weit wie überhaupt nur möglich zu fliehen.

Zu den hinteren Räumen führen zwei Eingänge. Eine normale Tür und ein großes Tor, an das ein Lieferwagen zum Ausladen rückwärts herangefahren werden kann. Thomas drückt den Türgriff der Hintertür hinunter, und sie öffnet sich.

Verstärkung, dröhnt es ihm durch den Kopf. *Unterstützung.*

Alles in ihm ruft aus Leibeskräften, dass er nicht allein hineingehen sollte. Dass er zumindest noch ein paar Streifen rufen sollte.

Doch dann sieht er Natalja vor sich. Natalja, die auf dem Schlafzimmerfußboden liegt. Natalja, die auf einer Trage in den Krankenwagen geschoben und abtransportiert wird. Natalja, die sich in ihrer Wohnung verschanzt hat.

Ich hätte sie retten können, wenn ich nicht gezögert hätte.

Doch stattdessen hat sie mehrere Wochen im Uniklinikum zugebracht. Musste unzählige Operationen über sich ergehen lassen. Und alles nur, weil er die falsche Entscheidung getroffen hat. Weil er gewartet hat.

Rosa Mayer ist trotz allem nur eine einzelne Frau. Thomas dürfte sie problemlos ruhigstellen können, falls sie Widerstand leistet.

Trotzdem greift er nach seinem Handy. Ruft Rikke Møller an.

»Ich glaube, ich habe Rosa Mayer gefunden«, sagt er.

»Was? Wo, zum Teufel, bist du?«

»In Silkeborg. An einem Geschäft namens Jonnas Einkaufsladen. Rosas Arbeitsplatz. Ich glaube, sie ist da drin.«

»Warum?«

»Sie will den Kasseninhalt stehlen und ins Ausland abhauen.«

»Wer ist bei dir?«

»Niemand.«

»Du bist allein dort hingefahren? Bist du verrückt?«

»Ich komme schon klar«, brummt Thomas.

Sie schnaubt. »Ich fahre sofort los. Geh nicht rein, bevor ich da bin.«

Er beendet das Gespräch. Geht in den Laden. Es ist dunkel, und er hört den Regen auf die Oberlichter trommeln. Die Kästen mit leeren Limoflaschen und ein paar schwarze Plastiksäcke, die unter einem Packtisch auf dem Boden stehen, verströmen einen süßlichen Geruch. Einer der Säcke ist offen, und Thomas sieht, dass sich darin alte Backwaren befinden: Windbeutel, Zimtschnecken und Puddingteilchen. Über dem Packtisch liegen auf langen Regalen stapelweise Wochenzeitschriften, Monatsmagazine und Pornohefte.

Vom Lager führt eine Schwingtür mit einem kleinen runden Fenster in den Ladenbereich. Hinter einer anderen Tür geht es in einen kurzen Flur. Thomas öffnet sie.

Durch eine Tür zu seiner Linken gelangt er ins Büro. Einen schmalen Raum mit einem alten Computer auf dem Schreibtisch und Metallregalen voller Ordner.

Auf einem Bürostuhl mit Armlehnen sitzt eine Frau. Mit dem Rücken zur Tür.

»Rosa?«, fragt Thomas.

Seine Hand fährt zum Pistolenhalfter am Gürtel. Er knöpft es auf.

Die Frau rührt sich nicht.

»Rosa Mayer?«, wiederholt er. Geht einen Schritt in den Raum hinein.

Ihren Lippen entweicht ein Laut. Es klingt eher wie ein Seufzen als wie ein Wort.

»Wie bitte?«, fragt er.

»Kann nicht«, murmelt sie.

Jetzt sieht Thomas, dass fünf dicke Briefumschläge vor ihr auf dem Tisch liegen. Der Geldschrank unter dem Schreibtisch ist geöffnet. Rosa Mayer hat sich also tatsächlich den Schlüssel geliehen, um das Geld aus dem Büro zu stehlen, doch offenbar konnte sie ihr Vorhaben nicht zu Ende führen.

Wie viele Stunden sitzt sie hier schon?

»Rosa«, sagt Thomas noch einmal. »Mein Name ist Thomas Nyland. Ich bin Polizeibeamter. Ich habe nach Ihnen gesucht.«

»Kaspar … Kaspar …«

Rosa Mayers Stimme ist nichts als ein Flüstern. Nur eine Andeutung von Worten, ein Hauch.

»Er ist tot«, sagt sie.

Sie wendet sich zu Thomas um. Ihr Gesicht ist in der Dunkelheit schwer zu erkennen, doch er hat trotzdem den Eindruck, dass er sie irgendwoher kennt. Er weiß nur nicht, woher.

Sie hat ein volles Gesicht. Glattes Haar, das zu einem Pferdeschwanz zusammengebunden ist. Waagerechte Falten auf der Stirn und feine Linien in der Haut um den Mund. Ihre Augen sind geschwollen. Sie hat geweint.

Wo habe ich sie schon einmal gesehen?

Thomas deutet mit dem Kopf auf die Briefumschläge. »Brauchen Sie etwas Startkapital?«

Sie nickt. Geistesabwesend.

»Wo wollen Sie hin?«, fragt er.

Sie zuckt mit den Schultern.

Er betrachtet sie. Sie ist am Boden zerstört. Gebrochen. Sie wird kein Problem für ihn darstellen. Jetzt braucht er nur noch darauf zu warten, dass Rikke Møller und der Rest der Truppe hier auftauchen, damit Rosa festgenommen werden kann. Doch er kann die Wartezeit genauso gut sinnvoll nutzen.

»Haben Sie Durst?«, fragt er. »Ich glaube, ich würde gern einen Schluck trinken.«

Sie antwortet nicht, also nimmt er ihre Hand.

»Kommen Sie«, sagt er. »Wir gehen rüber in den Personalraum. Und dann hole ich uns eine Cola aus dem Laden. Ich bezahle auch dafür. Okay?«

Sie nickt wieder. Genauso geistesabwesend wie zuvor.

Er führt sie durch den Flur in den Personalraum. Zieht für sie einen Stuhl unter dem Tisch hervor. Sie setzt sich, und er geht zur nächsten Kühlvitrine und nimmt eine Cola für Rosa und ein Mineralwasser für sich selbst heraus. Als er in das Hinterzimmer zurückkommt, sitzt Rosa immer noch genauso da, wie er sie verlassen hat.

Er nimmt ihr gegenüber Platz. Dreht den Plastikverschluss von dem halben Liter Cola und legt ihn neben die Flasche.

Sie rührt das Getränk nicht an.

»Sie wissen, dass es jetzt vorbei ist, nicht wahr?«, sagt er zu ihr.

Sie nickt. Doch dann sagt sie: »Vorbei?«

Als verstünde sie nicht, was er meint.

»Meine Kollegen sind unterwegs. Es dauert nicht mehr lange, dann werden Sie festgenommen und zum Verhör ins Polizeipräsidium gebracht. Aber bis die Kollegen hier sind, haben wir noch ein paar Minuten. Ich finde, die sollten wir nutzen, um uns ein bisschen zu unterhalten. Sie könnten mir erst einmal sagen, wo die beiden sind.«

»Hmm«, murmelt sie. Und wieder vergeht ein Moment, bis Thomas' Worte zu ihr durchgedrungen sind.

»Wo die beiden sind?«, fragt sie.

»Ja. Wo sind sie?«

»Wer?«

»Emma Berchem und Martin Dahl. Kaspars Tochter und der Polizist, der ihr nach dem Verkehrsunfall das Leben retten wollte.«

»Ich … Ich weiß nicht … Ich verstehe nicht, wovon Sie reden.«

Anders. Ich muss mich ihr aus einer anderen Richtung nähern.

»War Kaspar Ihr Sohn?«, fragt er dann.

Eine Träne läuft Rosa Mayer über die Wange.

»Ja«, sagt sie.

»War er …«

»Nein«, unterbricht sie ihn.

»Wie bitte?«

»Ja und nein. Ja und nein. Ja. Nein. Ja. Nein. Ja. Nein. Janeinjaneinjanein.«

Sie lächelt und schaut auf den Tisch.

»Soll ich Ihnen etwas erzählen?«, sagt sie dann. »Eine Geschichte. Ein Märchen.«

»Ja, warum nicht?«

Rosa Mayers trockene Lippen kleben zusammen. Sie befeuchtet sie mit der Zunge. Thomas studiert ihre Gesichtszüge. Wird das Gefühl nicht los, dass er sie irgendwo schon einmal gesehen hat.

»Es war einmal vor langer Zeit ein Mädchen. Sie hieß Anna. Anna Mogensen. Und sie traf einen Mann. Einen gut aussehenden Mann, in den sie sich verliebte. Anna hätte nicht gedacht, dass er sie haben will. Sie hatte einen riesigen Hintern und kleine Brüste. Einen dicken Bauch. Er konnte sich unmöglich für sie interessieren. Doch das tat er. Er wollte sie haben. Sie wurden ein Paar, und sie tat alles für ihn. Er sagte zu ihr, sie sollte ihm Essen kochen, und das tat sie. Er sagte zu ihr, sie sollte die Beine breit machen, und das tat sie. Er sagte zu ihr, sie sollten heiraten, und so kam es. Er sagte zu ihr, sie sollten zusammenziehen, und das taten sie. Sie richtete das Haus ein. Und er richtete den Keller ein.«

Sie wirft einen verstohlenen Blick auf die Cola. Greift mit zitternder Hand danach. Führt die Flasche mühsam zum Mund und nippt an dem sprudelnden, süßen Getränk.

»Er richtete den Keller für ein ganz besonderes Projekt ein. Er hatte sich Anna Mogensen nämlich nicht ausgesucht, weil er sie liebte. Er hatte sie sich ausgesucht, weil sie ehrenamtlich in einer Einrichtung für Straßenmädchen arbeitete. Huren. Er wollte immer, dass sie ihm von den Mädchen erzählte, die sie dort traf. Zuerst dachte sie, die Geschichten über die Mädchen würden ihn sexuell erregen. Das, was sie mit ihren Kunden machten. Aber so war es nicht. Er wollte etwas ganz anderes hören. Sie sollte ihm Bescheid sagen, wenn sie ein Straßenmädchen traf, das schwanger geworden war. Und eines Tages geschah das. Es kam ein Mädchen von der Straße, das von einem Kunden schwanger geworden war.

Sie war gerade erst im dritten Monat. Ihr Bauch war noch kaum zu sehen. Eva hieß das Mädchen. Sie hatte pinke Haare und einen Ring in der Nase. Für hundertfünfzig Kronen befriedigte sie die Männer mit dem Mund und für dreihundert ließ sie sich ohne Kondom vögeln. Das Geld gab sie für Heroin aus. Sie erzählte Anna von ihrer Situation, und Anna erzählte es ihrem Mann weiter. Und der sagte, dass Eva bei ihnen einziehen sollte. Sie würden sie retten. Und sie würden ihr ungeborenes Kind retten. Anna konnte ihren Ohren kaum trauen. Sie hatte einen wahren Engel geheiratet.«

Rosa Mayer zieht die Nase hoch.

»Und dann … dann fuhren sie los und suchten nach ihr. Mehrere Nächte hintereinander. Schließlich fanden sie sie zusammen mit einem Kunden. Anna und ihr Mann kauften Eva von ihrem Zuhälter frei. Sie bezahlten viel Geld, und als Anna mit Eva auf dem Rücksitz dort wegfuhr, hatte sie ein warmes Gefühl im Bauch. Sie taten etwas Gutes. Als sie nach Hause kamen, sperrte der Mann Eva in ein Zimmer. Zu ihrer eigenen Sicherheit. Er zog den Vorhang zu und nagelte zusätzlich von innen Bretter vors Fenster, damit niemand hineinsehen und damit sie nicht hinausgelangen konnte. Sie hielten sie wochenlang in diesem Zimmer gefangen. Sie hatte Durchfall. Den kann man bekommen, wenn man aufhört, Drogen zu nehmen. Doch sie ließen sie nicht heraus. Sie musste einen Eimer benutzen. Und obendrein übergab sie sich. Das war Teil der Entzugserscheinungen. Sie schrie und heulte. Trommelte gegen die Wände und stampfte auf den Boden … Mit der Zeit roch das ganze Haus nach ihr. Nach Ausscheidungen. Doch es half. Sie wurde clean. Letztendlich wurde sie clean. Sie nahm wieder richtige Mahlzeiten zu sich. Langsam, aber sicher kehrte sie ins Leben zurück. Anna und ihr Mann schlossen nicht mehr die Tür ab, und Eva konnte sich frei im Haus bewegen. Der Mann sagte zu ihr, sie dürfe nicht in den Garten, und sie gehorchte. Er sagte, wenn die Nachbarn etwas von ihr mitbekämen, würden sie die Polizei rufen und sie holen lassen. Oder noch schlimmer: Ihr Zuhälter würde sie holen. Und ihre alten Freunde würden sie zurück in den Sumpf ziehen. Sowohl Anna als auch Eva glaubten ihm. Anna erzählte Eva auch, dass ihr Mann Arzt sei, auch wenn das gar nicht stimmte. Anna und ihr Mann wollten Eva glauben machen, dass es sicher für sie sei, ihr Kind im Haus zur Welt zu bringen.«

Ein schwaches Lächeln huscht Rosa Mayer über die Lippen. Sie schluckt.

»Anna mochte Eva. Sie wurden fast so etwas wie Freundinnen. Doch nach einer Weile wandte Annas Mann sich gegen Eva. Nun sprach er plötzlich davon, dass die Hure nicht in der Lage sein würde, sich um ihr Kind zu kümmern. Dass sie eine schlechte Mutter sein würde. Dass das Kind sterben würde, wenn sie es bei ihr ließen. ›Denk mal darüber nach‹, sagte er. ›Sie ist eine Hure. Sie hat versucht, sich mit Heroin und Sex umzubringen. Wer weiß, was für Krankheiten sie mit sich herumschleppt?‹ Wochenlang redete er auf Anna ein, während Evas Bauch wuchs und wuchs. Und schließlich glaubte Anna ihm. Dann weihte er Anna in einen Plan ein, den er schon seit ihrer ersten Begegnung hatte: Er wollte Eva töten, damit Anna und er das Kind großziehen konnten. Aber nicht als ihr eigenes, sondern als sein Versuchsobjekt.

Sein heimliches Projekt. Es würde sowieso von niemandem vermisst. Niemand wusste, dass es existierte, außer Anna und ihrem Mann. Eva hatte sich nicht getraut, irgendwem anders als Anna von ihrer Schwangerschaft zu erzählen. Sie hatte Angst gehabt, wie ihr Zuhälter darauf reagieren würde. Und an dem Tag, als das Kind kam, brachte der Mann sie um. Anna nahm das Kind. Sie nahm es mit in den Keller, wo ihr Mann einen Raum hergerichtet hatte … Hinter einer Tür im Keller befand sich ein kleiner Gang, und am Ende des Ganges war noch eine Tür … und diese Tür führte in den Raum, den er hergerichtet hatte, und Anna … Sie legte das Kind … sie legte es in den Raum und schloss die Tür. Es war ein kleiner Raum ohne Fenster, aber es gab elektrisches Licht, und sie … Ihr Mann sagte, das Kind werde keine Not leiden. Es werde die Nahrung bekommen, die es brauchte. Man konnte die Luke ein wenig öffnen und den Arm hineinstecken. Nur den Arm und nur, wenn man einen Gummihandschuh trug, und dann konnte man dem Kind Milch aus einem Fläschchen geben … Anna hat … So haben sie es gemacht … Und ich … ich konnte …«

Thomas legt der Frau tröstend eine Hand auf die Schulter, doch sie schüttelt sie mit einer aggressiven Bewegung ab.

»Ich will Ihr Mitleid nicht.« Sie weint. »Ich habe es nicht verdient. Wir haben Kaspar jahrelang auf diese Weise gefangen gehalten. Doch er lebte und wuchs. Nicht wie ein normales Kind natürlich, aber dennoch … Er wurde langsam größer. Wir konnten alles anhand von Kameras verfolgen, die wir im Raum installiert hatten. Wir nannten Kaspar 001. Projekt 001.

Er sollte das erste einer Reihe von Versuchsobjekten sein. Ich habe mich genauso schuldig gemacht wie mein Mann. Er hat den Plan geschmiedet, aber ich habe ihn mit ausgeführt. Er hat Eva gewählt, weil sie verschwinden konnte, ohne dass sich irgendwer Sorgen um sie machen würde. Dann hat er ihr die Drogen weggenommen und zu essen gegeben, damit das Kind nicht von Geburt an benachteiligt wäre. Er wollte einen möglichst reinen Fötus. Ein möglichst reines neugeborenes Kind. Wir haben Evas Leiche in den Wald gebracht und sie dort vergraben, und ich bin tagsüber zur Arbeit gefahren, als wäre nichts geschehen. Als wären wir ein ganz normales Ehepaar, das ein ganz normales Leben führt. Niemand hätte vermutet, dass es eine Tür in unserem Keller gab, die immer verschlossen war. Es kam so gut wie nie jemand dorthin.«

»Wie lange hat Kaspar im Keller gelebt?«, fragt Thomas.

»Zwölf Jahre.«

»Zwölf Jahre?«, ruft Thomas. »Und was haben Sie die ganzen Jahre über mit ihm gemacht?«

»Ihn beobachtet. Es gab ein paar Versuche, die wir immer wieder mit ihm durchgeführt haben. Wir hatten zwei Puppen. Eine aus Stoff ...«

»... und eine aus Maschendraht«, sagt Thomas.

»Ja.«

»Und was ist passiert, als Kaspar zwölf war?«

»Da bin ich mit ihm geflohen.«

»Sie sind mit ihm geflohen?«

»Ja. Mein Mann hatte jegliches Interesse an Kaspar und auch an mir verloren. Ich glaube, ihm waren die Versuche ausgegangen, die er an Kaspar durchführen konnte. Ich hatte Angst, dass er uns beide umbringen würde. Also bin ich geflohen und habe Kaspar mitgenommen.«

»Einfach so?«

»Einfach so. Ich habe die Tür zu seinem Gefängnis geöffnet und ihm herausgeholfen.«

»Wie haben Sie es geschafft, dass Ihr Mann nichts davon mitbekam?«

»Er war gerade verreist, und ich wusste, dass er erst ein paar Tage später zurückkommen würde. Ich hatte alles genau geplant. Hatte mir schon ein halbes Jahr im Voraus ein Haus hier in Silkeborg gesucht.«

»Und wie hat Kaspar sich verhalten, als Sie die Tür öffneten? Kam er einfach herausspaziert?«

»Nein. Der Raum, in dem er lebte, war nicht so hoch, dass er darin aufrecht stehen konnte. Deshalb hatte er nie laufen gelernt. Und er hatte Angst. Das ist vielleicht schwer zu verstehen, aber er wusste ja gar nicht, dass die Welt außerhalb seines Raumes überhaupt existierte. Das Einzige, was er kannte, waren die beiden Puppen und die Maske, mit der mein Mann ihn hin und wieder erschreckt hat.«

»Wie haben Sie ihn dann da rausbekommen?«

»Ich habe gewartet. Ich wusste ja, dass wir ein paar Tage Zeit hatten. Also habe ich die Tür einfach offen stehen lassen und bin gegangen, damit er die Welt vor seiner Tür in Ruhe selbst erforschen konnte. Er sollte alles kennenlernen. Noch einmal ganz von vorn anfangen. Allein so etwas wie elektrisches Licht. Ja, überhaupt Licht. Er war an vollkommene Dunkelheit gewöhnt. Mein Mann schaltete das Licht nur ein, wenn er sich die Maske aufzog. Wenn er Kaspar erschrecken wollte. Ansonsten war es absolut dunkel. Ich habe seinen Teller mit Essen vor den Raum gestellt, um ihn herauszulocken. Und das funktionierte schließlich auch. Er kam aus der kleinen Öffnung in der Wand herausgekrabbelt. Hat sich auf allen vieren vorwärtsbewegt. Ich habe ihm die Kellertreppe hinauf- und in ein Auto hineingeholfen, das ich extra für diesen Tag gekauft hatte. Wir sind direkt nach Silkeborg gefahren, ohne uns auch nur ein einziges Mal umzusehen. Ich habe ein paar Gegenstände aus seinem Kellerraum mitgenommen und in sein Zimmer gelegt. Damit er sich ein bisschen zu Hause fühlen konnte.«

»Die beiden Puppen?«

»Ja. Und noch ein paar andere Dinge.«

»Die Maske? Die weiße Maske mit den Metallzähnen und den schwarzen Augen?«

»Nein, die nicht. Warum hätte ich die mitnehmen sollen? Ich habe nur Gegenstände mitgenommen, die Kaspar Sicherheit vermittelten. Die Maske hat ihn immer zu Tode erschreckt.«

»Sie haben die Maske also nicht in Ihr neues Haus mitgenommen?«

»Nein. Die behielt mein Mann. Viele Monate lang hatte ich Angst, dass er uns finden und umbringen würde. Doch er ist nie gekommen. Er wusste sicher, dass ich niemandem etwas sagen würde. Er wusste, dass ich ebenso schuldig war wie er. Es wäre ein größeres Risiko für ihn gewesen, mich oder Kaspar umzubringen, als einfach gar nichts zu tun. Solange ich den Mund hielt, war ich in Sicherheit. Dieser Gedanke hat mich davon abgehalten, irgendwem von dieser Geschichte zu erzählen.«

»Und was ist dann passiert?«

»Ich habe Kaspar im Haus behalten.«

»In dem Zimmer neben Ihrem Schlafzimmer?«

»Sie waren in meinem Haus?«

»Ja.«

»Na ja, natürlich waren Sie dort. Aber ich habe Kaspar nicht in dem Zimmer gefangen gehalten. Er konnte sich frei im Haus bewegen. Doch er hat sich am liebsten in dem dunklen Zimmer aufgehalten. Am Anfang war ich noch die ganze Zeit bei ihm zu Hause, aber nach ein paar Jahren musste ich mir eine Arbeit suchen. Um Geld zu verdienen. Und so habe ich noch einmal ganz von vorn angefangen, unter einem neuen Namen.«

»Welchem?«

»Unter demselben, den ich heute noch trage. Rosa Mayer. Eigentlich hieß ich Anna Mogensen, aber ich habe eine offizielle Namensänderung vornehmen lassen, bevor ich auf Jobsuche ging. Ich bekam einen neuen Pass und eine neue Krankenversicherungskarte. Habe alle Verbindungen zu alten Kollegen und Freundinnen abgebrochen. Ich stand niemandem so nahe, dass man mich ernsthaft vermisst hätte. Mein Mann hatte mich ungefähr genauso effektiv isoliert, wie wir Kaspar isoliert hatten. Aber nun wollte ich dieses Unrecht nicht länger fortsetzen. Ich wollte für das Kind da sein, das fast wie mein eigenes war. Auf eine Art war er ja mein Sohn. Einerseits habe ich ihn geliebt, und andererseits habe ich diese gewaltigen Schuldgefühle mit mir herumgetragen.

Ich wollte es gern wiedergutmachen. Ich wollte ihm helfen. Ihm endlich geben, was ich ihm vorenthalten hatte. Also habe ich angefangen, ihm Dinge beizubringen. Ich habe ihn im Menschsein trainiert. Er begann zu sprechen. Am Anfang nur sehr langsam, aber mit der Zeit sprach er immer besser. Seine Muskeln wurden kräftiger, und er konnte aufrecht gehen wie ein normaler Mensch.«

»Was haben Sie ihm über seine Zeit im Keller erzählt?«

»So wenig wie möglich. Solange ich ihn von anderen Menschen fernhalten konnte, erfuhr er ja nicht, dass sein Leben nicht normal war. Wir haben sechs Jahre zusammengelebt, Kaspar und ich. Niemand wusste davon. Er blieb im Haus, und ich habe nie jemanden zu uns nach Hause eingeladen. Aber mir war klar, dass es nur eine Frage der Zeit war, bis Kaspar auch den Rest der Welt sehen wollte. Ich habe ihn lange hingehalten, als er anfing, nach der Welt außerhalb des Hauses zu fragen, aber irgendwann konnte ich ihn nicht mehr vertrösten. Also habe ich ihm eine Wohnung besorgt und ihm gesagt, er solle sich einen Job suchen. Und ich habe ihm eingebläut, niemals irgendwem von seiner Vergangenheit zu erzählen. Von seiner Kindheit. Denn dann würde ich ins Gefängnis und er in die Psychiatrie kommen.«

»Dann war es also kein Teil des Experiments, dass er freigelassen wurde?«

»Ein Teil des Experiments? Nein. Das hatten wir längst hinter uns gelassen.«

»Und er hat nie jemandem von seiner Kindheit erzählt?«

»Nein.«

»Warum wurde er dann umgebracht?«

Die Frage treibt Rosa Mayer wieder die Tränen in die Augen.

»Das weiß ich nicht. Ich habe wirklich keine Ahnung. Das muss mein Mann getan haben. Er … er muss beschlossen haben, uns zu töten. Vielleicht hat er nicht mehr länger geglaubt, dass wir das Geheimnis weiterhin für uns behalten würden. Ich bin zu Kaspars Wohnung gefahren und habe die Tür aufgeschlossen, aber da war er schon tot. Er lag im Badezimmer, mit der Maske vor dem Gesicht. Ich bin sofort dort weggefahren. Bin zu meinem Exmann gefahren, um ihn … um ihn umzubringen, glaube ich. Aber mir fehlte wahrscheinlich der Mut. Ich weiß es nicht … Ich weiß nur, dass ich hier wegmuss. Doch ich kann nicht. Ich kann nicht davonlaufen. Warum sollte ich das tun? Jetzt, da Kaspar tot ist, gibt es sowieso nichts mehr, wofür es sich lohnt zu leben. Es gibt keinen Grund …«

Draußen vor dem Fenster bewegt sich etwas. Die Bewegung lässt Thomas aufschauen. Und hinter der Scheibe, hinter dem Gitter, erblickt er das Gesicht, das Claudia Berchems Nachbarin am Freitagabend gesehen hat. Das weiße Gesicht mit den schwarzen Augen und den Metallzähnen. Es sieht genauso aus wie die Maske, mit der er Kaspar Jensens Leiche gefunden hat.

Thomas kneift die Augen zusammen, und als er sie wieder öffnet, ist das Gesicht verschwunden.

Sein Puls beschleunigt sich. Das Herz schlägt kräftiger und schneller in seiner Brust. Er steht auf.

Wie hat der Maskenträger uns gefunden?

»Bleiben Sie hier«, sagt er zu Rosa Mayer. »Wir sind nicht

allein. Sobald ich aus dem Zimmer bin, schließen Sie die Tür und schieben den Tisch davor, okay?«

Sie nickt nicht. Starrt ihn nur mit leerem Blick an.

41

Thomas schließt die Tür hinter sich, als er den Flur betritt. Zieht seine Dienstwaffe. Zum zweiten Mal in nur einer Nacht. Schaut den dunklen Gang hinunter. In die Richtung des Lagers, durch das er hereingekommen ist. Wenn der Mann mit der Maske in den Laden eindringen will, muss er durch dieselbe Tür kommen.

Thomas hasst so etwas. Der Laden und die angrenzenden Räume haben sich in ein dunkles Labyrinth verwandelt. Es ist eine Jagd nach Schatten. Es gibt unzählige Möglichkeiten, Fehler zu begehen. Ein guter alter Faustkampf wäre ihm lieber, wenn er schon Gewalt anwenden muss. Genau wie in seiner Kindheit. In dieser Disziplin sind ihm die wenigsten überlegen. Eine ehrliche und offen gehandhabte Art von Gewalt.

Das Adrenalin schießt ihm durch den Körper, und es fühlt sich so an, als hätte er zu viel Kaffee getrunken. Zitternde Hände und fahrige Bewegungen. Er spürt, wie ihm ein Schweißtropfen vom Haaransatz ins Auge rinnt. Er blinzelt.

Kneift die Augen zusammen in der Dunkelheit.

Ruhig. Ganz ruhig jetzt.

Geht den Gang hinunter. Zurück ins Lager. Die Tür ist angelehnt, und der Wind pfeift durch den schmalen Spalt herein. Thomas erinnert sich nicht, ob er die Tür vorhin hinter sich zugezogen hatte. Aber das ist jetzt auch egal. Sie war auf jeden Fall nicht abgeschlossen, sodass der Mann mit der Maske ungehindert hätte hereinkommen können.

Ein Schritt nach vorn. Sein Herz hämmert. Der Puls dröhnt ihm in den Ohren.

Ich hätte auf Møller warten sollen. Warte, und du bereust es. Warte nicht, und du bereust es auch. Warte oder lass es bleiben – du wirst es so oder so bereuen.

Im Lager ist niemand zu sehen. Die Tüte mit den Backwaren ist immer noch da. Die Kästen mit den leeren Flaschen. Die Zeitschriften, Magazine, Pornohefte. Alles sieht genauso aus wie zuvor.

Er hält inne, als er ein Geräusch aus dem Laden hört. Ein leises Klicken. Er dreht sich nach links, die Pistole voran. Geht durch die Schwingtür. Die großen Kühlvitrinen im Laden summen. Der Raum ist kalt. Die Schwingtür klappt hinter ihm noch ein paarmal auf und zu, bevor sie sich schließt.

Hier ist niemand.

Wieder hört er das Klicken. Es kommt aus der Kühlvitrine direkt neben ihm. Ein schaltendes Relais.

Er geht zurück durch die Schwingtür. Durch den Gang zum Personalraum. Er muss Rosa Mayer hinausbringen. In Sicherheit. Das ist das Wichtigste. Dann kann er mit dem Maskierten weiter Verstecken spielen. Wenn Rikke Møller da ist.

Er erreicht das Ende des Ganges. Die Tür zum Personalraum steht offen. Seine eigene ungeöffnete Flasche Mineralwasser und Rosa Mayers Cola stehen auf dem Tisch. Aber

Rosa ist verschwunden. Er dreht sich um. Läuft zurück durch den Gang. Schaut ins Büro. Die Briefumschläge mit dem Geld sind nicht mehr da. Er eilt zurück ins Lager. Zur Hintertür. Sie ist jetzt weit geöffnet, und draußen sieht er Rosa. Sie liegt bäuchlings auf dem Asphalt. Er blickt sich nach beiden Seiten um, bevor er zu ihr läuft. Sie rührt sich nicht. Blutet aus einer Schnittwunde am Hinterkopf.

Aus dem Augenwinkel sieht Thomas, dass der Kofferraum seines VW Passats jetzt offen steht.

Warum, zum Teufel, ist er nicht geschlossen?

In der nächsten Sekunde hört er Schritte hinter sich. Er dreht sich um. Starrt unmittelbar auf die weiße Maske. Auf einen Mund voller kleiner, spitzer Zähne. Die Arme seines Gegenübers sind erhoben und die Metallfingernägel an den Handschuhen auf ihn gerichtet wie die Krallen eines angreifenden Tieres. Zuerst schlägt die eine Hand nach Thomas, und er spürt wie die Klingen sein Gesicht aufschlitzen. Er duckt sich. Der nächste Schlag trifft seine Hand, sodass er die Pistole fallen lässt.

Ein weiterer Hieb. Schnell und kräftig. Gegen den Hals. Er sieht das stumme Grinsen der Maske genau vor sich, als er neben Rosa Mayer auf die Knie geht. Blut strömt ihm über die Brust. Warm und klebrig. Dann rammt ihm der maskierte Mann die Finger mit den spitzen Nägeln mitten in den Brustkorb. Dreht die Hand hin und her. Bohrt sie ihm tiefer und tiefer ins Fleisch, während die großen, schwarzen Augen der Maske Thomas anstarren. Als würden sie ihn studieren. Als der Mann die Hand wieder zurückzieht, fällt Thomas vornüber. Mit dem Kopf voran auf den Asphalt. Er spürt, wie Steinchen und kleine Glasscherben in seine frischen Gesichtswunden eindringen. Sein Blick ist verschleiert, und er kann nur mit dem linken Auge etwas sehen. Das rechte ist wie abgestorben und voller Tränenflüssigkeit. Einer der Metallfingernägel muss sein Augenlid und den Augapfel verletzt haben. Muss das Auge zerstört haben.

Er spürt, wie sich die Muskeln in seinem Körper verkrampfen. Fühlt sich wie ein frisch gefangener Fisch in der Bratpfanne. Er versucht, sich zu bewegen, doch das ist unmöglich. Seine Gedanken führen zu keinen Handlungen mehr.

Durch einen Tränenschleier sieht er, wie der Mann mit der Maske Rosa unter den Armen packt. Er zieht die beleibte Frau zu dem alten Peugeot 405 hinüber. Öffnet die Beifahrertür. Hebt, schiebt und drückt die regungslose Frau auf den Sitz. Zieht sich dann die Maske und die Handschuhe aus und wirft sie zu ihr in den Wagen. Sein Gesicht entzieht sich gerade so Thomas' Blick. Doch Thomas braucht es nicht zu sehen. Er weiß, wer der Mann ist. Ihm ist eingefallen, wo er Rosa Mayer schon einmal gesehen hat.

Der Mann setzt sich ans Steuer. Der Motor des Peugeots surrt ein paarmal, bevor er mit einem feuchten Röcheln anspringt. Das Auto bewegt sich einige Male vor und zurück, um an Thomas' VW Passat vorbeizugelangen. Dann verschwindet es aus Thomas' Blickfeld.

Unter seiner Wange bildet sich eine warme Blutlache. Die Gedanken in seinem Kopf lösen sich auf. Die Worte verdampfen. Werden zu Geistern und grauen Wolken, die aus den Poren seiner Haut entweichen und heimatlos in den Nachthimmel emporsteigen.

In weiter … weiter Entfernung … hört er ein Auto näher kommen. Eine Autotür, die geöffnet wird.

»Thomas? Thomas, verdammt noch mal.«

Das ist Rikke Møllers Stimme. Dunkel. Burschikos. Und weit, weit weg.

42

»Thomas?«

Die Stimme ist jetzt ganz nah. Doch es ist nicht mehr Rikke Møllers Stimme. Nun versucht Meilby, durch die Dunkelheit zu ihm vorzudringen. Eine vollkommene Dunkelheit, die ihn ganz und gar umgibt.

»Thomas, können Sie mich hören?«

Thomas nickt. Sein Kopf dröhnt. Fühlt sich doppelt so groß an wie sonst. Als wäre jeder Quadratmillimeter seines Gesichts angeschwollen.

Er nimmt wahr, dass er liegt. Er liegt auf etwas Weichem. Die Luft um ihn herum ist trocken. Warm.

Noch einmal versucht er, die Augen zu öffnen, doch es gelingt ihm nicht.

»Ich …«, sagt er. Seine Stimme ist rau. Schwach.

»Sie sind im Krankenhaus Skejby«, hört er Meilby sagen. »Møller hat Sie in Silkeborg gefunden und einen Krankenwagen gerufen.«

»Wo ist …«

»Sie ist im Polizeipräsidium Aarhus. Sie können sich später bei ihr bedanken, Sie Trottel. Wenn Møller nicht gewesen wäre, dann wären Sie jetzt tot. Ihre Halsschlagader war aufgeschlitzt. Genau wie bei …«

Er hält inne.

Thomas hebt die Hand. Berührt vorsichtig mit den Fingerspitzen sein Gesicht. Er spürt Pflaster, Mullbinde und Watte. Seine Finger wandern weiter nach oben. Zu den Augen. Sie sind ebenfalls verbunden. Deshalb kann er also nichts sehen.

»Hören Sie auf, an den Verbänden herumzufummeln, Thomas. Die Ärzte haben sich an Ihrem rechten Auge zu schaffen gemacht, aber sie wissen nicht, ob sie es retten können.«

Er seufzt.

»Wie viel Uhr ist es?«, fragt Thomas.

»Halb zwölf. Mittags.«

»Welcher …«

»Sonntag. Es ist immer noch Sonntag.«

Langsam, ganz langsam fällt Thomas alles wieder ein.

Der Unfall am Freitagabend, Dahl und Emma, die Stoffpuppe, die Figur aus Maschendraht, Harry Harlow, die Ersatzmütter, Ida Rasmussen, Jacob Wied, die wilden Kinder, die Dunkelheit, die dämonische Maske, Rosa Mayer …

»Rosa?«, bringt er hervor. Jeder Versuch, den Kopf anzuheben, jede noch so kleine Mundbewegung, jedes Augenblinzeln jagen ihm einen stechenden Schmerz durch die Wunden.

Meilby seufzt noch einmal. Jetzt tiefer. Thomas spürt, dass er sich zu ihm auf die Bettkante setzt.

»Wir haben ihren Wagen am Hafen von Aarhus gefunden. Sie saß selbst am Steuer. Auf dem Beifahrersitz lagen eine Maske und ein paar Handschuhe, wie wir sie auch bei Kaspar Jensen gefunden haben. Ida Rasmussen hat mir von Harry Harlow erzählt. Ich glaube, ich weiß jetzt, wie alles zusammenhängt: Rosa Mayer hat Kaspar Jensen von Anfang an beobachtet. Sie wollte sehen, wie er mit einem Kind zurechtkam. Mit dem Geld aus dem Minimarkt wollte sie sich aus dem Staub machen, und als Sie ihr dazwischenkamen, hat sie versucht, Sie umzubringen. Sie dachte, das wäre ihr auch gelungen. Aber dann hat sie ihre Flucht bereut und sich selbst getötet.«

Thomas schüttelt den Kopf.

»Nein«, presst er zwischen den Lippen hervor, während sein Gehirn im Hintergrund weiterarbeitet. Ihm die Ereignisse des Wochenendes in scheinbar willkürlicher Reihenfolge zu Bewusstsein bringt: *die Handschuhe, die metallenen Fingernägel, Harlows diabolischer Roboter, Helena Berchem, die Jugendlichen auf dem Moped, Leon Bech …*

Er weiß, wo er Rosa Mayer schon einmal gesehen hat. Sie war die Frau, die ihm im Weg stand, als er das erste Mal vor Leon Bechs Haus vorfuhr.

Allmählich finden die willkürlichen Wörter in seinem Kopf eine Ordnung. Bilden ein Muster, das er vorher nicht gesehen hat: Leon Bech ist der Mann aus Rosa Mayers Erzählung. Der Mann, der sich vor Eva als Arzt ausgab. Der Mann, der hinter den Versuchen im Keller steckt.

Er lag in meinem Kofferraum. Er hat mich mit dem Müllsack abgelenkt, als ich sein Haus verließ, und dann hat er sich in den Kofferraum gelegt, weil er wusste, dass ich zu Rosa Mayer wollte. Er muss die Maske und die Handschuhe in Reichweite gehabt haben, als er in der Haustür stand. Ich selbst habe ihn zu ihr geführt. Deshalb stand der Kofferraum offen, als ich aus dem Lager kam.

Er versucht, sich aufzusetzen, doch vor lauter Schmerzen

zittert er am ganzen Körper. Es fühlt sich an, als würden die frischen Nähte platzen, die Narben aufreißen.

»Was, zum Henker, machen Sie denn, Thomas?«, brüllt Meilby.

»Leon Bech«, stöhnt Thomas.

Es passt alles zusammen: Kaspar Jensen zieht aus dem Haus in Silkeborg aus und lässt sich in Aarhus nieder. Er findet einen Job in einem Café, das in der Nähe von Leon Bechs Praxis liegt. Es ist nur eine Frage der Zeit, bis Leon Bech auf ihn aufmerksam wird. Vielleicht sieht er Kaspar, als er in dem Café mal einen Kaffee trinkt. Oder er sieht ihn auf dem Weg zwischen dem Café und seiner Wohnung den Marktplatz überqueren. Leon Bech erkennt sofort sein Projekt 001 und beschließt, Kaspar zu beobachten. Um herauszufinden, ob der junge Mann eine Bedrohung für ihn darstellt. Ob Rosa Mayer ihm erzählt hat, wer er ist und wer hinter all dem steckt, was er durchmachen musste. Ob er auf die Idee kommen könnte, das Ganze auffliegen zu lassen. Leon weiß, dass Rosa Mayer nie irgendwem von dem Projekt erzählen würde. Er weiß, dass sie viel zu viel Angst davor hat, die Wahrheit könnte sie und Kaspar trennen. Aber wie ist das mit Kaspar? Würde er ihn möglicherweise verraten?

Während er Kaspar beobachtet, wird Leon auf Claudia Berchem aufmerksam, und er sieht sofort, dass sie das Potenzial hat, eine neue Rosa Mayer zu werden. Eine neue Frau, die er manipulieren kann, damit er endlich mit seinem Projekt 002 beginnen kann. Emma. Er bietet Claudia an, sie umsonst zu behandeln, und gewinnt langsam ihr Vertrauen. Er nimmt sie zu sich, als sie mit Emma schwanger ist. Vielleicht ist sie aus Versehen von einem ihrer Männer schwanger geworden, oder ist sogar Leon selbst der Vater? Sie zieht bei ihm ein. Und Leon Bech setzt seine Versuche mit einem neuen Säugling fort.

Leon Bech war der Freund, den Pernille Køng in Claudias Leben vermutet hat. Er war es, der hinter Claudias Wesensänderung steckte. Kein schwacher Mann, den sie nach ihrer Pfeife tanzen lassen konnte, sondern ein starker Mann, der sie ausnutzen konnte, so wie sie auch als Kind schon ausgenutzt worden war.

Leon Bech hat versucht, Thomas auf einen Holzweg zu führen, indem er seine Aufmerksamkeit auf Claudias Mutter und ihre Rolle bei der Misshandlung lenkte. Er wollte Thomas glauben machen, dass Kaspar und Claudia ein Paar waren. Dass sie perfekt zueinanderpassten. Zuerst hat er Kaspar Jensen getötet und es wie Selbstmord aussehen lassen. So als hätte das schlechte Gewissen den jungen Mann in den Tod getrieben. Auf diese Weise wurde Bech zwei Probleme gleichzeitig los: Es konnte ihn niemand mehr verraten, und die Polizei würde davon ausgehen, dass Kaspar Jensen hinter Emmas und Dahls Entführung steckte. Als Leon merkte, dass die Ermittlungen die Polizei zu Rosa Mayer führten, versuchte er das Gleiche noch einmal. Er wollte es so aussehen lassen, als hätte Rosa Thomas und anschließend sich selbst getötet.

Leon Bech kann durchaus am Freitagabend in Horslunde und auf dem Kildevej gewesen sein und es noch rechtzeitig nach Hause geschafft haben, um Thomas am Samstag bei sich zu Hause zu empfangen. Er war nicht bei Freunden. Er war dabei, seine Spuren zu beseitigen. Er ist zwar alt, aber noch gut in Form. Er ist gerade erst einen Marathon in Berlin mitgelaufen.

Das passt alles zusammen.

»Leon Bech? Wer ist das?«, fragt Meilby.

»Claudias Psychologe«, stöhnt Thomas.

Die Gedanken brennen in seinem Kopf. Brennen darauf hinauszugelangen. Doch er kann kaum sprechen. Kann die Sache nicht erklären.

»Emma und Dahl … sind in seinem Keller«, bringt er mühsam hervor.

»Was sagen Sie da?«

Thomas beißt die Zähne zusammen. Erinnert sich an das, was Rosa ihm erzählt hat: Im Keller befindet sich eine Tür. Sie ist verschlossen. Dahinter müssen Emma und Dahl sein.

43

Stabmixer.

Das Wort hallt Martin Dahl durchs Bewusstsein. Es ist der Rest eines Traums, und um weiterträumen zu können, klammert er sich an dieses Wort.

Gerade stand er noch mit Lene in der Küche. Sie haben zusammen gekocht. Er hat Lene zum Lachen gebracht. Wie in alten Zeiten. Und die Mädchen haben im Wohnzimmer gesessen und einen Zeichentrickfilm gesehen. Alles war gerade noch so schön. Doch dann hatte Lene plötzlich den Stabmixer in der Hand. Er wollte ihr gerade etwas sagen, als sie das Gerät einschaltete und seine Worte übertönte. Er wollte ihr sagen, wie sehr er sie liebte, und jetzt kann sie überhaupt nichts mehr hören.

Das Brummen des Stabmixers wird lauter. Es lässt die weißen Designertöpfe auf dem Herd auf und ab hüpfen. Die Teller fallen aus den Tellerregalen, und der kleine schwarze Ferrari rollt vom Fensterbrett. Die Erschütterungen werden kräftiger, und dann stürzen die Wände ein. Das ganze Haus bricht in sich zusammen.

Nein. Das ist kein Stabmixer. Und ich bin auch nicht in der Küche.

Er öffnet die Augen. Liegt noch immer in dem zugemauerten Raum auf dem Fußboden, vor ihm der alte Fernseher.

Der Boden unter ihm vibriert. Die Wände beben. Von der Decke rieselt hellgrauer Putz.

Mühsam hebt er den Kopf. Sieht zu der zugemauerten Türöffnung hinüber. Sie ist in eine Staubwolke eingehüllt. Ein Betonblock bewegt sich aus der Wand. Fällt zu Boden. Weitere Blöcke folgen.

Dann wird es still. Eine Gestalt tritt durch den Staub. Klettert über die Betonblöcke, um zu Martin zu gelangen. Kniet sich neben ihn. Kommt mit ihrem merkwürdigen Kopf dicht an ihn heran. Das Gesicht ist ganz runzelig, der Kopf viel zu klein, und die Ohren sind zu groß.

»Martin? Ist alles in Ordnung mit Ihnen?«

Martins Körper ist wie eine Festung. Er fühlt sich immer noch wie hinter dicken Mauern gefangen. Seine Augen sind schmal wie Schießscharten. Er kann kaum etwas sehen.

Er schließt sie.

Das ist nur ein Traum. Noch so ein Albtraum. Wenn ich gleich die Augen öffne, ist Meilby verschwunden, und ich bin wieder allein mit dem Fernseher und dem kleinen Jungen auf dem Video.

Öffnet sie wieder.

Meilby ist immer noch da.

»Es ist vorbei, Martin«, sagt er. »Wir holen Sie jetzt hier raus.«

Er steht auf und geht im Raum umher.

»Sie ist nicht hier«, hört Martin ihn sagen. »Emma ist nicht hier.«

Emma, denkt Martin benommen. *So heißt das Mädchen also.*

Drei Wochen später

44

Thomas dreht den Rückspiegel so, dass er sein Gesicht darin sehen kann. Die Narben und die hautfarbene Augenklappe vor dem rechten Auge. Im Halbdunkel sind die vernarbten Wunden kaum zu erkennen, doch er weiß, dass sie da sind. Fünf senkrechte, dunkelrote Striche. Wie Gitterstäbe vor dem Gesicht. Fünf weitere Narben für seine Sammlung. Schlechte Erinnerungen, in die Haut eingeritzt, so als wäre sein Körper ein Album, in dem die schlimmsten Tage seines Lebens festgehalten sind. Mit der Zeit werden sie eine andere Farbe annehmen. Werden nicht mehr ganz so deutlich zu sehen sein. Doch verschwinden werden sie nie.

Genau das aber hat Thomas jetzt vor. Zumindest eine Zeit lang. Seine Reisetasche liegt gepackt im Kofferraum. Er muss nur noch den Dienstwagen beim Präsidium abliefern, bevor er die Bahn zum Flughafen nimmt.

Und noch etwas muss er vorher erledigen.

Er steigt aus dem Auto. Tritt in die Dunkelheit des Abends. Die Kälte schmerzt auf der empfindlichen Gesichtshaut. Die Luft ist klar. Auf den Dächern der parkenden Autos hat sich schon der Frost ausgebreitet. Eine dünne weiße Schicht aus kleinen, ineinander verflochtenen Blumen, die Thomas an Schimmel auf altem Brot erinnert.

In Nataljas Wohnung brennt Licht. Es sind die einzigen

Fenster im Gebäude, in denen keine Weihnachtsherzen, Engel oder Sterne hängen. Das Licht kommt aus der Bibliothek. Natürlich. Sie sitzt sicher noch am Schreibtisch und arbeitet.

Thomas überquert die Straße wie so viele Male zuvor. Er führt den Finger zu ihrem Namensschild neben der Tür und drückt auf die Klingel. Er rechnet nicht damit, dass sie ihm aufmacht, doch er fände es merkwürdig, das Land zu verlassen, ohne noch ein letztes Mal das Gespräch mit ihr zu suchen.

Er zählt von zehn an rückwärts, während er wartet, und als er bei null angekommen ist, dreht er sich um und geht zurück zum Dienstwagen.

Es gibt viel, worüber er gern mit ihr gesprochen hätte: Leon Bech und Emma Berchem zum Beispiel. Nach ihnen wird nun in ganz Europa gefahndet, aber niemand scheint sie gesehen zu haben. Sie sind genauso spurlos verschwunden, wie Claudia nach ihrer Begegnung mit Leon plötzlich nicht mehr da war. Das letzte Lebenszeichen des Psychologen und seines Versuchsobjekts haben zwei Überwachungskameras an einer Tankstelle in Padborg geliefert. Thomas hat sich die Aufnahmen ein paarmal angesehen: Leon Bech steigt aus einem Mercedes-Benz C-Klasse, einem Kombi. Er tankt und geht in den Laden, um bar zu bezahlen. Sicher mit dem Geld, das Rosa Mayer stehlen wollte, denn Leon Bech hat seit dem Sonntag, an dem er verschwand, nicht eine Öre von seinen Konten abgehoben. Er kauft auch ein paar Schokoriegel und einen Kaffee. Geht zurück zum Wagen und setzt sich hinein. Als er wegfährt, fangen die Kameras noch gerade so einen großen Pappkarton im Kofferraum ein. Die Bilder sind undeutlich, aber Thomas meint, ein paar kleine Löcher in dem Karton gesehen zu haben. Luftlöcher. So als würde Leon Bech einen Hundewelpen transportieren.

Sie haben die Aufnahmen IT-Fachleuten gezeigt, aber keiner konnte mit Sicherheit bestätigen, dass Thomas richtig gesehen hat. Dahl ist überzeugt davon, dass Emma Berchem noch lebt, weil Leon Bech ihre Leiche ansonsten zusammen mit ihm eingemauert hätte. Leon muss noch irgendetwas mit Emma vorgehabt haben, warum hätte er seine beiden Gefangenen sonst trennen sollen?

Meilby schüttelt darüber nur den Kopf, aber Thomas sieht die Sache so. In erster Linie, weil es ihm logisch erscheint, aber auch, weil er gern an der Hoffnung festhalten möchte, dass Emma wieder auftaucht. Dass früher oder später irgendwo in Europa irgendjemand einen Mann sieht, auf den die Beschreibung von Leon Bech passt. Und dass diese Spur die Polizei schließlich zu Emma führen wird.

Ganz unabhängig davon, ob sich in dem Pappkarton in Leons Auto tatsächlich Emma oder nur Wäsche zum Wechseln befand, nimmt Thomas an, dass Leon wenige Minuten nach dem Tanken über die Grenze nach Deutschland gefahren ist. Somit hatte er Dänemark bereits verlassen, bevor Thomas zu sich kam und Meilby erzählen konnte, wie alles zusammenhing. Er hatte sich aus dem Staub gemacht, während Meilby und Rikke Møller und die anderen immer noch davon ausgingen, dass Rosa Mayer hinter Claudias Verschwinden und Emmas und Kaspar Jensens Misshandlung steckte.

In den vergangenen Wochen hat Thomas versucht dahinterzukommen, was Leon Bech wohl dazu getrieben hat, Harry Harlows Versuche mit Menschen anstelle von Affen durchzuführen. Doch die einzigen Hinweise, auf die sich eine mögliche Erklärung stützen könnte, sind ein Foto, auf dem Leon Bech vor einer Versammlung von Tierschützern redet, und eins der Bücher, die er geschrieben hat: *Die dritte Kraft – Eine Annäherung an Maslow*. Der Psychologe Abraham Maslow hat eine Zeit lang mit Harry Harlow zusammengearbeitet, und in seinem Buch zeigt Leon Bech Interesse an der psychologischen Forschung der damaligen Zeit sowie an Harlows Experimenten. Wie Ida Rasmussen Thomas ja bereits im Hotel Royal erklärt hatte, wurde Harlow unter anderem dafür kritisiert, dass zwischen Rhesusaffen und Menschen zu große Unterschiede bestünden, als dass seine Forschungsergebnisse verwendbar wären. Leon Bech könnte diese Auffassung geteilt und versucht haben, die Leute davon zu überzeugen, dass Tiere keine geeigneten Versuchsobjekte für psychologische Studien seien. Will man die Psychologie des Menschen studieren, muss man Menschen benutzen.

Doch das ist reine Spekulation. Thomas hat für nichts davon Beweise. Keiner der Tierschützer auf dem Foto kann sich besonders deutlich an Leon Bech erinnern, und sie wissen auch nicht mehr, welche Sache er vertrat und warum er auf der Versammlung mit dabei war.

Die kriminaltechnische Untersuchung von Leon Bechs Kellerbüro und dem niedrigen Raum hinter der Metallluke hat auch nicht viel zum Verständnis des Falls beigetragen.

Thomas kann sich denken, dass Leon Bech den Keller irgendwann einmal hat ausheben lassen, doch wer die Arbeit durchgeführt hat, konnten er und seine Kollegen nicht herausfinden.

Dafür hat eine Durchsicht der Konten des Psychologen ergeben, dass die Betonblöcke, mit denen er die Tür zum Kellerbüro zugemauert hat, vor sieben Jahren gekauft wurden. Er muss sie für den Fall gelagert haben, dass er einmal gezwungen wäre, seine Spuren zu beseitigen. Wenn Kaspar Jensen oder Rosa Mayer zum Beispiel beschlossen hätten, zur Polizei zu gehen. Dann hätte er innerhalb kürzester Zeit den Zugang zum Büro versperren und die Mauersteine in demselben weißen Farbton streichen können, den auch die restlichen Kellerwände hatten, und so wäre aus dem Gang, der zum Büro führte, einfach eine kleine Rumpelkammer geworden. Er hätte nur noch ein paar alte Umzugskartons, Besen und Farbeimer hineinzustellen brauchen, um die Illusion vollkommen zu machen. Und genauso hat er es auch gemacht, als er auf einmal Martin Dahl loswerden musste.

Als Thomas sich dem Dienstwagen nähert, steigt ein Sog in ihm auf. Ein Gefühl, wie im freien Fall. So als würde er durch den Asphalt in die Tiefe stürzen. Durch die lehmige, kalte Erde, die ihn umschließt und von Kopf bis Fuß verschluckt. Er lässt los. Jetzt lässt er einfach los.

Da hört er hinter sich ein Knacken. Es ist die Gegensprechanlage. Natalja hat oben in ihrer Wohnung den Hörer abgehoben.

Er bleibt stehen. Mitten auf der leeren Straße. Wendet sich um. Ist einen Augenblick im Zweifel, ob er sich verhört hat. Doch dann ertönt aus dem kleinen Lautsprecher an der Hauswand ein weiteres Knacken.

»Thomas?«, erklingt Nataljas Stimme aus der Gegensprechanlage. »Thomas, bist du da?«

Mit Dank an

Henrik Andersen
Tina T. Olesen
Mikkel Thomsager
die Polizei Kopenhagen
die HOFOR
Verlage, Agenten, Freunde und Familie

Leseprobe

Jens Østergaard

Bis ans Ende ihrer Tage

Die Streifenwagen stehen dicht gedrängt vor dem rot-weiß gestreiften Absperrband mitten auf der Arkonagade im Stadtteil Vesterbro. Blaulicht blinkt lautlos im strömenden Regen und wirft flackernde Schatten auf die Hauswände.

Thomas Nyland spürt das dumpfe Rumpeln unter sich, als er über das Kopfsteinpflaster fährt. Er parkt seinen Dienstwagen abseits der anderen neben dem der Hundeführer und schaut durch das Geflimmer der Regentropfen hinauf zu den Hausdächern. Vor ihm peitschen die Scheibenwischer hin und her, und damit die Frontscheibe von innen nicht beschlägt, arbeitet das Gebläse auf höchster Stufe. Es hat den ganzen Februar über geregnet, und auch jetzt, da der Kalender mittlerweile Anfang März anzeigt, hat sich das Wetter noch nicht gebessert. Der Himmel über Kopenhagen ist schwarz wie das Nichts.

Er zieht den Reißverschluss seines etwas zu dünnen und etwas zu engen Anoraks bis zum Hals hoch und windet sich aus dem Auto. Bei dieser Bewegung kommt er sich jedes Mal vor wie eine Hand, die sich aus einem Gummihandschuh pellt.

Er hat breite Schultern, ist kräftig gebaut und hat mächtige Oberarme, was allerdings nicht das Ergebnis vieler Stunden im Fitnesscenter ist. Seine Statur ist vielmehr das Erbe einer Bauernfamilie, die sich über unzählige Generationen hinweg auf den Feldern von Ostjütland abgerackert hat, wo auch er aufgewachsen ist. Und während diese Körperfülle durchaus von Vorteil war, als er damals in seiner Anfangszeit als junger Polizeianwärter diversen Kleinkriminellen auf der Straße einen Schrecken einjagen wollte, und auch heute noch manchmal von Vorteil sein kann, wenn er sich als Leiter ständig wechselnder Ermittlungsgruppen in der Abteilung für Personen gefährdende Kriminalität gegenüber seinen Kollegen durchsetzen muss, so ist sie ein mindestens ebenso großes Hindernis, wenn er in ein Auto hinein- oder wieder hinauswill.

Mit dem üblichen Mangel an Eleganz tritt er zum Abschluss dieses Manövers mit dem linken Fuß in eine tiefe Pfütze. Augenblicklich dringt Wasser durch ein Loch in der Schuhsohle, und seine Socke nimmt es auf wie ein Baby mit außer Kontrolle geratenem Saugreflex.

Er registriert es nicht, weil er im selben Moment auf Adam Zahle aufmerksam wird, der ihn mit ausholenden Armbewegungen zu sich winkt.

»Solltest du nicht ein bisschen mehr anhaben?«, begrüßt ihn der junge Ermittler.

Thomas sieht an sich hinunter: »Ist nicht notwendig. Ich habe noch eine Daunenjacke unter der Haut.«

Diesen Daunenjackenkommentar bringt Thomas beileibe nicht zum ersten Mal, aber Zahle ist trotzdem so höflich, ein kurzes, trockenes Lachen auszustoßen, bevor er fortfährt: »Hast du die Ehre, mit diesem Fall betraut zu sein, oder hältst du nur die Stellung, bis der Chef der Mordkommission da ist?«

»Dies ist mein Fall. Er verfolgt die Sache gewissermaßen von der Seitenlinie aus. Oder wahrscheinlich eher vom Bett aus, wenn man bedenkt, wie spät es ist. Er kommt morgen früh und räumt hier auf.«

»Das ist wirklich eine ganz schöne Sauerei da oben«, sagt der blasse junge Mann. Das feuchte, dunkle Haar klebt ihm in großen Locken auf der Stirn. Er presst die Lippen zusammen, scheint nach geeigneteren Worten zu suchen, wiederholt aber schließlich nur noch einmal: »Ist wirklich eine Sauerei da oben.«

Er deutet auf das mehrstöckige Haus, und gemeinsam gehen sie auf die offene Tür zu. Thomas begrüßt ein paar Kollegen mit einem Kopfnicken.

»Bist du der Einzige aus dem City-Revier?«, fragt Thomas seinen jungen Kollegen, als sie im Treppenhaus sind. Er selbst hat sein Büro im Polizeipräsidium von Kopenhagen, während Zahle im Polizeirevier Vesterbro, dem City-Revier, arbeitet. Bei Morden oder anderen Gewaltverbrechen werden in der Regel ein paar Beamte von der nächstliegenden Wache zum Tatort geschickt, die sich um die Situation kümmern, bis der Chef der Mordkommission oder einer seiner engsten Mitarbeiter da ist. Dann wird eine Gruppe von sechs bis zehn Ermittlern aus der Abteilung für Personen gefährdende Kriminalität mit den schwierigen ersten Phasen der Ermittlungsarbeit betraut.

»Nein, Eggers und Nielsen sind hier auch irgendwo«, sagt

Zahle. »Und dann noch sieben, acht Streifenpolizisten. Sie befragen gerade den Anzeigeerstatter und die anderen Nachbarn.«

»Wie ich höre, haben wir es mit einem Mord zu tun«, sagt Thomas.

»Ja, das kann man wohl sagen. Komm, wir müssen ganz hoch in den vierten Stock.«

Thomas tritt seine Schuhe auf der Fußmatte ab, und seine durchnässte Socke gibt ein quatschendes Geräusch von sich.

»Wer hat uns geholt?«, fragt er.

»Um zehn nach drei hat der Nachbar die Einsatzzentrale angerufen. Er hatte ein Krachen gehört, vermutlich als die Tür eingetreten wurde, und dann Rufe aus der Wohnung. Er hat zuerst nicht reagiert, weil er dachte, das wäre nur ein normaler Streit. Aber dann fing eine Frau an, laut zu schreien, und er hat da drinnen irgendwas poltern hören. Danach war alles still.«

»Wie lange hat es gedauert, bis eine Streife hier war?«

Zahle antwortet nicht, sondern bleibt stehen und lehnt sich so unauffällig wie möglich an das Geländer.

»Keine Kondition?«, fragt Thomas.

»Ich gehe jetzt schon zum tausendsten Mal diese Treppe hier hoch. Demnächst hätte ich gern einen Vermerk in meinem Arbeitsvertrag, dass ich nur für Verbrechen im Erdgeschoss infrage komme. Was wolltest du wissen?«

»Wie viel Zeit ist vergangen, bis wir am Tatort waren?«

»Der erste Wagen des City-Reviers war nicht mal vier Minuten nach dem Notruf hier. Wie aus dem Lehrbuch. Aber da war es schon zu spät.«

Sie gehen weiter die Treppe hinauf.

»Ein Streit, sagst du. Ein Mann und eine Frau?«

»Eine Frau und zwei Männer.«

»Und einer der Männer ist tot?«

»Das Opfer heißt Anders Thorgaard. Siebenundzwanzig Jahre alt und Informatikstudent. Er hat die Wohnung gemietet. Dem Nachbarn zufolge hatte Anders gerade eine unbekannte Frau da, als der Täter auftauchte.«

»Und der Nachbar hat keine Ahnung, wer die Frau und der Täter sind?«

»Scheint keine besonders enge Nachbarschaft gewesen zu sein, aber er meint, Anders Thorgaard hätte allein in der Wohnung gelebt. Ihm war nie aufgefallen, dass da noch eine Frau wohnt.«

»Und wo sind die Frau und der andere Mann jetzt?«

»Die beiden Beamten, die zuerst hier waren, haben erzählt, dass zwei blutige Fußspuren die Hintertreppe hinunterführen. Eine barfuß, Größe sechsunddreißig, und die andere Größe siebenundvierzig, ein Paar dreckige Stiefel. Wahrscheinlich Militärstiefel oder so was in der Art. Der Täter scheint das Mädchen die Treppe hinunter verfolgt zu haben, nachdem er Thorgaard umgebracht hatte, und jetzt sind beide verschwunden. Die Hunde sind schon dabei, die Gegend abzusuchen, und ein Personenspürhund ist auch dabei.«

Thomas brummt zustimmend. Personenspürhunde sind speziell ausgebildete Hunde, die bei ihnen nur in besonders ernsten Fällen wie bei Vergewaltigung oder Mord zum Einsatz kommen, unter anderem, um nach DNA-Spuren zu suchen.

Sie betreten den Flur. Es ist dunkel und stickig. Thomas versucht, normal zu atmen, aber der penetrante Geruch von Fett und Eisen legt sich ihm wie ein klebriger Film auf Haut und Mund. Langsam gehen sie weiter hinein. Meiden die Mitte des Ganges, um keine technischen Formspuren zu zerstören, bevor die Kollegen von der Kriminaltechnik Gelegenheit hatten, die Wohnung zu durchforsten. Sie fassen nichts an. Lassen die Finger von den Lichtschaltern und heben nichts vom Boden auf.

Sie kommen ins Wohnzimmer. Eine windschiefe Reispapierlampe hängt von der Decke und verbreitet ein bleichgelbes Licht im Raum. Am Fenster steht ein Esstisch und an der Wand ein Sofa. Auf einem alten Schreibtisch befindet sich ein Laptop, der an zwei große Flachbildschirme angeschlossen ist. Keine Pflanzen auf dem Fensterbrett, keine Kissen auf dem Sofa, kein Kerzenständer auf dem Tisch.

»Hier hat keine Frau gewohnt. Und wenn doch, dann noch nicht sehr lange«, sagt Thomas halb zu sich selbst.

Er deutet mit dem Kopf auf den Computer: »Einer von den IT-Leuten soll sich den mal angucken, sobald sie hier sind. Am besten Hindrik Skulasson, wenn es irgendwie geht.«

Er lässt den Blick über den Fußboden schweifen. Eine breite rote Spur zieht sich vom Schlafzimmer durchs Wohnzimmer und bis in die Küche, wo sich das Blut in einer großen Pfütze gesammelt hat.

»Wann kommen die Kriminaltechniker?«

»Fahren gerade unten vor. Wir hauen lieber ab, bevor sie uns rausschmeißen.«

Thomas dreht sich um.

»Ich will nur noch einen Blick ins Schlafzimmer werfen«, sagt er.

Damit geht er an seinem Kollegen vorbei in das angrenzende Zimmer. Vor den Fenstern hängen dünne weiße Kunststoffrollos, und nur eine einzige Nachttischlampe erleuchtet den Raum. Ihr Strahl ist gegen die Decke gerichtet. Auf einer offenen Reisetasche häufen sich locker hingeworfene Oberteile, Kapuzenpullis und Jeans in Größe XS. Zwischen den Kleidungsstücken liegt billiger Modeschmuck aus Plastik. An allem sind noch die Preisschilder befestigt.

»Sie haben der Frau neue Klamotten gekauft. Und eine Tasche. Ob sie wohl zusammen abhauen wollten?«

Thomas stellt die Frage so leise, dass nur er sie hören kann.

Vor dem Bett liegt die Leiche von Anders Thorgaard. Er liegt mit ausgebreiteten Armen und Beinen auf dem Rücken, so als hätte er gerade einen Schnee-Engel auf dem harten Holzfußboden machen wollen, als er getötet wurde. Eine etwa zwei Meter lange Metallstange wurde ihm offenbar mit großer Kraft in den Brustkasten gerammt.

»Bei dem Licht kann man nicht besonders viel erkennen, aber abgesehen von der Metallstange, hat Friis noch ein paar Wunden am Oberkörper des Opfers gefunden. Abwechselnd tiefe und oberflächliche Schnitte. Er meint, die müssten von einem großen Messer oder einer Machete stammen. Hier war ordentlich was los. Das Opfer hat an der linken Hand zwei Finger verloren, und ein paar von den Wunden sind so tief, dass …«

Adam Zahle wird von einem Anruf unterbrochen. Er kehrt Thomas den Rücken zu und nimmt ihn entgegen.

»Okay«, sagt er in sein Handy. »Wo?«

Thomas tritt einen Schritt vor, um sich die Metallstange näher anzusehen. Das vordere Ende, das im Brustkasten steckt, ist spitz. Wie ein Speer.

Er kniet sich neben die Leiche.

»Hast du das hier gesehen?«, fragt er seinen Kollegen.

Adam Zahle beendet sein Telefongespräch und schaut Thomas an.

»Was hast du gesagt?«

»Ich wollte wissen, ob du das hier gesehen hast.«

Er fischt eine Taschenlampe aus der Innentasche seines Anoraks. Sie ist gerade mal so groß wie ein Kugelschreiber, aber das kühle, blaue Licht ist kräftig. Thomas leuchtet damit eine lange Kerbe im Fußboden neben der Leiche an. Sie ist zwei bis drei Zentimeter tief, etwa zehn Zentimeter lang und einen Zentimeter breit. Die Ränder sind ausgefranst, so als hätte jemand ein Messer in den Boden gestoßen und es hin- und hergedreht, bis das Holz splitterte.

»Was ist das?«, fragt Adam Zahle.

»Keine Ahnung«, antwortet Thomas. »Das muss der Täter gemacht haben. War sicher nicht allzu schwer, weil das Holz vom Blut schon aufgeweicht war, aber es muss eine Weile gedauert haben. Ein paar Minuten vielleicht.

Liselotte Roll

Bittere Sünde

Thriller

Fesselnd, psychologisch und überraschend

Als eine grausam misshandelte Leiche gefunden wird, tappt der ermittelnde Kommissar Kalo im Dunkeln. Erst ein Blick in die Vergangenheit des Opfers bringt dunkle Geheimnisse ans Licht. Ist Rache das Motiv für den Mord? Je näher Kalo der Wahrheit kommt, desto größer wird auch die Gefahr für ihn und seine Familie …

"Liselotte Roll erschafft spannende und faszinierende Charaktere. Ein absoluter Page Turner!" *Sveriges Television, Magnus Utvik*

Band 1 der Serie
400 Seiten, kartoniert mit Klappe
€ 9,99 [D]
ISBN 978-3-8025-9225-6

Die Neuentdeckung aus Schweden

www.egmont-lyx.de

LYX
EGMONT